Carl Oskar Renner

Das Pfand des Herzogs

Carl Oskar Renner

Das Pfand des Herzogs

rosenheimer

www. rosenheimer.com

Die Originalausgabe erschien unter dem Titel:
»Der Herzog und die Steinbrecher«

Titelbild: Franz von Defregger
Lektorat und Satz: Bernhard Edlmann Verlagsdienstleistungen,
Raubling
Druck und Bindung: FINIDR, s. r. o.
Printed in Czech Republic

ISBN 978-3-475-54305-0

Inhalt

Der Leichenzug

In der Zeit, als im Heiligen Römischen Reich der Habsburgerkaiser Friedrich III. regierte und in Rom der vielseitige schriftstellernde Papst Pius II. auf dem Thron saß – am 1. März des Jahres 1460 –, da kam der Todesengel in den Alten Hof nach München. Er kam zum Bayernherzog Albrecht III., dessen Herz an diesem Tag den letzten Schlag tat.

Nun hatte der Herzog den Hofräten bereits schriftlich seinen letzten Willen kundgemacht, sodass diese gleich im verschneiten Morgengrauen des anderen Tages durch Herolde im ganzen Herzogtum zwei Manifeste verkünden lassen konnten.

Das eine lautete: »Ihr sollt meinen sündigen Leib, sobald er ganz ausgekühlt ist, bei den Söhnen des heiligen Benediktus auf dem Berg Andechs begraben!«

Das zweite regelte die Nachfolge in der Regierung des Herzogtums Bayern-München und bestimmte: »Weil ich die Staatskunst im einstigen Weltreich der Römer stets bewundert habe, sollen die jeweils zwei ältesten meiner Söhne – gleich wie Konsuln – unser Bayernland regieren! Stets zwei, damit weder der eine noch der andere zum Schaden des Volkes ungebührlich in die Halme schieße!«

So kamen durch die letztwillige Anordnung des toten Vaters dessen Söhne Johann und Sigmund an das Ruder des Landes, während die drei nachgeborenen Herren Albrecht, Christoph und Wolfgang darauf rechnen konnten, irgendeinen Fürstbischofsstuhl im Lande zu besetzen –

höchstens vielleicht einen Kardinalshut zu tragen, sofern er nicht zu teuer wäre. Denn Sparsamkeit sei eine große, unabdingbare Herrschertugend …

Nun war also Herzog Johann zusammen mit seinem Bruder Sigmund Herr im Münchner Herzogtum. Sie schickten gleich anderentags Sendschreiben in die Residenz ihrer Vettern zu Landshut, auch in die reichsfreien Städte Augsburg und Regensburg. An den Hof nach Wien wollten sie keines schicken, weil der damalige Herr Kaiser ihrem Vater in der leidigen Geschichte mit der schönen Bademaid Agnes Bernauerin übel mitgespielt hatte; aber ihre Frau Mutter, die Herzogin-Wittib Anna, die Braunschweigerin, bestand darauf. Ebenso verfügte sie, dass der Leichnam des Gemahls in der Sankt-Lorenz-Kapelle der Alten Hofburg sofort in eine steinerne Truhe eingesargt werden solle, damit man ihn baldigst auf den Heiligen Berg nach Andechs überführen könne. Damit wollte sie den Münchner Bürgern, die sie gar nicht liebte, eins auswischen.

Dem Wunsch des toten Herzogs gemäß sollte die Überführung durch je zwei Koppeln junger Ochsen geschehen. Dieser allerhöchste Wunsch war insofern leicht auszuführen, als das Bayernland gerade im Schnee schier zu ersticken drohte. Der Wagner musste nur den großen Kastenschlitten herrichten und die Deichsel verstärken, denn der Sarkophag, den die Degerndorfer Steinbrecher aus der Nagelfluh auf der Biber gehauen hatten, war sehr schwer – und junge Ochsen haben nicht selten ein störrisches Gemüt.

In der Nacht, die der Überführung vorausging, hielten die fünf Söhne des Herzogs und vier Edelknaben bei Sankt Lorenz die Totenwache. Es war so grimmig kalt, dass das gesegnete Wasser im Weihbrunn ganz und gar einfror.

Nur einer der Edelknaben, Ekbert vom Kirnstein, hielt diese Nacht durch; die drei anderen mussten vom Mesner weggebracht werden, weil sie sonst umgefallen wären.

Als es dann auf den Morgen zuging, fuhr der Kastenschlitten in den Herzogshof herein. Zehn kernige Stallknechte packten die steinerne Totentruhe und setzten sie auf das Gefährt. Und noch ehe die Morgenglocke über die Dächer der Stadt schallte, schritten die Ochsen schon durch das Sendlinger Tor hinaus, hinterdrein auf schweren Rössern die fünf herzoglichen Söhne und der Kirnsteiner Edelknabe.

Der elfjährige Herzog Christoph sagte zu dem gleichaltrigen Ekbert: »Wirst du das schaffen bis Andechs?«

»Ihr wollt es ja auch, Herr!«, entgegnete der.

»Du willst dich aber nicht mit Uns vergleichen!«, erwiderte der junge Herzog mit leicht gereiztem Tonfall.

»Vergleichen nicht! Nur Euch nacheifern!«

»Nacheifern ist gut! Ekbert, Wir mögen dich!«

Der Kirnsteiner wusste nicht, was er darauf antworten sollte.

»Du darfst ›Danke!‹ sagen, wenn ein bayerischer Herzog dich mag!«

»Danke, Herr!«

Der Zug mit der Leiche, dem man aber seinen besonderen Anlass und Zweck nicht ansah, bewegte sich zügig dahin.

Freilich kam es manchem Sendlinger Bauern seltsam vor, dass die Söhne des Herzogs hinter einem Ochsengespann herritten; doch man war von den Hofleuten manches gewöhnt, besonders vom alten Herzog Albrecht.

Der hatte sich aber gar nicht unter die Berittenen eingereiht, fiel den geschäftigen Leuten auf. Sie waren nicht im Bilde, und sie fragten sich, warum wohl nicht. Wird wieder einmal außigegrast haben die ganze Nacht, der alte

Lümmel! – so hatten sie sich schnell eine sinnvoll erscheinende Erklärung zurechtgestrickt. Die Sollederin, das saubere Weiberts vom Kürschnermeister, war ja die letzte Zeit so scharf auf ihn, dass sich die gesamte Bürgerschaft von München wunderte, wie der sonst gesundheitlich so anfällige Herr dies überhaupt schadlos verkraftete. Dazu die Schwierigkeiten mit seiner herzoglichen Gemahlin, die ihn mit der reschen Gesellin in flagranti erwischt hatte! Sie soll ihm seitdem das Besteigen ihres Alkovens verwehrt haben. – Nun, sei's, wie's will! Gewiss ist jedenfalls, dass er mit dem Engel von Augsburg, der lieblichen Bernauerin, besser gefahren wär als mit dieser Braunschweigerin Anna. Die hat ihm freilich zehn Kinder geboren – wenn auch zwei von ihnen schon nicht mehr am Leben sind. Schaut sie doch an, diese fünf Herren, wie sie im Sattel sitzen! Wie wenn sie angewachsen wären! Besonders dort der elfjährige Christoph, von dem man sich die wildesten Dinge erzählt! Wie wird das erst werden, wenn er in die Mannesjahre kommt! Den kann doch niemand bändigen! O liebes Bayernland, was wird auf dich noch zukommen! Der Himmel sei uns gnädig!

Derlei Erwägungen rumorten in den Köpfen der Sendlinger Bauern herum, aber nur so nebenbei. Denn im Großen und Ganzen verehrten sie ihren alten Herzog sehr. Besonders deswegen, weil er es verstanden hatte, den räuberischen Niederadel zu zähmen, dieses Rittergesindel, das dem Bauersmann am liebsten auch noch die Haut heruntergeschunden hätte …

Die vier jungen Ochsen hatten keine Mühe mit der Leiche des toten Herzogs und erreichten am Abend Germering. Ein Vorreiter hatte den dortigen Armeleutepriester von der Ankunft des hohen Toten verständigt. Weil aber das kleine Kircherl gerade ausgeweißelt wurde, geleitete der Geistliche den Schlitten mitsamt dem Sarkophag in die Scheune seines Widums. Darauf ließ er die Totenglocke läuten, sodass die Bauern und etliche alte Weiber zum nächtlichen Gebet für den gottselig im Herrn entschlafenen Fürsten herbeieilten. Die Fürstensöhne und ihr Anhang kamen in der Tafern unter.

Es war eine miserable Tafern, und die herzoglichen Brüder taten fast die ganze Nacht kein Auge zu, weil fortwährend neue Fuhrleut Einlass begehrten und ihretwegen abgewiesen wurden. Dabei gab es stets harte Auseinandersetzungen, bevor es den Wirtsleuten gelang, die Fahrenden von der Würde ihrer, wie sie meinten, bereits schlafenden Gäste zu überzeugen. Besonders hartköpfig gebärdete sich der Physikus Doktor Johannes Hartlieb aus München. Der hatte den sterbenden Herzog fast bis zuletzt betreut, war aber ausgerechnet bei dessen Tod nicht zugegen gewesen – weil die Frau Herzogin Anna ihm den Zutritt ans Krankenlager verweigert hatte.

Und warum?

O, eifersüchtige Frauen wittern Gefahren fast überall! Der Doktor war nämlich verheiratet mit Sibilla, die der verstorbene Herzog Albrecht damals mit der schönen Baderstochter Agnes, der Bernauerin, gezeugt hatte. Und da war der Braunschweigerin Anna der Gedanke gekommen, der Gemahl könnte noch am Sterbebett Entscheidungen zugunsten dieser Arztfrau treffen – zum Nachteil ihrer eigenen Kinder.

Als nun der Physikus in der Morgenfrühe dieses Tages vom Tod seines Schwiegervaters erfahren hatte, nahm er unverzüglich den Rennschlitten und fuhr dem Leichenzug hinterher, zusammen mit seiner Sibilla. Und jetzt standen sie vor dem Tor der Tafern, und der Doktor tobte: »Es ist ungeheuerlich, dass sich junge Ritter in den warmen Betten herumsielen und ein frierend Weib in der nächtlichen Kälte auf offener Gasse stehen lassen! Habt ihr denn nicht bei eurer Schwertleite geschworen, demütig, wohlerzogen, gütig zu sein und die Frauen zu ehren? O dass doch der Himmel ...!«

Da stand plötzlich der junge Herzog Christoph vor ihm: »Was brüllt Ihr denn, Doktor! Mit Eurem Geschrei erreicht Ihr bloß, dass alle anderen auch noch aufgeweckt werden und dann schon aus Ärger Eurem Weib kein Bett anbieten! Geht hinauf in die Kammer! Ich habe meinen Alkoven geräumt! Und seid nicht hässlich wie ein zahnlos Waschweib!«

Johannes Hartlieb verneigte sich vor dem edlen Knaben, nahm seine Frau an der Hand und führte sie die knarzende Treppe hinauf.

Christoph aber verzog sich in die Kuchl und legte sich zur Katze ins Ofenloch.

Auch der junge Ekbert vom Kirnstein hatte eine warme Bleibe gefunden. Als er nämlich sein Ross versorgt hatte und sich daneben ins Stroh legen wollte, kam vom Ende des Stalles eine Kuhmagd – fast noch ein Mägdelein – dahergeschlichen und lud ihn zu sich in die Liegestatt ein. Das war zwar bloß eine Kiste, mit Buchenlaub gefüllt, roch aber nach Wärme. Er folgte ihr gern, auch wenn das, was sie sich vielleicht erhofft hatte, nicht eintrat – war er doch erst elf Jahre alt und im Augenblick ganz und gar durchgefroren.

Am anderen Morgen trug der Tafernwirt seinen Gästen eine mächtige Schüssel Biersuppe auf. Die verfehlte ihre belebende Wirkung nicht. Der Missmut, der wegen der Kälte ihre Gemüter befallen hatte, verschwand und machte einer breiten Freundlichkeit Platz. Selbst Doktor Hartlieb, der Physikus, der eine Stinkwut im Leib hatte, wurde gesprächig und tröstete die herzoglichen Söhne mit dem Hinweis, dass die Lebenskraft des Vaters erschöpft gewesen sei und er das Frühjahr kaum überlebt hätte. Sie sollten froh sein, dass er die 59 Jahre erreicht habe. Denn angesichts seiner ungezügelten und nicht gerade frommen Lebensführung sei schon das ein halbes Wunder. Aber auch die Frau Herzogin habe nicht unwesentlich dazu beigetragen, dass ihm die letzte Zeit vergällt gewesen sei – was man wiederum verstehen müsse. Denn wenn ein Weib zehn Kindern das Leben geschenkt und auch sonst ihre fürstlichen Pflichten untadelig erfüllt habe, dürfe sie in den späteren Jahren von ihrem Eheherrn mit Fug und Recht Achtung und Verständnis erwarten. Daran habe es der gute Herzog Albrecht, so fand der Doktor, fehlen lassen. Nun möge er das letzte Stück seines irdischen Weges zu Ende gehen und dann in Frieden ruhen! »Ihr aber, meine lieben Herren, nehmet daraus ein abschreckendes Beispiel! Doch haltet Euren selig im Herrn entschlafenen Vater trotzdem in hohen Ehren!«

Die jungen Herzoge hörten diese Worte aus dem Mund des befreundeten Arztes gern. Sie luden ihn ein, sie zu begleiten, und setzten dann, dem Willen des Vaters gemäß, den Leichenzug mit dem Ochsengespann fort.

Am Abend sah man sie in Weßling, wo die Bauernburschen den steinernen Sarg in eine Feldkapelle trugen. Dieses Gotteshäuschen war so klein, dass von den herbeigeeilten Leuten neben dem Toten niemand mehr Platz fand. Der Augustinerpater, der das nächtliche Gebet leiten sollte, bat sie daher, betend mit ein paar Öllampen hinter ihm um die Kapelle herumzugehen; so würden sie weniger frieren. Wer jedoch die Kälte gar nicht mehr aushalte, solle ruhig nach Hause gehen; der Herzog und der Herrgott würden sicher nichts dagegen haben.

Und wirklich! Als die Hähne im Dorf den Morgen ankündigten, stand der brave geistliche Herr neben dem Sarkophag allein in der Kapelle …

Von Weßling wurde der tote Herzog nach Alting gefahren und am Tag darauf nach Herrsching am Ammersee. Hier schliefen alle seine Begleiter bis weit in den Vormittag hinein; denn am Nachmittag wollten sie über Erling das Kloster Andechs auf dem Heiligen Berg erreichen.

Und so geschah's.

Beim letzten steilen Aufstieg zur Klosterkirche mussten etliche handfeste Brauknechte herbeigerufen werden, weil der Weg glatt war und die Ochsen bereits viel an Kräften verloren hatten.

Da kam ihnen auch der hochwürdigste Benediktinerabt Eberhard Stöckl, ausgerüstet mit Mitra und Krummstab, mit seinem kleinen Konvent entgegen und führte das Geleit in die Kirche, bis an die Gruft, deren Verschlussstein mit den zwei Eisenringen schon abgehoben war und an der Wand lehnte. Die Knechte setzten den steinernen Sarg im Presbyterium auf einen Katafalk, und die Totenmesse begann mit tieftraurigen Chorälen, die gar nicht enden wollten. Die herzoglichen Söhne und einige Männer und Frauen, die sich ihnen unterwegs angeschlossen hatten, saßen in den Bänken und froren zum Erbarmen. Sie rieben sich verstohlen die starren Hände, bliesen den warmen Atem in sie hinein und sehnten das Ende des Requiems herbei.

Dann war es da, dieses ersehnte Ende! Der Abt stimmte den Abgesang der Totenmesse an und intonierte den langen und schaurigen Hymnus »Dies irae, dies illa«. Dabei packten die Knechte den Sarkophag und ließen ihn behutsam in die Gruft hinab; die Mönche aber sangen weiter und wollten gar nicht aufhören.

Da erhob sich der junge Herzog Christoph in seiner Bank, ging zur Wand hin, ergriff den Stein an den Eisenringen und rief laut, dass es durch die Kirche hallte: »Einmal muss es ja doch sein!« Darauf stemmte er den Stein in die Höhe, drängte den Abt und seinen Anhang weg und verschloss die Gruft. Die Trauerzeremonie hatte ein vorzeitiges Ende gefunden, die Mönche zogen sich in ihre Sakristei zurück.

Den herzoglichen Brüdern und allen anderen frommen Betern hatte es die Sprache verschlagen: Sie saßen da und starrten den Knaben an. Und der dreizehnjährige Herzog Albrecht sagte: »Musste das sein?«

Christoph schaute den Bruder an; in seinem Blick lag eher Zorn als Geschwisterliebe. Die beiden älteren Herzoge Johann und Sigmund befürchteten eine Szene an heiliger Stätte, erhoben sich ebenfalls in ihrer Bank und traten hinzu. Christoph aber blitzte auch sie an und sagte im Befehlston zu seinem Edelknaben: »Ekbert, wir reiten!«

Der junge Kirnsteiner stand auf und verließ mit dem wütenden Herzogssohn das Gotteshaus. Sie zogen aus dem klösterlichen Marstall zwei Rösser heraus und jagten davon. Weil es schon auf den Abend zuging, kehrten sie zu Herrsching in der Fischertafern nahe am Seeufer ein. Christoph verlangte für die Nacht die beste Kammer. Als der Gastgeber und einige alte Fischer die beiden Knaben ein wenig schief ansahen, warf Christoph drei Gulden auf den Schanktisch und rief: »Hinaus mit euch! Ein bayerischer Herzog braucht keine Gaffer, wenn er essen will!«

Da schlichen sie still und wortlos davon.

Die Nacht zog auf. Die Kälte war gebrochen. Über den Ammersee sauste und tobte ein warmer Sturmwind, der über die Berge kam und das Wasser zu haushohen Wellen auftürmte. Die schlugen manchmal sogar bis an den Giebel der Tafern. Aber die jungen Herren merkten es nicht; sie schliefen tief und fest.

Die Südlandfahrt

Nach der gestörten Totenfeier lud Abt Eberhard die jungen Herzöge an die klösterliche Tafel; mit ihnen auch Frau Herzogin Anna, die in der Zwischenzeit angekommen war. Sie hatte es sich lange überlegt, ob sie dem treulosen Eheherrn noch in die Gruft nachschauen sollte, war aber doch zur Überzeugung gelangt, schon wegen der Kinder ihren Hass nicht so offen zeigen zu dürfen.

Bei Tisch besprach man natürlich auch den einprägsamen Auftritt des Herzogs Christoph und seinen theatralischen Abgang.

»Was sollen wir tun, Vater Eberhard«, fragte Frau Anna besorgt, »wenn dieser ungeratene Sohn immer noch trotziger und feindseliger gegen uns wird? Er ist imstande, in einem unbeherrschten Augenblick uns alle zu erschlagen!«

»Hohe Frau«, entgegnete der Abt, »der Überschwall seiner körperlichen Kräfte müsste bald durch eine harte geistige Betätigung gebändigt werden, sehr bald gebändigt werden! Und weil der junge Herr auch dem Verstande nach außerordentlich begabt ist, solltet Ihr ihn an eine Hohe Schule schicken, und zwar ins Welschland. Da wäre er weit entfernt von der Familie und könnte sich in der Fremde, im Umgang mit Leuten anderer Herkunft, einige Hörner abstoßen.«

»Dann gehe ich mit Christoph!«, sagte Wolfgang, der jüngste der herzoglichen Söhne.

Jetzt entstand an der langen Tafel, an der sie alle gemeinsam saßen, für eine längere Weile nachdenkliche

Stille. Dann wandte sich Herzog Johann, der Älteste, an Anna: »Frau Mutter, wir sollten diesen Gedanken unseres Brüderleins nicht von der Hand weisen. Schicken wir doch gleich alle drei Jungen, also die beiden und dazu noch Albrecht, ins Welschland! Geben wir ihnen einige Edelknaben mit und richten wir ihnen eine kleine Hofhaltung. Unser ehrwürdigster Vater Abt, der sicher ins Welsche hinab Verbindungen hat, könnte uns eine Hohe Schule nennen und ihnen ein würdiges *domicilium* besorgen!«

Der Abt nickte: »Wir haben in unserem Kloster zu Pavia ein großes Gästehaus, nicht weit ab von der Alma Mater. Stellt mir etliche reitende Boten, dann schicke ich einen Schreibebrief an unseren Vater Generalabt und bitte, er möge das Haus für die drei jungen Herzoge und ihren Hofstaat bereitstellen.«

Frau Anna fragte: »Wird der Hochwürdigste Uns dieses Ansinnen nicht verargen?«

Darauf Eberhard: »Nicht Ihr stellt doch dieses Ansinnen, sondern der Abt von Andechs; und der ist dem Hause Bayern sehr verpflichtet!«

»Wir danken Euch«, erwiderte Herzog Johann und fuhr fort: »Wann könnte – nach Eurer Meinung – dieser Alpenübergang unserer Brüder sich vollziehen?«

»Etwa mit dem Abflug der Schwalben ...«

Wie nicht anders zu erwarten gewesen war, betrachtete der Generalabt der Benediktiner zu Rom die Aufnahme der bayerischen Fürstensöhne als eine hohe Ehre. Er wies seine Ordensniederlassung in Pavia unverzüglich an, alle nötigen Vorbereitungen zu treffen.

Vorbereitungen in Pavia – Vorbereitungen auch in München! Freilich ganz verschiedener Art! Während die Mönche ihr Gästehaus in eine kleine Residenz verwandelten und dem Herbst voller Freude entgegensahen, tobte in München der Bruderzwist. Der junge Herr Christoph lehnte den Plan der Familie, die Hohe Schule betreffend, rundweg ab; spürte er doch genau, dass sie ihn nur weghaben wollten.

Eines Abends sagte er an der Tafel: »Mir soll – wenn ich recht sehe – ein welsches Zaumzeug angelegt werden …! So einfach macht Ihr mich nicht gefügig! Behandelt mich wie Euresgleichen und nicht wie einen, dem noch die Eierschalen hinter den Ohren kleben! Unseren Herrn Vater – hochseligen Angedenkens! – konntet ihr hinters Licht führen, weil er die Frau Mutter ebenfalls hinters Licht geführt hat! Mit mir versucht ihr's vergebens!«

Sie schluckten ihren Unmut hinunter und hielten Ausschau nach einem Vermittler – und fanden einen: den Physikus Doktor Johannes Hartlieb. Er hatte die schöne Sibilla zur Frau; die war die echte, wenn auch nicht legitime Halbschwester der Herzogssöhne, und Christoph verehrte sie. Da hätte es doch mit allen neun Teufeln zugehen müssen, wenn der 25-Jährigen die Überredung des Widerspenstigen nicht geglückt wäre!

Und wahrhaftig, es glückte! Sie hatte ihm allerdings versprechen müssen, jährlich viermal über die wichtigsten Ereignisse in München nach Pavia zu schreiben, und zwar an ihn allein – nicht an die beiden anderen.

Die Schwalben versammelten sich auf den Zinnen der Neuen Veste, der Herbstwind strich von Schwabing herüber, und im Alten Hof wurden sieben schwere Kastenwagen mit Wäsche und Wämsern und Schuhzeug beladen. Auf diesen Wagen sollten auch drei Waschweiber sitzen, ein Kuchlmeister, ein Pastetenkoch und zwei Kuchljungen. Ein Oberhofmeister, drei Hofherren, die drei jungen Herzöge und ein Waffenmeister mit drei Waffenknechten sollten vor den Kastenwagen, zwölf Knechte hinterdrein reiten; denn in den Bergen lauerte allerhand räuberisches Gesindel: diebische Bauern, entsprungene Mönche, abgehalfterte Landsknechte und Gott weiß, was noch alles.

Ekbert vom Kirnstein durfte als einziger Edelknabe neben Herrn Christoph mitreiten; die anderen hatten es vorgezogen, in München zu bleiben.

Als alles bereitet war, segnete Frau Herzogin Anna ihre drei jungen Söhne und begleitete sie bis ans Isartor.

Dort sagte ihnen auch noch Frau Sibilla mit ihrem Ehemann, dem Physikus, ein freundliches Lebewohl. Dabei wurden dem Herzog Christoph die Augen ein klein wenig feucht, sodass sie ihm ihr Riechtüchlein ans Wams heftete, was ihn augenblicklich tröstete.

Frau Anna hatte diese Szene nicht gern gesehen. Und wenn sie auch der schönen Stieftochter wegen deren Vermittlertätigkeit dankbar war, so wollte ihr doch dieses süße Getue mit dem Sohn nicht gefallen. Sie bedauerte jetzt sogar, der Wahl dieser Vermittlerin zugestimmt zu haben, und nahm sich vor, den Doktor Hartlieb vom Hof möglichst fernzuhalten, was nach dem Tode des Herrn Albrecht leicht geschehen konnte.

Die ritterliche Reisegesellschaft kam in dieser lieblichen Herbstzeit gut voran. Sie nächtigten auf Hohenaibling, machten sich aber sehr früh wieder auf den Weg, um noch vor dem Abend auf der Veste Kirnstein am Inn zu sein. Denn es gehörte sich, dass man dem Edelknaben die Gelegenheit gab, sich vor einem mehrjährigen Aufenthalt in der Fremde von seinen Eltern zu verabschieden.

Es war noch nicht allzu lange her, da hatte man die Kirnsteiner für üble Raubritter gehalten, und das nicht zu Unrecht, hatten sie doch zwischen ihrem Burgstall und dem gegenüberliegenden Katzenstein eine Kette durch den Inn gezogen. So konnte kein Boot und keine Plätte den Fluss befahren, ohne ihnen einen Mautschilling in willkürlich angesetzter Höhe entrichten zu müssen. Seit den Zeiten Kaiser Ludwigs des Bayern war das freilich anders geworden; jetzt zählte Burkhard, der Kirnsteiner, gar zu den treuesten Vasallen des Bayernherzogs. Die Berufung des Sohnes als Edelknaben an den Münchner Hof bewies es.

Groß war die Freude auf dem Kirnstein über den raren Besuch; alles, was Kuchl und Keller hergaben, wurde den Gästen aufgetischt, und im Bergfried mussten die Mägde sehr schöne Nachtlager richten. Die jungen Herren sollten angesichts der bevorstehenden harten Wochen noch einmal selig schlafen.

Und sie schliefen auch selig bis weit in den Tag hinein, sodass der Oberhofmeister, ein Freiherr von Preysing, das ganze Gewicht seines Amtes in die Waagschale werfen musste, damit die Reise innaufwärts gleich nach dem Mahl fortgesetzt werden konnte.

Sie gelangten am dritten Tag an das Klostertor der Mönche von Wilten vor dem Berg Isel bei Innsbruck. Das war ein hochvermögendes Monasterium des Prämonstratenserordens, reich an Wäldern und Ländereien. Der noch sehr jugendliche Vater Abt Anselmus war gerade auf Jagd im Hochgebirge, sodass der greise Prior die illustren Gäste empfing. Während der Nacht kehrte dann die Jagdgesellschaft frohgelaunt in das herrliche Stift zurück.

Um die Mittagszeit des anderen Tages begrüßte Anselmus die drei jungen herzoglichen Söhne. Und am Nachmittag wollte er ihnen ein Schauspiel bieten, zu dem auch die Großen des Tiroler Landes geladen waren – ein seltsames Schauspiel, das aber in jenen Gegenden gebräuchlich war.

Als sich alle im geräumigen Stiftshof versammelt und ihre Plätze dem Rang nach eingenommen hatten – die bayerischen Fürstensöhne saßen ganz vorne –, zerrten die Jagdknechte einen Bauern herein, der beim Wildern im Bannwald aufgegriffen worden war. Sie warfen ihn in der Mitte der gaffenden Menge auf die Pflastersteine des Stiftshofes, banden ihn und wälzten ihn auf den Bauch. Dann legten sie ihm das Fangnetz, das ihm bei seiner Hirschjagd gedient hatte, auf den Rücken und zündeten es an. Der Gequälte schrie gotterbärmlich. Der junge Abt aber rief in die Menge: »So geschieht es jedem, der Mein und Dein nicht unterscheidet!« Und die Gäste pflichteten ihm begeistert bei.

Da erhob sich Herzog Christoph und sprach zu Ekbert dem Kirnsteiner: »Geh in die Kuchl und bring einen Krug Öl!«

Der eilte fort, und der junge Fürst stakste in langen Schritten zu dem gemarterten Bauern hin und schleuderte mit seinem Dolch das brennende Netz auf die Seite. Dabei sagte er, dass es nur die Vordersten hören konnten: »Bei den Seldschuken und Mameluken sollen dergleichen Gepflogenheiten gang und gäbe sein! Wenig christlich, meine Herren! Oder irren Wir da?«

Jetzt griff im Innenhof eine große, peinliche Stille um sich. Der Kirnsteiner schüttete das ganze Krüglein Öl über den rotbraunen, verbrannten Rücken des armen Mannes, der inzwischen das Bewusstsein verloren hatte.

Am Abend begab sich der Hofmeister der bayerischen Herren zum hochwürdigsten Vater Abt, bat um Entschuldigung für den peinlichen Auftritt, den der junge Herzog verursacht habe, bat auch für den nächsten Morgen um Urlaub für die ganze bayerische Reisegesellschaft. Der Abt schämte sich und bat seinerseits um Vergebung, während der Herr von Preysing in ritterlicher Art die Jugend seiner fürstlichen Herren als Entschuldigungsgrund anbot.

So hätte sich der Vorfall in Wohlgefallen aufgelöst, wenn nicht Herzog Albrecht hinterher dem Bruder noch heftige Vorwürfe gemacht und ihn einen ungezogenen Bauernlümmel genannt hätte. Das war ungeschickt, denn der mit großen Kräften begabte Jungherr versetzte dem Bruder einen Stoß vor die Brust, dass er im steingefliesten Kreuzgang des Klosters etliche Ellen dahinkollerte. Bis schließlich der von Preysing beschwichtigend dazwischentrat.

Die Weiterreise nach Pavia gestaltete sich wieder freundlich, weil auch Herr Christoph einsah, dass er gegen die guten gastlichen Sitten verstoßen hatte. Mit der Bitte um Vergebung stellte er den brüderlichen Gleichklang der Gemüter wieder her.

Sie zogen durch die Sillschlucht und kamen auf die alte Römerstraße. Auf ihr hatten tausend Jahre zuvor die Legionssoldaten ächzend und schwitzend alle ihre Hauptleute und Götter verflucht, bis sie die warmen Thermen am Brennerpaß erreicht hatten. Da badeten sie dann in dem frohen Bewusstsein, dass die Schinderei bald ein Ende haben würde. Hier warfen sich auch Herzog Christoph und der Kirnsteiner in das sprudelnde Becken aus Stein, was dem Herrn Baron von Preysing gar nicht recht gefallen wollte: »Wie kann sich denn bloß ein Herzog mit verdreckten Lanzenreitern und stinkenden Rossknechten in ein und demselben Wasser tummeln!« Auch Herzog Albrecht schüttelte den Kopf und raunte dem Hofmeister zu: »Es ist schon ein Kreuz, wenn man kein Empfinden für Kultur hat!« Der Preysing aber zuckte bloß mit den Achseln.

Spät kamen die Bayern in Brixen an und wurden im Neuen Stift von den Augustinern herzlich aufgenommen. Hier war es der Herr Gundekar, der sich ihrer besonders annahm. Einst, in jungen Jahren, allem ritterlichen Treiben von Herzen zugetan, verstand er es jetzt, die bayerischen Fürstensöhne durch seine Rede und sein Gehabe hellauf zu begeistern. Er versäumte dabei auch nicht, sie mit deutlichen Worten an ihre bevorstehenden Pflichten zu erinnern und sie zu ermahnen, die kämpferischen Tugenden des Hauen und Stechens ja nicht dem geistigen Streit in den Hörsälen der Wissenschaft überzuordnen. Das eine wie das andere sei von höchster Bedeutung für den jungen Mann, der berufen sei, dereinst ein Volk zu regieren.

Von diesen Worten Gundekars schienen die Herren Wolfgang und Albrecht stark beeindruckt zu sein – Herr Christoph dagegen nicht. Er erwiderte: »Ehrwürdiger Herr Gundekar, was Ihr da sagt, hat sicher sein Bewenden für einen, der einmal regiert. Wir, Herzog Christoph, sind der vorletzte unter uns fünf Brüdern und werden nie den Herrscherstab in die Hände kriegen; im Gegenteil, Wir werden Uns gegen diese Brüder behaupten müssen, möglicherweise sogar mit dem Streitkolben, damit sie Uns nicht einsacken wie eine lästige Katze, die man in die Isar wirft. Darum erachten Wir es für wichtig, Spieß und Stange auf unsere Standarte zu setzen, damit jedermann gleich weiß, wessen er sich zu versichern hat, wenn er mit Uns Händel beginnen will.«

Der Mönch Gundekar lächelte: »Ihr habt – was in Euren Jahren schon fast einem Wunder gleicht – einen erstaunlich festen Standpunkt. Doch wenn es stimmt, dass man Euch in die Laufbahn der hohen Geistlichkeiten einschleusen will, dann bedenkt zumindest dies: Lernt Latein in Pavia! Denn ohne Latein seid Ihr bei den Römern ein armer Hund. Dann sacken Euch nämlich die Römlinge ein und speisen Euch höchstens mit der Pfründe eines Hungerleiders ab. Und lernt ein klassisches Latein! Die römischen Purpur tragenden Blasbalgtreter wissen das sehr zu schätzen – wenn sie's auch selber nicht sprechen können!«

Durch solche und ähnliche Reden bereichert, gelangte der bayerische Südlandszug über Trient auf der viel befahrenen Fuhrmannsstraße schließlich nach Pavia, dem Ziel der weiten Reise. Man sah es den ehrwürdigen Benediktinermönchen vor ihrem herausgeputzten Gästehaus an, welche Ehre sie sich daraus machten, die jungen Fürsten beherbergen zu dürfen. Und wenn auch die alte, im Glanz ihres Ruhmes ergraute Stadt mit zu den bedeutendsten im Welschland zählte, so sprach es sich doch bald herum, was für eine Auszeichnung den Benediktinern widerfahren war – und was in der Stadt Rang und Namen hatte, kam, den Deutschen die Reverenz zu erweisen. Man hatte in Pavia nicht vergessen, dass man Karl IV., dem Kaiser von jenseits der Alpen, die Existenz der Hohen Schule verdankte.

Mit einem kleinen Gefolge zu Pferd ritt der Vizedom Enrico Visconti daher; in zwei Kutschen erschienen die Herren vom Magistrat. Beritten waren wiederum Seine Magnifizenz der Rektor und einige weitere Würdenträger von der Hohen Schule. Dann kamen noch viele andere aus der Reihe der Noblen in der Stadt – und ganz am Schluss näherte sich auf einem Esel der liebenswürdige Kartäusermönch Benedetto aus dem etwa sechs Meilen entfernten Kloster. Er sprach Deutsch, denn er stammte aus Uhldingen. In seinen jungen Jahren, als er noch ein Heißsporn gewesen war, hatte er eine Sühnefahrt ins Heilige Land unternehmen müssen und war danach von den Kartäuserbrüdern so liebevoll traktiert worden, dass er auf die Heimreise einfach vergessen hatte. Er freute sich wie ein kleiner Junge und umarmte die Fürstensöhne, wie wenn sie seine Schüler wären.

Herzog Christoph war von dem kleinen, rundlichen Mann sehr angetan und ließ sich mit ihm – ungeachtet der Gegenwart der anderen Herrschaften – sogleich in ein längeres Gespräch ein. Das gefiel weder dem Hofmeister noch den beiden Brüdern, und den übrigen zur Begrüßung erschienenen Nobilitäten schon gar nicht. Ganz besonders indigniert gebärdete sich der Graf Visconti, der mit seinem vierzehnjährigen Sohn Ercole gekommen war und eine Art Verbrüderung der jungen Herren erwartet hatte, weil sie im großen Hörsaal der Hohen Schule gemeinsam auf einer Empore sitzen sollten. Er packte daher seinen Sohn und verließ mit tiefem Bedauern darüber, unaufschiebbare Geschäfte verrichten zu müssen, den Empfangssaal des benediktinischen Gästehauses.

Christoph, der sich mittlerweile mit dem Kartäuser in eine Fensternische zurückgezogen hatte, bemerkte das und sagte zum anderen: »Die scheinen etwas gegen mich zu haben. Ich werde mich in Zukunft bemühen müssen, seinen jungen schwarzen Gesellen etwas auffälliger zu bedienen!«

Der Mönch erwiderte: »Lieber Herr, fangt keinen Streit an! Die Visconti sind allesamt wie die Pflanze Mimosa.«

Darauf der junge Herzog: »Nein, anfangen werde ich nicht! Wenn mir aber einer von diesen lausigen Gesellen dumm kommt, ziehe ich ihm das Wams aus und versohle ihm das Gesäß, dass er acht Tage lang meint, ständig in einem Ameisenhaufen zu sitzen.«

»Darf ich Euch einen Rat geben, lieber Herr? Lasst es nicht so weit kommen! Besucht zunächst ein paar Wochen lang die Euch zugedachte Hohe Schule. Dann werdet Ihr sehen, dass Ihr mit dem Kauderwelsch, das sie dort reden, nicht zurande kommt. Verlasst darauf die Schule – wenigstens auf ein oder zwei Jahre – und besucht mich in der Kartause! Wir zwei werden dann – wie Euch der Augustiner geraten hat – Latein lernen, dass es eine Freude sein wird. Denn Latein ist die Sprache der Engel; nur die Erzengel geben sich etwas vornehmer: Sie reden Griechisch!« …

Der Krach von Pavia

Es kam anders, als sich's der gute *padre* Benedetto vorgestellt hatte. Denn gleich am ersten Tag ihrer wissenschaftlichen Laufbahn mussten die drei Bayernprinzen feststellen, dass auf der ihnen zugedachten Empore in den ersten Reihen der junge Visconti und etliche seiner Freunde saßen und keinerlei Anstalten trafen, den weitaus ranghöheren Kameraden von jenseits der Alpen den Vortritt zu lassen.

Diese Ungezogenheit vermerkte sogar der sonst friedliebende Herzog Albrecht mit Befremden. Er sagte jedoch nichts, sondern setzte sich hintenan. Ebenso sein Bruder Wolfgang. Christoph dagegen verließ die Empore und kehrte in die Hofhaltung zurück, wo ihn der Baron Preysing nicht ohne Verwunderung empfing.

»Der fadenscheinige Bua von dem Visconti will uns tratzen!«, erklärte Christoph erregt und berichtete dann, was geschehen war.

Der Hofmeister versuchte den Vorfall herunterzuspielen und bemerkte, die Honoratioren der Stadt seien sich halt noch nicht so recht bewusst geworden, wer sich da bei ihnen einquartiert habe. Außerdem sei es für die älteren Herrschaften nicht ganz leicht zurückzustecken, angesichts des jugendlichen Alters ihrer bayerischen Gäste. Man müsse Geduld haben. Es werde sich gewiss noch alles einspielen.

Darauf zog sich Herr Christoph grollend wie ein mürrischer Hund in seine Gemächer zurück.

Baron Preysing spürte die dicke Luft, die sich da zu bilden begann, und suchte noch am Abend des gleichen Tages den Vizedom in seinem *palazzo* auf. Ihre Unterredung verlief in einem ruhigen Tonfall, doch der hohe Staatsbeamte erklärte klipp und klar, er sei nicht bereit, sich von einem Knaben – selbst einem herzoglichen! – beleidigen zu lassen. Damit scheiterten alle Vermittlungsversuche des Hofmeisters, der mit Bangen den nächsten Tagen entgegensah.

Um jedoch nicht ganz untätig zu sein, schickte er zwei Waffenknechte in die Kartause und bat den Bruder Benedetto zu sich. Der kam, und sie berieten die halbe Nacht.

Am anderen Morgen begaben sich die Herzogssöhne nicht zur Hohen Schule. Dafür ließen sich aber der von Preysing und Benedetto bei Seiner Magnifizenz dem Rektor anmelden. Der ließ sie unverzüglich vor und erfuhr dann mit ungeheucheltem Entsetzen, was sich auf der Empore abgespielt hatte. Und weil der Schulgewaltige sowieso schon ein gestörtes Verhältnis zum Vizedom hatte – der Sohn Ercole war geistig nicht sonderlich begabt –, erklärte er mit sichtlichem Behagen, er werde den Fall unverzüglich dem herzoglichen Hofgericht in Mailand melden.

Eine Woche später erschien vor dem Gästehaus ein schmucker Herr und bat, bei den jungen Herzögen vorgelassen zu werden. Es war ein neuer Vizedom!

Er entschuldigte sich im Namen seines Herzogs Francesco Sforza und lud sie zu einem *divertimento* in den *palazzo* ein – den sein Vorgänger Visconti bereits geräumt hatte.

Tage danach besuchten die bayerischen Fürstensöhne wieder die Hohe Schule, betraten auch die Empore, die ihnen fortan niemand mehr streitig machte.

Enrico Visconti besaß außerhalb der Stadt ein Landgut von beachtlicher Größe, die Villa Celimontana. Dorthin hatte er sich mit seiner Familie zurückgezogen. Der Sohn Ercole besuchte die Hohe Schule nicht mehr, sondern wurde von Hauslehrern unterrichtet. Diese saßen mit am Futtertrog des Herrn und mussten darum auch seine Ansichten teilen, vor allem die feindseligen.

So kam es, dass auf dem Gutshof des abgesetzten Vizedom in langen Beratungen und geheimen Zusammenkünften mit anderen Unzufriedenen ein Komplott gegen diese bayerischen Eindringlinge geschmiedet wurde – ein geradezu teuflischer Plan, der sogar Mord und Totschlag mit in Betracht zog. Das Vorhaben wurde dadurch begünstigt, dass mit Beginn des Jahres 1461 Herzog Christoph den Besuch der Hohen Schule aufgab und wöchentlich einige Male zum Kartäuserkloster hinausritt …

Und so geschah es eines Abends im März – Pater Benedetto hatte seinem herzoglichen Schüler nach dem Lateinunterricht noch einige Episoden aus der römischen Geschichte erzählt –, dass in dem Pinienwäldchen gleich hinter der Kartause fünf vermummte Gesellen aus den Büschen auf den Weg herausstürzten und dem Ross des gelassen vorbeireitenden Herzogs Christoph in die Zügel fielen. Einer packte ihn am Bein und versuchte, ihn aus dem Sattel zu reißen. Als dies nicht gelang, stach er mit einem kurzen Messer auf ihn ein. Der junge Fürst ergriff seinen Katzbalger und versetzte dem Bedränger einen Hieb, der dessen Kopf nur streifte, ihn aber in die Flucht schlug. Mit einem zweiten Hieb streckte Christoph einen der Zügelhalter nieder; dabei bäumte sich sein Ross auf und trat mit den Vorderbeinen einen anderen, der mächtig aufschrie und im Gesträuch verschwand. Während sich darauf zwei an den Schwertarm des Herzogs hängten, schwang er sich aus dem Sattel, trat den einen in den

Unterleib und fuhr dem anderen mit der Faust derart ins Gesicht, dass beide einige Schritte zurücktaumelten und schließlich am Wegrand liegen blieben.

Das alles war so rasch vor sich gegangen, dass sich der junge Herr selbst wunderte. Er schaute sich deshalb noch ein paarmal um, ob nicht noch einer käme. Doch es blieb ganz ruhig in dem Wäldchen. So saß er denn wieder auf und ritt heim.

Er ließ sich zunächst das blutende Bein verbinden und meldete dann den Überfall seinem Hofmeister. Der rief sogleich die beiden anderen Herzogssöhne herbei. Er schlug ihnen vor, über das ganze Ereignis strengstes Schweigen zu wahren, bis man von irgendeiner höheren Stelle der Stadt auf sie zukäme. Denn die Angelegenheit sei viel zu peinlich und brisant, als dass die Honoratioren sie unter den Teppich kehren würden.

Tatsächlich meldete sich um die Mittagsstunde des anderen Tages der neue Vizedom beim Baron von Preysing und bat untertänigst um eine genaue Darstellung des Sachverhalts. Der Hofmeister seinerseits konnte außer der traurigen Tatsache nichts weiter berichten, ersuchte aber mit eindringlicher Höflichkeit um lückenlose Aufklärung und Ahndung des unerhörten Vorfalls.

So als ob nichts geschehen wäre, ritt Herr Christoph am Nachmittag wieder zu der Kartause hinaus; nur ließ er sich von Ekbert vom Kirnstein begleiten. Eine weitere Begleitung – die allerdings auf Distanz bleiben sollte – hatte der Hofmeister angeordnet: zwei kräftige Waffenknechte.

Als die beiden Jünglinge beim Bruder Benedetto eintraten, wurden sie sogleich mit einer Menge von Fragen überschüttet: Was es denn da gestern zur Nacht im Pinienwald gegeben habe? Ob der junge Herzog etwa in eine Schlägerei verwickelt gewesen sei? Fünf junge Burschen hätten nämlich gegen Mitternacht an der Pforte des Klosters um Hilfe gebeten, weil Fremdlinge aus dem Hinterhalt über sie hergefallen seien und sie mit Schwert und Dolch traktiert hätten. Sogar Herr Ercole, der Sohn des vorigen Herrn Vizedoms, sei von einem mit scharfer Klinge angerannt worden und habe dabei sein linkes Ohr verloren.

Herzog Christoph grinste: »Schade um das Ohr! Da hätte halt der liebe Herr Jesus hergehört, damit er's dem lügnerischen Ercole wieder angeklebt hätte, so wie er's seinerzeit im Ölgarten beim Knecht des Hohenpriesters gemacht hat! Auf dessen Ohr war ja der Herr Apostel Petrus scharf gewesen! – Und wo ist er jetzt, der Ercole?«

»Sein Herr Vater hat ihn und die anderen, die auch einiges mitbekommen hatten, heute in der Morgenfrühe bei uns abholen lassen.« Der Bruder sprach's und war ganz aufgeregt; dann fuhr er fort: »Wir haben bisher so friedlich in unserer Einöde gelebt; jetzt aber scheint dieser Friede in Gefahr zu sein. Der Himmel wolle es verhüten!«

Herr Christoph begab sich darauf mit Bruder Benedetto in eine klösterliche Redestube und berichtete ihm den ganzen Hergang wahrheitsgetreu. Er fügte hinzu, dass es ihm leidtue, die Stille des Monasteriums gestört zu haben. Von nun an aber werde es nicht wieder geschehen, denn er werde künftig von seinem Freund Ekbert und einigen Waffenknechten behütet werden ... Bei dieser Bemerkung konnte er ein leises Lächeln nicht unterdrücken.

Der fromme Bruder Benedetto aber war nicht auf den Kopf gefallen und machte sich auf die ganze Geschichte seinen eigenen Reim.

Enrico Graf Visconti, der wegen der bayerischen Herzogssöhne schon seine hohe Stellung verloren hatte, konnte diese zweite Schmach – die Verstümmlung seines

Sohnes – nicht mehr verwinden. Er reiste mit dem Sprößling nach Mailand zu Francesco Sforza, dem Herzog. Dessen Frau Bianca Maria, war eine geborene Visconti, eine entfernte Verwandte von ihm. Er war sich bewusst, dass sich der erfolgreiche Kondottiere und Freund des französischen Königs kaum um Familienquerelen kümmern würde. Aber dieser allmächtige Gemahl seiner Schwester hatte ihn schon bei der Vizedom-Affäre abblitzen lassen, und daher hoffte er, wenigstens jetzt, wo bereits Blut geflossen war, von ihm nicht schmählich im Stich gelassen zu werden.

»Und was verlangst du von mir?«, fragte Francesco leicht verstimmt. »Soll ich dem Buben etwa eine Leibgarde stellen? Eine Palastwache vor eurer Villa Celimontana? Oder gar ein Kontingent Landsknechte aus Schwaben? Wenn du sie bezahlst, lasse ich sie jederzeit kommen!«

Zerknirscht und Ergebenheit heuchelnd erwiderte der Graf: »Aber sagt doch, Herr Vetter, wo kommen wir denn hin, wenn es diesen hergelaufenen Bajuwaren freisteht, die adlige und bürgerliche Jugend unseres berühmten Gemeinwesens nächtens ungestraft an Leib und Leben zu schädigen und überhaupt die schöne, gewachsene Ordnung unserer Stadt über den Haufen zu werfen? Wir bitten inständig, dass du den Vizedom beauftragst, die Störenfriede zu bestrafen, wo nicht gar des Landes zu verweisen!«

Diesen letzten Worten merkte man die kochende Wut des Sprechers an, die natürlich auch dem Herzog nicht verborgen blieb. Doch er antwortete voll Überdruss nur: »Lass mich mit dergleichen Lausbübereien in Ruhe! Jedenfalls werde ich Erkundigungen aus Pavia einziehen!«

»Warum erst Erkundigungen, Herr Vetter? Der Zustand meines Sohnes hier beweist doch zur Genüge die Ruchlosigkeit dieser nordischen Eindringlinge! Gib mir einen Strafbescheid mit, und wir werden dich nicht weiter belästigen!«

»Einen Strafbescheid nicht, doch werden wir die jungen Herzöge in unsere Residenz einladen und mit ihnen in aller Ruhe den Fall besprechen, damit Pavia wieder zu seinem gerechten Schlaf kommt! Lass uns deinen Sohn als Zeugen hier!«

»Das wird sich nicht durchführen lassen! Er leidet Schmerzen und ist daheim in ärztlicher Behandlung!«

Diese Antwort des Grafen Visconti kam so blitzartig, dass dem Herzog die ganze Geschichte plötzlich verdächtig schien. Er schaute den mit verbundenem Kopf jämmerlich dastehenden Ercole eine Weile an und sagte dann sehr bestimmt: »Ich will, dass er hierbleibt! Schließlich haben wir in Mailand ebenfalls Physici, die rauflustige Bengel verarzten können!«

Damit war die Unterredung im Herzogshof zu Mailand beendet. Enrico Visconti reiste nach Pavia zurück; sein Sohn Ercole begab sich zu Frau Bianca Maria, seiner entfernten Verwandten, um auf die Ankunft der Bayernprinzen zu warten.

Seiner Ehe mit Bianca Maria aus dem Haus der Visconti verdankte Francesco Sforza seine Herrschaft über Mailand. Die Herzogin war eine stolze und schöne Frau. Ebenso schön – wenn nicht noch schöner und zugleich wilder – war das Töchterlein Isamiranda. Das edle Fräulein war vierzehn Jahre alt und in allen Verführungskünsten bereits sehr versiert. Sie schien schon jetzt einen nicht geringen Fundus von Erfahrungen im Umgang mit Männern zu besitzen. So lag es schier auf der Hand, dass sich das Mägdlein des in allen Stücken wohlgewachsenen Ercole gern annahm, um ihn in seinen Schmerzen und sich selbst in der höfischen Einsamkeit zu trösten. Dergleichen

Tröstungen waren ihr bisher stets vortrefflich gelungen, sodass sie auch jetzt sofort und mit voller Kraft die Eroberung des etwas tölpischen Verwandten in Angriff nahm. Nur eines störte sie: War er denn so schwach, dass diese bayerischen Gesellen ihn derart hatten zurichten können?

»Oder waren diese jungen Herzoge dir so überlegen?« Sie stellte die Frage mit einem listigen Hintergedanken: denn waren sie wirklich so überlegen, dann lohnte es sich, ihre Ankunft in Mailand abzuwarten; ein Spielchen mit Ercole wäre da bloß vergeudete Kraft gewesen.

Ercole erkannte die Waage, erkannte auch die Waagschalen: hie er, hie die Bayern. Darum begann er jetzt ein Heldenlied auf seine eigene Person zu singen: Mit vier Freunden habe er einen Spaziergang zur Kartause gemacht, um sich mit *padre* Benedetto über den berühmten Klosterkaplan und Maler Filippo Lippi zu unterhalten. Man erzähle sich nämlich, dass dieser Madonnenmaler mit einer Novizin vor drei Jahren einen Sohn gezeugt habe. Und sie hätten wissen wollen, ob dieses Gerücht auf Wahrheit beruhe. Als sie schließlich kurz vor dem Monasterium bei angebrochener Nacht in ein Pinienwäldchen eingebogen seien, habe sie eine Horde wüster Gesellen, mindestens zehn an der Zahl, hinterrücks überfallen. Sie hätten sich zwar wacker geschlagen und gewehrt – er selber habe sogar einen Reitknecht in die Schenkel gestochen. Da sei aber plötzlich einer von einem Baum herabgesprungen und habe einen Streich auf sein Haupt geführt. Das abgehauene Ohr sei das Resultat.

»Und die anderen, deine Freunde?«, fragte Isamiranda. »Sind sie dir nicht beigesprungen?«

»Wie hätten sie mir beispringen können, wo sie selber in Nöten waren!«

»Und du glaubst, es seien diese Bayern gewesen, die mein Herr Vater jetzt nach Mailand bestellen will?«

»Wir haben die anderen in der Düsternis des Wäldchens nicht recht erkannt; doch der eine, den ich gestochen habe, soll ein Herzog gewesen sein – und soll es auch bereits zugegeben haben.«

»Nun sagtest du aber vorhin, es sei ein Reitknecht gewesen, den du gestochen hast – jetzt war es auf einmal ein Herzog!«

Leicht verlegen erwiderte Ercole: »Es war schon düster, Isamiranda, schon fast finster! Wie hätte man da einen erkennen sollen!«

Das Mädchen schwieg eine Weile. Dann sagte sie: »Und wenn es andere waren? Burschen aus Eurer Gegend?«

Entrüstet antwortete Ercole: »Aber der eine hat's doch zugegeben!«

Damit war das Gespräch, das eigentlich kein tröstliches gewesen war, zu Ende. Isamiranda ging.

Inzwischen war ein reitender Bote mit der Einladung an die Hofhaltung der bayerischen Prinzen von Mailand nach Pavia abgegangen. Als der Freiherr von Preysing das in wohlwollenden Worten gehaltene Schreiben gelesen hatte, ahnte er wohl, dass es um das Abenteuer des Herzogs Christoph ging, sagte aber den jungen Herren davon nichts. Sie sollten völlig unvoreingenommen und unbeeinflusst dem Herzog Sforza gegenübertreten können; und wenn der ein Menschenkenner war – was man ihm nachrühmte –, dann musste die Wahrheit an den Tag kommen. Und dass die Wahrheit auf der bayerischen Seite lag, war dem Hofmeister klar.

Er stellte also einen kleinen Reiterzug zusammen: Drei Lanzenreiter sollten je einen der jungen Herren begleiten; er selbst wollte mit dem Kirnsteiner den Zug eröffnen; *padre* Benedetto sollte ihn beschließen. Den Kartäusermönch nahm man vor allem aus Gründen der sprachlichen

Verständigung mit. Ein welscher Bote wurde angemietet, um stets einen Tag voraus zu sein und die Bayern in der Mailänder Residenz anzumelden.

Darauf verließen sie Pavia und kamen zu Beginn der Pfingstwoche in Mailand an, wurden auch sofort im herzoglichen Gästehaus untergebracht – besser untergebracht als bei den Benediktinern in Pavia. Am anderen Morgen ließ Herzog Francesco Sforza anfragen, wann er seine jungen Gäste begrüßen dürfe.

Und dann kam er, begleitet von der herrlichen Gemahlin Bianca Maria und dem lieblichen Töchterlein Isamiranda. Nach ein paar üblichen Floskeln des Willkommenheißens und Dankesagens erklärte die Herzogin, dass sich die Wittelsbacher und die Visconti gar nicht so fremd seien, hätte doch eine ihrer Ahnfrauen, Thaddäa Visconti, nach Ingolstadt geheiratet und sei die Mutter des großartigen Ludwig des Gebarteten sowie der sündhaft schönen Isabeau de Bavière gewesen, der späteren Königin von Frankreich.

»Und nicht nur das, Hohe Frau!«, erwiderte Herzog Christoph. »Unsere Großmutter Elisabeth entstammte ebenfalls dem Hause der Visconti!«

Das Gespräch verbreitete sich eine Weile über diese dynastischen Beziehungen, bis Herzog Francesco die günstige Minute wahrnahm und meinte: »Weil wir gerade bei den Visconti sind, darf ich in aller Freundschaft fragen, was es denn mit Ercole, dem Sohn eures vormaligen Vizedoms von Pavia, gegeben hat; hier am Hofe schwirren die wildesten Gerüchte herum. Und mir ist nichts mehr zuwider als unterschwellige Feindseligkeiten.«

Da erhob sich Herzog Christoph: »Zwar weiß ich nicht, Herr, was bei euch herumschwirrt; wenn es aber darauf hinausläuft, mir einen Strick zu drehen, dann bitte ich um eine hofgerichtliche Untersuchung!«

»Mein lieber junger Vetter«, erwiderte der Kondottiere, »das ist es ja gerade, was ich vermeiden möchte! Außerdem bin ich weit entfernt zu glauben, Ihr hättet das Gastrecht missbraucht. Aber ich will klar sehen!«

Nun berichtete Herr Christoph, unterstützt vom Kartäusermönch Benedetto, die Dinge so, wie sie sich zugetragen hatten. Er beschönigte nichts, hatte ja auch nichts zu beschönigen. Er gestand aber gern, infolge der allzu plötzlichen Überrumpelung in der Abwehr der fünf Angreifer etwas zu weit gegangen zu sein. Dass er dabei dem jungen Grafen Visconti ein Ohr abgehauen habe, bedauere er sehr, könne es aber nicht ungeschehen machen. Zu einer Sühne irgendwelcher Art sei er nicht bereit – es sei denn, der junge Herr fordere ihn zu einem Waffengang. Einem solchen sehe er mit Zuversicht entgegen.

Der Herzog und all die anderen im Saal waren von der klaren Darstellung und Aussage Christophs sehr angetan.

Der Hofmeister von Preysing erlaubte sich noch hinzuzufügen, dass er eine gewisse Abneigung des jungen Visconti den Herzogssöhnen gegenüber feststellen könne. Vielleicht sei sie auf den Streit um den Vorrang auf der Empore der Hohen Schule zurückzuführen.

»Als ob ihnen dieser Vorrang nicht zustünde!«, donnerte da Herr Francesco und befahl mit der gleichen Lautstärke, den jungen Grafen Ercole vorzuführen.

Der wurde blass, als er den Saal betrat und die Augen aller auf sich gerichtet sah. Und was für Augen! Höchstens dass Bianca Maria zu ihm halten würde, vielleicht noch ihre Tochter Isamiranda. Die anderen konnte er vergessen, sogar den *padre* Benedetto; den hatte er ja am kräftigsten hinters Licht geführt.

Francesco wies Ercole in die Mitte des Raumes und befahl ihm, das Gesicht den ringsum Sitzenden zuzuwenden. Dann fragte er: »Erkennst du unter diesen jungen

Männern hier den einen oder anderen derer, die euch im Pinienwald nahe der Kartause überfallen haben?«

»Ja, Herr Francesco, den da! Den mit dem Katzbalger! Damit hat er mir das Ohr abgehauen! Ich habe ihm sogar den Schenkel zerstochen! Er hat's zugegeben!«

»Wie konntest du ihm den Schenkel zerstechen, wenn er – wie du dieser Tage erzählt hast – auf dem Baum saß? Oder hast du ihm den Schenkel zerstochen, nachdem er herabgesprungen war und dir schon das Ohr abgehauen hatte? Und wenn ja, wie bist du da ausgerechnet an seinen Schenkel hingelangt, wo du doch länger bist und zudem in der Finsternis niemand anderen von den zehn Gesellen, die euch überfallen haben, erkannt hast?«

Das waren ganz ungemütliche Fragen, die da der Herzog seinem entfernten Verwandten stellte und die der nicht beantworten konnte.

»Nun gut!«, fuhr Francesco Sforza fort. »Dann wollen wir deine Mitwisser befragen, die sich um die Sittengeschichte unseres Meisters Filippo Lippi bemüht haben. Auch sie werden gewiss einiges über die Anzahl Eurer Bedränger auszusagen wissen; denn schließlich sind zehn Bedränger mehr als ein einziger! Wir werden also diese jungen Herren kommen lassen.«

Da brach der Jüngling Ercole Visconti in sich zusammen. Er drehte sich um, warf sich vor dem Herzog auf die Knie nieder und sagte in müdem Tonfall: »Herr Francesco, es war ganz anders!«

Während einige Tage später die Bayernprinzen – und auf einem anderen Weg der junge Visconti – nach Pavia zurückkehrten, heulte das Mägdlein Isamiranda in ihrer Kammer und verfluchte – wieder einmal! – die Wetterwendigkeit der Männer …

Beim Heiligen Vater

Es ist nicht erwiesen und geht aus keiner welschen Chronik eindeutig hervor, dass Herzog Christoph gemeinsam mit seinem Freund Ekbert vom Kirnstein die Adelssöhne von Pavia wie ein aufgescheuchtes Hühnervolk durch die Gassen der Stadt gejagt haben soll. Viele Zeitgenossen haben es jedoch behauptet.

Für diese Version spricht auch, dass der neue Vizedom etwa zwei Jahre nach den erwähnten Ereignissen den bayerischen Hofmeister von Preysing gebeten hat, mit den beiden jungen Herren eine Reise zum Herrn Papst Pius II. nach Rom zu unternehmen, um vielleicht durch das Oberhaupt der Kirche einen »Gesinnungswandel« bei ihnen herbeizuführen.

Die beiden scheinen sich demnach in der Universitätsstadt nicht so benommen zu haben, wie man es von jungen Leuten ihres Standes erwartete.

Gesinnungswandel!

Allerdings hätte der Hofmeister dieser Bitte sicher nicht entsprochen, wenn er nicht selbst von der Sinnlosigkeit eines Studiums dieser beiden jungen Herren überzeugt gewesen wäre – was ihm übrigens auch Seine Magnifizenz der Rektor versichert hatte: Sie seien faul und nur auf Streit aus!

Er versuchte nun – gemeinsam mit dem Vizedom –, die Wege zum Papst in die Ewige Stadt zu ebnen. Sie wussten, dass Pius vormals jahrelang als kaiserlicher Sekretär in Wien gelebt und stets auch eine große Vorliebe für Bayern gehegt hatte: Gebe Gott, dass es ihm gelingt, den »Gesinnungswandel« zu bewirken!

Mit zehn aufgeputzten Waffenknechten ritten sie im Frühjahr 1463 dahin und kamen gut gelaunt in Rom an.

Papst Pius hatte bereits verkündet, er setze hohe Erwartungen in eine Zusammenkunft, sodass man beiderseits auf eine freundliche Audienz hoffen durfte. Zudem war mit nennenswerten Verständigungsschwierigkeiten nicht zu rechnen, hatte es doch der Herzog inzwischen zu einer sehr beachtlichen Kenntnis der welschen und sogar der lateinischen Sprache gebracht, und auch Pius II. rühmte sich, von seiner Wiener Tätigkeit her noch mit ein paar deutschen Brocken aufwarten zu können.

Der Empfang im päpstlichen *palazzo* war eines Fürsten würdig. Und als der Heilige Vater, eine kleine, spritzige Gestalt, aus dem Hintergrund des Audienzsaales mit einer Gruppe geistlicher Würdenträger hervortrat, strahlte er übers ganze Gesicht und begann sofort zu reden: »Meinen liebsten Gruß und meinen apostolischen Segen dir, du junger Prinz von Bayern, und allen, die mit dir sind! O ihr Bayern! Ihr bewohnt ein hochkultiviertes Gebiet mit ausgedehnten und ansehnlichen Provinzen und so vornehmen Städten, dass ich durch ganz Europa keine einzige wüsste, die über die euren den Sieg davontrüge! Und euer Regensburg! Der einstige Sitz jenes berühmten Philosophen Albertus Magnus, eine glorreiche Stadt am Ufer der Donau! Dort pflegen doch die deutschen Kaiser bisweilen ihre Reichstage zu halten. Als ich damals – zwanzig Jahre ist's her – zum Kloster des heiligen Emmeram kam, zeigte mir der daselbst residierende Abt ein Reliquiengrab und behauptete, es läge der heilige Dionysius darin: Ich musste lächeln und erklärte, dass ich doch den Leib dieses Heiligen in Paris gesehen hätte. Da zog aber der Abt ein Schreiben des Papstes Leo hervor.

Darin bestätigte dieser Papst, es habe der Kaiser – besinne ich mich recht, so war es einer der Heinriche –, es habe also dieser Kaiser bei einem Besuch am französischen Königshof die Gebeine des heiligen Dionysius so ganz einfach mitgehen lassen. Und der würdige Abt bezeichnete das – sehr heiter! – als einen frommen kaiserlichen Diebstahl. – Siehst du, geliebter Prinz von Bayern, auch solches geschieht in der heiligen Kirche Gottes!«

Da gab es ein würdevolles Grinsen auf allen Gesichtern ringsum, das Pius genüsslich entgegennahm. Dann fuhr er fort: »Und nun zu dir selbst, Herzog Christoph! Ich höre, dass du mit deinem Freund unsere schöne Stadt Pavia unaufhörlich in Aufruhr versetzest. Sag mir, warum! Denn wisse, auch ich war in meiner Jugend kein Heiliger, sondern habe bisweilen die wildesten Dinge gedreht. Rede zu mir, wie du zu deinem gottseligen Vater geredet hast, dem ich übrigens begegnet bin, als er noch mit der schönen Agnes Bernauerin auf der prächtigen Vohburg gelebt hat.«

Herzog Christoph verneigte sich: »Heiliger Vater, du sollst alles wissen! Da ist nämlich gar nicht viel zu sagen. Weil ich der vorletzte unter uns fünf Brüdern bin, wollen sie, dass ich mich dem geistlichen Stand widme, um einmal ein fetter Bischof zu werden. Das schmeckt mir nicht!«

Der Papst nahm die Hand des Prinzen: »Auch mir – in deiner Lage – würde das nicht geschmeckt haben! Und überhaupt: Das Feilschen um kirchliche Pfründen, das bei den Fürsten so beliebt ist, betrachte ich als ein Krebsübel in der Kirche. Gleichwohl, mein lieber Sohn, musst du dich schon fragen lassen – und das gilt auch für dich, junger Ritter!« – so wandte er sich jetzt auch an Ekbert – »ihr müsst euch also fragen lassen, wie ihr euch euer künftiges Leben vorstellt. Gewiss, ihr seid starke Recken vor dem

Herrn! Aber wollt ihr eure kommenden Mannesjahre nur im Harnisch mit Schwert und Streitkolben verbringen? Ein Fürst oder ein Ritter von Bayern mit dem Katzbalger in fremder Herren Diensten?«

Herr Christoph erwiderte mit einem leichten Vorwurf in der Stimme: »Du hast gut reden, Heiliger Vater! Rate uns lieber!«

Pius zögerte eine Weile, dann aber streckte er seine zierliche Gestalt und sprach: »Viellieber Herzog Christoph, wäret ihr nicht noch halbe Kinder, ich würde euch für meinen Kreuzzug begeistern!«

»Ins Heilige Land?«, fragte Ekbert hastig.

»Ins Heilige Land! Gegen die Heidenvölker, die die ehrwürdigen Stätten, auf denen unser Herr und Heiland gewandelt ist, schmähen und die christlichen Pilger, die es besuchen, bis aufs Blut quälen, in die Sklaverei verkaufen oder töten. Gegen sie plane ich einen Kreuzzug.«

»An uns läge es nicht, Heiliger Vater! Aber wie du schon selber sagtest: Uns fehlen die Jahre!«

»Du sagst es! Und darum rate ich dazu, dass ihr die diplomatische Laufbahn einschlagt. Ihr sprecht für eure Jahre ein vortreffliches Latein und wärt daher geeignet, in den Audienzsälen aller Herrscher des Abendlandes zu glänzen.«

»Du magst recht haben, Heiliger Vater!«, erwiderte der Herzog. »Nur ziehen wir es halt vor, strittige Dinge mit der Schneide des Schwertes und nicht so sehr mit den Waffen des Wortes zu entscheiden …«

Ekbert unterbrach den Satz des Freundes und sprach: »… zumal mit den Waffen des Wortes manch Falsches zu einer scheinbaren Wahrheit umgemünzt werden kann!«

»Ich verstehe dich, mein bester Sohn! Und darum müssen wir eure Zukunft dem lieben Herrgott und euren weiteren Jahren anheimstellen! Auf jeden Fall werdet ihr Zeit eueres Lebens – und natürlich auch meines Lebens! – in mir einen aufgeschlossenen Freund haben!«

»Gott geb's!«, sagte der Hofmeister, und alle knieten sich zum Empfang des päpstlichen Segens auf den kühlen Marmor nieder.

Mehr hat der Besuch in Rom nicht gebracht.

Nach einem Gang über das Forum Romanum und durch das Colosseum kehrten sie auf dem gleichen Weg wieder nach Pavia zurück. Die Hitze in Rom und das unaufhörliche Geschrei der Römer auf Gassen und Straßen hatte ihnen nicht behagt.

Aber auch im Gästehaus der Benediktiner litt es die beiden nicht mehr. Denn die Auseinandersetzungen mit der jungen Nobilität von Pavia waren ihnen durch die Begegnung mit dem Papst verleidet, und immer nur in der Kartause Latein zu lernen, das langweilte sie auf die Dauer. So setzte sich dann Herr Christoph eines Tages hin und schrieb an seine regierenden Brüder Johann und Sigmund in München einen Brief:

Vielliebste Gebrüder. Wir seind ad studia profunda nimmer geschaffen, und wo Wir's angreifen, erfolgt Uns kein Segen darin. Bleiben demnach ein frumm tapferer Fürst und dabei gläubiger Christ. Vonwegen der gelahrten Beweise aber und weiteren Gesetze lassen Wir andere walten und sich die Köpf zerbrechen. –

Hie ist's Uns zuwider und Unseres Bleibens nimmer. Greift nun wohl in den Säckl – wie's Gebrüdern ziemt –, dass Wir dann mit Ehren hier davonkommen!

Christophorus dux.

Die regierenden Herren hatten ein Einsehen und schickten ihm das Zehrgeld für die Heimkehr.

Es hat den Anschein, als sei der brave Baron von Preysing recht froh darüber gewesen, die Störenfriede loszuwerden, denn er beeilte sich mit der Bereitstellung des Personals und der nötigen Gerätschaften für die Rückreise: zwei Kastenwagen mit Betten und Gewand; ein Waschweib; ein gereifter Kuchljunge; Jakob von Massenhausen, ein Hofherr, der dem ganzen Zug das fürstliche Gepräge geben sollte; und fünf Waffenknechte. Am Schluss ritten Herzog Christoph und der Edelknabe Ekbert vom Kirnstein.

Die Heimfahrt und der Bär

In den fast drei Jahren ihres gemeinsamen Aufenthaltes im Welschland waren die beiden jungen Herren Christoph und Ekbert nicht nur enge Vertraute, sondern sich auch ähnlich geworden. Jedermann hätte sie als Brüder angesehen. Dazu kam, dass der Herzog eben jetzt eine letzte Trennwand zwischen ihnen beseitigt hatte: Sie redeten sich nunmehr mit einem freundschaftlichen Du an.

An einem noch warmen Herbsttag des Jahres 1463 verließ das Geleit ohne viel Aufhebens die Stadt der Hohen Schule. Herr Christoph hatte sich von niemandem verabschiedet außer von Bruder Benedetto; das sollte der Preysing regeln! Doch als sie in die Fuhrmannsstraße auf Trient zu eingeschwenkt waren, siehe, da kam ihnen Ercole Visconti mit einer Gruppe von allzu modisch gewandeten jungen Herren entgegengeritten.

Da war es, als ob sich zwei Fleischhackerhunde begegneten.

Herr Christoph rief: »Himmel, Herrgott! Da hätt ich doch fast vergessen, mich zu verabschieden!«, zog seinen Katzbalger und rannte geradewegs gegen den jungen Edelmann an, der eine Samtkappe über das fehlende Ohr gestülpt hatte. Und während er ihn heftig mit der flachen Klinge verdrosch, beteuerte er einige Male: »Nein, dein zweites Ohr sollst du ruhig behalten, lausiger Gesell! Ich schenke dir nur noch etliche blaue Flecken dazu! So wird dich die schöne Isamiranda zu Mailand besser aus der Schar ihrer Verehrer herauskennen!«

Nachdem er eine ordentliche Tracht Hiebe bezogen hatte, ergriff der andere die Flucht; seine Freunde folgten ihm, sodass man die peitschenden Schweife ihrer Rösser bald im Staub der Ferne verschwinden sah.

»Das war mir ein Herzensbedürfnis!«, sagte der junge Herr zu Jakob von Massenhausen, dem Hofmann, der immer noch staunend dastand. »Es ist nichts ungezogener, als wenn man beim Auszug aus einer Stadt das Gefühl hat, Schulden hinterlassen zu haben! Fortan werde ich viel ruhiger schlafen!«

»Das gebe Gott!«, erwiderte der Hofherr.

Sie kamen nach Trient und bogen dann bei Bozen in das Eisacktal ein. Das Neue Stift bei Brixen zog den Herzog mächtig an wegen des Herrn Gundekar. Von ihm wollte er sich, ehe er in sein Heimatland käme, noch ein paar kluge Worte über seine mögliche Zukunft sagen lassen.

»Ich bewundere Euch, junger Fürst, dass Ihr Euch von den anderen abgesetzt habt. Denn es ist heilsam, einzusehen, dass man in die falsche Richtung geht; aber ein Meisterstück ist es, sofort umzukehren. Die Selbstachtung ist nämlich der Nährboden der charakterlichen Eleganz. Wie viele sind wohl schon gestorben und haben die edlen Züge ihres Charakters unentdeckt mit ins Grab genommen! – Und wie sind Euch die paar Jährlein zu Pavia vergangen?«

»Ich habe – Eurem Rat gehorchend – Latein gelernt; alles andere hat mich nicht angefochten.«

»Dann habt Ihr viel Gutes getan! Trotzdem muss ich Euch warnen, warnen vor Euch selber! Manche Menschen sind nämlich zeitlebens nicht zu Hause. Sie führen ein seelisches Vagabundenleben, das in der Morgenfrühe beginnt, sich bis zum Abend zu überreizter Spannung steigert und selbst in den Stunden der Nacht noch wirre Bilder hervorbringt. Sie sind wie die törichte

Wasserträgerin: Sie verschüttet das kostbare Nass auf der Gasse, wenn der Bodensatz im Krug schal geworden ist!«

»Ich mag Eure Sprüch', Herr Gundekar! Sie sind klar und handgreiflich. Bei den Welschen sind uns zwar auch wortgewandte Redner begegnet; aber da war so viel Flitter und nicht viel dahinter. Das gilt auch vom Herrn Papst Pius. Ich weiß, man hat sich von meiner Begegnung mit ihm eine heilsame Besserung meines Lebens erhofft ...«

»... und ist nichts von seinen Worten in Eurem Herzen haften geblieben?«

»Nicht viel, lieber Herr Gundekar, nicht viel!«

»Und ist doch ein so gebildeter Herr!«

»Kann sein! Ich will's nicht bestreiten. Aber er hatte ab und zu Zuckungen im Gesicht; dergleichen verrät entweder Bauchschmerzen oder ein hinterhältiges Gewissen.«

»Ihr seid mir ein verdammt kritischer Beobachter! Ich kann mir vorstellen, dass Ihr einst in den Versammlungen der Fürsten eine gute Figur macht.«

»Lieber Herr Gundekar, die gute Figur auf dem Turnierfeld erscheint mir reizvoller!«

Der Mönch lächelte: »Ihr seid unverbesserlich und hinkt hinter unserer Zeit her. Das Rittertum, dem Ihr Euch so verhaftet fühlt, gehört doch der Vergangenheit an. Jetzt führen die Pfeffersäcke mehr und mehr das Wort. Bitte, tretet ans Fenster hin und schaut in unseren Hof hinab!«

Sie gingen an das kleine, geöffnete Fenster, durch das von den Bergen ein zarter Wind hereinstrich: »Was seht Ihr? Vier Hessenwagen aus Frammersbach, bespannt mit je sechs kräftigen Rössern! Und was führen sie ›im Namen und Geleit Gottes‹ – wie es heißt? Lauter Kostbarkeiten aus dem Morgenland. Pelze und Waffen, Seide und sündhaft teuere Gewürze. Alles für die Kaufherren in Augsburg und Nürnberg und bis hinaus ins russische Reich. Überall dort sitzen nämlich die, denen die Zukunft gehört: die bürgerlichen Kaufherren. Aus deren Händen werden einmal nicht bloß die verarmten Ritter, sondern selbst die verschuldeten Kaiser des Heiligen Römischen Reiches Deutscher Nation die Brosamen entgegennehmen, die von den Tischen gefallen sind.«

Christoph erwiderte nach einer längeren Weile: »Ihr macht mir Bange, Herr Gundekar!«

»Das will ich nicht, lieber junger Fürst! Aber ich will Euch vor unerfüllbaren Wünschen und Erwartungen warnen. Doch lassen wir jetzt dieses Gespräch! – Ich empfehle Euch übrigens: Schließt Euch diesen Fuhrleuten aus dem Spessart, diesen abgebrochenen Riesen, vertrauensvoll an! Denn im Tal des Eisack und bis hinauf zum Brenner lauert allerhand Gesindel in den Schluchten und hinter den Büschen. Auch erzählen unsere Bauern, dass sich die Wölfe und Bären rühren – wie alle sechs Jahre.«

»Wir haben einen vortrefflichen Spießwerfer unter unseren Leuten.«

»Da werden Euch die Hessen dankbar sein. Gleichwohl führen sie scharfe Hunde mit sich und stellen auch sonst ihren Mann. Ich bitt Euch aber, behandelt sie nicht von oben herab!«

»'s ist nicht meine Art!«

Einige Tage darauf verließen die Frammersbacher Fuhrleute das Neue Stift und setzten ihren Weg fort, immer am Eisack entlang und stets die namenlose Gefahr vor Augen. Herzog Christophs Geleit folgte ihnen auf dem Fuße.

In Sterzing entschlossen sich die Hessen zu zwei Tagen Ruhe. Darauf zogen die Bayern allein weiter und erreichten wieder die Thermen am Brennerpaß. Hier zwangen sie ein kalter Nordwind und ein heftig peitschender Regen, unter einem überhängenden Felsen zwischen den beiden Kastenwagen die Zelte aufzuschlagen. Darunter fanden alle eine Liegestatt, ausgenommen der Hofherr und das Waschweib. Diese beiden verkrochen sich bald in je einen Wagen. Und es wurde Nacht.

Der Herzog, der Kuchljunge und der Kirnsteiner lagen im kleineren Zelt. Ekbert hatte sich, eingehüllt in ein Bärenfell wie die anderen, ganz in der Nähe des Eingangs zusammengerollt. Auf einmal schrie er laut auf – und dann vernahm man nur noch ein wildes Grunzen und Keuchen. Christoph fuhr in die Höhe und konnte im lichten Eingangsspalt des Zeltes sehen, wie der Freund mit einem Bären rang. Sofort griff er nach seinem Dolch und sprang hinzu.

Er kam jedoch zu spät, denn in diesem Augenblick fiel ihm der Bär mit großer Wucht vor die Füße: Der Kirnsteiner hatte ihn gewürgt und erstochen. Der Kuchljunge entfachte mit dem Zunder ein Talglicht. Da sahen sie, wie übel Ekbert zugerichtet war.

Aufgeweckt durch das Schreien und Lärmen, stürzten jetzt auch die anderen herbei. Das Waschweib holte sogleich etliche reine Tücher, während zwei Knechte aus der Therme ein paar Kübel Wasser heranschleppten. Die junge Magd wusch die schweren Kratzwunden des Kirnsteiners aus, und Herr Christoph goss einen Krug Wein darüber, den er stets an seinem Sattel hängen hatte.

Als der Morgen graute, zeigte sich, dass man den armen Ekbert rasch zu einem Physikus bringen musste, sonst wäre das Schlimmste zu befürchten. Darum schickte der von Massenhausen einen Waffenknecht voraus ins Kloster Wilten, damit die Mönche Vorsorge träfen. Die anderen folgten nach – mit Rücksicht auf den Zustand des Verwundeten jedoch äußerst langsam.

Sie waren kaum im Stift Wilten angekommen, da kümmerte sich der Bruder Infirmarius auch schon um den Geschundenen: Er badete ihn in Heilkräutern und bestrich die Wunden mit einem klostereigenen Balsam. Der brannte zwar sehr und trieb dem jungen Gesellen das Wasser in die Augen, doch der greise Mönch strich ihm über den fülligen Lockenkopf und meinte: »Tröstet Euch! Bis zur Hochzeit hat Euresgleichen noch ganz andere Sträuße zu erwarten! Und erst nachher! Wenn die Teufel der Eifersucht Euer Herz benagen! Dann werdet Ihr weinen und fluchen und lachen zugleich! Lachen über Euch selber, weil Ihr so blöd wart, von einem heißblütigen Weib anzunehmen, sie werde Euch treu sein ...«

Da trat Herzog Christoph in die Krankenstube: »In München ist die Pest wieder ausgebrochen. Schon in den ersten Monaten des Jahres sind Tausende an ihr gestorben, wie ihr wisst, aber man hatte Hoffnung, es wäre vorbei. Doch soeben kam der Postreiter vorbei und meldete, es sei fast noch schlimmer als zuvor.«

Als sie anderentags erfuhren, dass der Kirnsteiner eine ruhige Nacht gehabt hatte, versammelten sich alle Münchner bei ihm in der Krankenstube und berieten, was angesichts der fürchterlichen Nachricht zu tun sei.

Und sie waren sich bald einig: Sie wollten nicht in die Landeshauptstadt zurückkehren, sondern nur bis zum Kirnstein reisen und vorläufig dort bleiben!

Sie hatten sich kaum im Klosterhof zerstreut, um in ihre Kammern zu gehen, da preschte erneut ein Postreiter durch das Tor und meldete, Herr Johann, der mitregierende Herzog, sei der schrecklichen Seuche erlegen.

Und er ritt weiter nach Pavia, um die anderen Mitglieder des Herzoghauses heimzuholen.

Jetzt warfen sie ihren Beschluss um und entschieden sich für den weiteren Aufenthalt in Wilten, bis Albrecht und Wolfgang aus dem Süden angekommen wären. Dem Abt wollte diese Entscheidung zwar nicht recht gefallen, doch übte er sich in Selbstüberwindung und stimmte zu.

Im Talkessel von Innsbruck war soeben der erste Schnee gefallen, als der Reiterzug aus Pavia eintraf. Und wieder setzten sie sich hin, um zu beraten.

Da war es nun Herzog Albrecht, der mit einer kurzen, bestimmten Erklärung alle anderen Meinungen im Keim erstickte: »Wir, Albrecht, sind der Drittgeborene. Nachdem Unser Herr Vater, gottseligen Angedenkens, bestimmt hat, dass immer zwei Herzoge das Bayernland regieren sollen, erheben Wir hiermit den rechtlichen Anspruch auf Mitregentschaft. Und Wir fordern Euch auf, mit Uns unverzüglich nach München aufzubrechen!«

Da flüsterte Christoph dem Freund Ekbert zu: »Diese Überheblichkeit stinkt zum Himmel!«

Beglückt, die ungebetenen Gäste loszuwerden, mietete der Abt in Hall drei Plätten an, auf denen man Ross und Mann und Wagen bis Wasserburg treiben lassen konnte, denn auf dem Inn hatte noch kein Eisgang eingesetzt.

Mit allen guten Wünschen wurden sie in Wilten verabschiedet, fuhren noch bis an die Salzlände in Hall und begaben sich auf die je vierzig Ellen langen Schiffe. Der Schiffmeister rechnete mit einer Fahrtdauer von gut drei Tagen, weil man nachts jeweils anländen und sich nicht den Gefahren widriger Stürme aussetzen wollte. Die kräftigen Ruderknechte waren sich des hohen Ranges ihrer Mitfahrer bewusst, und so verlief die Flussfahrt zur Zufriedenheit aller.

Einige Misshelligkeiten ergaben sich, als man zu sehr vorgerückter Stunde unterhalb der Veste Kirnstein an die Heftstecken fuhr, um den jungen Herrn Ekbert abzusetzen. Da erklärte nämlich Herzog Christoph, er werde ebenfalls das Schiff verlassen und zu einem späteren Zeitpunkt nach München kommen; der Bruder Johann sei ja sicherlich schon begraben worden, wie es sich gehöre. Er selbst aber habe jetzt die Pflicht, Herrn

Burkhard auf Kirnstein vom Missgeschick seines Sohnes zu unterrichten.

Dem widersetzte sich Herzog Albrecht und verlangte vom Schiffmeister, unverzüglich wieder abzuländen.

Da trat Christoph vor den Bruder hin und raunte ihm zu: »Wenn Ihr nicht halbzerschlagen zu Eurer Mutter kommen wollt, rate ich Euch, den Weg freizugeben!«

Darauf verließen sie mit einem Wagen und vier Lanzenreitern die Plätte und verschwanden im Dunkel der Nacht. Ekbert, der jeden Weg und Steg kannte, geleitete sie sicher durch die Wiesen, bis schließlich von der Burg herab ein drohender Hornruf ertönte. Der junge Ritter pfiff etliche Male scharf durch die Finger, worauf ihn die Turmwächter erkannten und ihnen einige Knechte mit Fackeln entgegenschickten.

Die ganze Nacht hindurch feierten sie auf dem Kirnstein ein rauschendes Fest. Und sie hätten gewiss am Morgen noch weitergefeiert, wäre nicht die angeschlagene Gesundheit des jungen Herrn gewesen. So begaben sie sich alle zur Ruhe und schliefen sehr lange; so lange, dass Herrn Burkhard ernstliche Bedenken kamen, es könnte sie während der Fahrt auf dem Inn irgendeine gefährliche Krankheit angeflogen haben.

Als sie sich aber dann – es war wieder Nacht geworden – in der Waschkuchl in den mit gekochten Kamillekräutern angefüllten Badezubern erfrischt hatten, holten sie das zuvor Versäumte gründlich nach …

Während sich nun Herzog Christoph noch einige Tage auf dem Kirnstein aufhielt, gelang es Herrn Albrecht, den regierenden Bruder Sigmund für sich einzunehmen und ihm begreiflich zu machen, dass mit Christoph nicht gut Kirschen essen sei. Deshalb müsse man ihn tunlichst vom Regierungssitz im Münchener Alten Hofe fernhalten.

»Kann's verstehen!«, erwiderte der leutselige und lebensfrohe Herr. »Unser Christoph ist ein wilder Hund und beißt gleich zu. Wohin wollen wir ihn verpflanzen?«

»Auf Burg Grünwald. Die ist geräumig, und die Isarflößer sind auch in der Nähe. Da kann er streiten nach Herzenslust und den Bären und Wölfen nachjagen, bis ihn einer reißt. Denn von Menschen wird er sich kaum noch kleinkriegen lassen.«

Herr Sigmund nickte bedauernd: »Er will halt immer recht haben; doch bleibt er unser Bruder!«

Als dann Christoph in der Landeshauptstadt ankam – Ekbert wollte sich noch ein paar Wochen in der Obhut seiner Mutter erholen – empfingen ihn die Brüder mit Vornehmheit und erlesener Rücksichtnahme, wohl wissend, dass nicht zuletzt davon seine Aussiedlung auf die Veste Grünwald abhinge.

Sie hatten sich nicht getäuscht: Er stimmte zu. Nur bat er sich aus, jederzeit in München einkehren zu dürfen, nicht um mitzuregieren, sondern um »die lieben Verwandten zu sehen«. Dabei dachte er vor allem an die schöne Frau Sibilla, die Stiefschwester, die ihm trotz ihres Versprechens in all den Jahren keine Zeile geschrieben hatte.

Und er besuchte sie alsbald in dem großen Haus nahe beim Schwabinger Tor. Da stellte es sich heraus, dass es stimmte, was er wiederholt vermutet hatte: Seine Mutter Anna hatte der Tochter der Bernauerin jegliche Verbindung mit ihm unter Androhung von Strafe verboten. »Und dass man mich in den Turm würfe, hättet Ihr doch nicht gewollt, Bruder Christoph! Deshalb bitte ich Euch, Eure Besuche bei uns auch jetzt aufs Äußerste zu beschränken, denn am End ist niemandem gedient!«

Da verließ er das Haus der Schwester mit dem Vorsatz, fortan auch seine Mutter nicht mehr zu besuchen …

Saustall auf der Biberburg

Herzog Christoph begab sich also nach Grünwald. Und als gegen das Frühjahr 1464 hin endlich auch der Kirnsteiner kam, wurde es auf der Veste lebendig.

Der verstorbene Bruder Johann hatte den hervorragenden Waffenmeister Bertram in Diensten gehabt. Mit ihm hatte er zwecks Leibesertüchtigung allwöchentlich etliche Stunden lang scharfe Waffengänge geübt. Herzog Sigmund liebte dergleichen nicht. Darum war der Meister aus der alten Hofburg fortgeschickt worden nach Grünwald, damit er die Knappen richtig aufmische.

Da war es jetzt eine Freude für alle, wenn sie sich auf der Turnierwiese die Schilde verbeulen konnten, was natürlich auch mit Beulen an den Köpfen und blauen Flecken am übrigen Körper verbunden war. Doch auch diese Spielereien mit den Waffen wurden mit der Zeit langweilig, und man sehnte ein handfestes Erlebnis herbei.

Und weil es der liebe Gott bisweilen auch mit den Heißspornen hat, ließ er es geschehen, dass der junge Herr Dario Vettoni, dessen Vater Kirchenvogt von Degerndorf war und auf der Biberburg saß, eines Tages die Fanghunde auf die zwölf Steinbrecher hetzte. Diese Steinbrecher waren aber Leibeigene des Ritters Burkhard auf Kirnstein. Sie brachen schon seit Menschengedenken Mühlsteine und mächtiges Fundamentgestein aus den wertvollen Nagelfluhfelsen des Bergrückens der Biber. Es gab im Bayernland, ja sogar im übrigen Abendland kaum irgendwo Männer, die sich besser auf die Gewinnung und auch die weitere Verarbeitung der begehrten Ware verstanden hätten als sie. Darum erfreuten sie sich auch weit über das Inntal hinaus großer Wertschätzung.

Leider gehörte aber der ganze Bergrücken der Kirche Sankt Ägidi von Degerndorf, und nicht mehr – wie noch fünfzig Jahre zuvor – den Kirnsteinern. Damals hatte sich nämlich Ekberts Großvater raubritterlich betätigt und war deshalb vom Herzog – wenn auch nur die Biber betreffend – enteignet worden.

Darauf hatte der Herr Bischof von Freising sofort seine Hand auf das seltene Gestein gelegt und einen Kirchenvogt auf die Biberburg gesetzt – eben jenen Herrn Vettoni. Der galt als ein guter Kaufmann und war bestrebt, größtmöglichen Gewinn aus der Nagelfluh zu schlagen. So scheute er sich auch nicht, die Löhnung der Steinbrecher immer und immer wieder zu schmälern.

Das machte böses Blut. Und jetzt hatten die zwölf Männer kurzerhand die Arbeit niedergelegt. Der alte Vettoni war empört. Sein heißblütiger Sohn aber – eben jener Dario – hatte sich nicht entblödet, die Hunde auf sie loszulassen. Die Steinbrecher hatten drei dieser wilden Tiere erschlagen.

Und nun standen sie vor Herzog Sigmund in der Neuen Veste zu München und führten Klage. Hinter ihnen aber standen die beiden Freunde Herzog Christoph und Ekbert vom Kirnstein; sie hatten die zwölf Männer erst hierher gebracht.

Herr Sigmund war es nicht gewöhnt, mit kleinen Leuten umzugehen. Er hatte jedoch die Steinbrecher empfangen wollen, weil ihm sehr viel an ihnen lag; plante er doch eine mächtige Kirche zu Ehren Unserer Lieben Frau in der Landeshauptstadt München zu errichten – und dazu brauchte er die gewissenhafte Mitarbeit dieser Männer von der Biber.

»Was für Wirrnisse gibt es bei euch?«, fragte er den alten Arnold, der der Wortführer dieser rauen Gesellen war.

»Durchläuchtigster Herr«, entgegnete der, »der Kirchenvogt von Degerndorf will uns den Abbau der Nagelfluh streitig machen.«

Herr Sigmund schüttelte den Kopf: »Wie sollen Wir das verstehen? Seid ihr denn nicht der Degerndorfer Kirche hörig?«

Arnold atmete tief, sodass sich sein Brustkorb zur Breite eines Tränkschaffs weitete: »Unsere Altvorderen, durchläuchtigster Herr, sind seit urgrauen Zeiten dem Kirnsteiner hörig gewesen. Dortmals haben die Kirnsteiner noch das Sagen gehabt auf der Biber. Seitdem aber der Vettoni auf der Burg sitzt, will er die Nagelfluh von den Degerndorfer Pflasterknechten brechen lassen. Die haben aber keinen Dunst davon, wie man mit diesem kostbaren Stein umgehen muss! Und weil wir nicht freiwillig weichen wollen, macht er uns die Arbeit sauer und hetzt gar seine Hunde auf uns.«

»Ihr habt aber kein gesichert Recht auf den Abbau des Biberfelsens?«, betonte der Herzog fragend.

»Herr, auch Gewohnheitsrecht dünkt uns ein Recht!«, erwiderte der alte Steinbrecher.

Der Herzog staunte über dieses Wort des Mannes, schaute ihn an und schwieg eine Weile.

Die entstandene Stille nutzend, sagte Herzog Christoph: »Wir erinnern Uns, gelesen zu haben, dass in der Lex Baiuvariorum dem Gewohnheitsrecht ein hoher Stellenwert eingeräumt wird.«

»Ihr sagt es, Bruder Christoph! Ein hoher Stellenwert! Dies gilt vor allem dann, wenn kein ausdrücklicher Rechtsgrundsatz den Tatbestand widerlegt. Deshalb seid getrost, ihr Männer! Unser herzoglicher Bruder Christoph wird den Fall klären!«

Wären sie nicht ein junger Herzog und ein junger Ritter gewesen, man hätte aus ihren stummen Mienen und Gebärden die verhaltene Lausbüberei erkennen müssen, als sie jetzt die Neue Veste in München verließen und in der Abendstunde nach Grünwald zurückkehrten. Den Steinbrechern hatte Herr Christoph geraten, vorläufig die Biber zu meiden, bis er sie rufen würde. Damit sie in der Zwischenzeit nicht in Not gerieten, hatte er dem Arnold noch etliche Gulden geschenkt, die der getreulich verwaltete und verteilte.

Einige Tage danach ritten die beiden jungen Herren auf den Kirnstein. Es war, als hätte Burkhard sie erwartet, denn er berichtete ihnen alsbald eine brühwarme Neuigkeit, den Pfarrer von Degerndorf und den Vettoni betreffend.

Da hatte der Kirchenknecht Lorenz die stramme Hiltrud, Tochter eines Innfischers, nicht ohne deren Willen geschwängert. Und jetzt hatte ihm die Fischerin ein Töchterlein geboren. Was aber tat der alte Vettoni? Er ließ beide, den Kirchenknecht und die Fischerin, auf seine Biberburg kommen und erklärte ihnen, der Tochter eines Leibeigenen und einer Freien werde der Stand einer Leibeigenen zugeschrieben – es sei denn, man löse sie um eine Mark Silber aus. Sie sollten also zahlen, anderenfalls müsse der Pfarrer im Taufbuch die Hörigkeit des Kindes verewigen.

Das wollte dem jungen Herzog nicht gefallen.

Er bat zunächst Herrn Burkhard, die unehelichen Eltern so lange auf dem Kirnstein in seine Obhut zu nehmen, bis er selbst mit dem Kirchenvogt Vettoni die Sache besprochen hätte. Dann ritt er mit dem Freund Ekbert nach Grünwald zurück, berichtete auch in der Hofkanzlei, welche Dinge der welsche Herr in Degerndorf trieb, und ließ einen Brief an ihn absenden, folgenden Inhalts:

Wofern Ihr nicht gewärtigen wollt, dass Euren Fanghunden einiges Ungemach widerfahre, raten Wir Euch, selbige einzuhalten und nicht auszulassen, maßen Unser Herzog Christoph in den Wochen bis ad Elevationem Sanctae Crucis die Steinbrüche auf der Biber aus gegebenem Anlass zu besuchen gedenkt.

Gegeben in der Herzoglichen Hofkanzlei zu München:

Philippus Orner, secretarius.

Darauf gab es ein großes Raten auf der Biberburg, was das zu bedeuten habe, bis alle übereinkamen, es könne nur um die Steinbrecher gehen. Dies umso mehr, als die zwölf Männer nicht an ihrem Arbeitsplatz erschienen. Der alte Vettoni sandte Boten zu den Steinbrechern, doch die waren zur Wiederaufnahme ihrer Tätigkeit nicht zu bewegen. In seiner Unruhe wandte er sich an den Degerndorfer Pfarrer Antonio Bergamesi, der ebenfalls aus dem Welschland stammte, und unterrichtete ihn von dem, was in den kommenden Wochen zu erwarten war.

Bergamesi steckte in Sachen Auslöse der drohenden Leibeigenschaft mit dem Burgherrn unter einer Decke. Er glaubte mit dem schmählichen Eintrag ins Geburtenbuch zuwarten zu müssen, ermutigte aber den alten Vettoni.

Gemeinsam warteten sie also auf den Besuch des jungen Herzogs, und mit ihnen warteten alle Leute auf der Biberburg und auch die Steinbrecher und deren Angehörige in ihren Hütten.

Woche um Woche verging, kein Stein wurde gebrochen, obwohl viele Aufträge anstanden. Unwirtlicher Herbstregen durchnässte das ganze Inntal, und dem jungen Vettoni ging – wie die Leut damals zu sagen pflegten – »der Arsch auf Grundeis«. Angst vor etwas Ungewissem bemächtigte sich der ganzen Burg und auch des Pfarrhofes.

Am 8. September endlich kamen sie von Kirchdorf am Inn herausgeritten: Herzog Christoph und Ekbert vom Kirnstein; hinter ihnen schritten, die wuchtigen Brecheisen und Vorschlaghämmer über den Schultern, die zwölf. Der Turmwächter auf der Biberburg hatte sie schon in der Ferne erspäht und seinen Herrn davon unterrichtet. Der kam nun mit seinem Sohn Dario den Berg herab, um den herzoglichen Gast zu begrüßen. Er bemühte sich redlich, dabei die Steinbrecher zu übersehen. Gern hätte er auch noch über den jungen Kirnsteiner hinweggeschaut; doch der machte ihn auf sich aufmerksam, indem er dem Dario zurief: »Solltest du noch einmal deine Hund' auf unsere Leut hetzen, könnt's passieren, dass die Bestien verrecken! Dir selber aber will ich gern zur guten Stund heimleuchten, und ich leg meine Hand darauf, dass dir's dabei sauer aufstoßen wird!«

Durch diese voreilige Bemerkung Ekberts war dem alten Vettoni die Begrüßungsrede, zu der er bereits angesetzt hatte, ganz und gar vergällt. Er verneigte sich bloß und deutete mit einer Handbewegung der Ergebenheit den Burgweg hinan. Auch dem Herzog Christoph hatte das ungestüme Vorpreschen des Kirnsteiners nicht gefallen, war er doch willens gewesen, diese Angelegenheit auf eine etwas feinere Art zu bereinigen. Trotz alledem bewunderte er die direkte Art des Freundes.

Während sie dann unter den Lauben des Burghofes den Begrüßungstrunk einnahmen – die Steinbrecher saßen an einem benachbarten Tische mit dabei –, sagte der Herzog: »Weil nun schon von der leidigen Hundehatz die Rede war: Es steht fortan fest, dass die zwölf Männer des Kirnsteiners – und sie allein! – auf der Biber die Nagelfluh brechen! Dies umso mehr, als Unser herzoglicher Bruder Sigmund in der Landeshauptstadt ein großes Gotteshaus zu Mariens Ehren bauen will. Es wäre deshalb unvernünftig und jeglicher Handwerksgerechtsame zuwider, wollte man ausgerechnet jetzt unerfahrene Leut in die Steinbrüche schicken.«

Als der alte Vettoni nichts darauf erwiderte, fuhr Christoph fort: »Außerdem ist die ungebührliche Mark Silber für die Auslösung aus der Hörigkeit dem Recht der Bayern zuwider und hat fürderhin zu unterbleiben, wie denn auch das bereits einbehaltene Silber zurückzugeben ist! Gleichwohl hätten Wir gerne gewusst, wie diese Gelder verwendet wurden; denn Wir müssen Unserem regierenden Bruder darüber Rede stehen.«

»Ehrlich sei's gestanden: Wir haben es mit unserem Pfarrer geteilt!«, entgegnete mit hochrotem Gesicht der alte Herr.

»Damit's in der Familie bleibt!«, warf Ekbert dazwischen. »Die Hauserin des Pfarrers ist eine Vettoni.«

Ohne auf diese giftige Bemerkung des jungen Ritters einzugehen, sagte Herr Vettoni: »Wir können nichts dafür, dass den Kirnsteinern das Kirchenvogteiamt von Degerndorf weggenommen und uns übertragen wurde.«

Christoph schüttelte leise den Kopf: »Ihr solltet nicht versuchen, von der Tatsache abzulenken, dass Ihr krampfhaft bemüht seid, die Kirnsteiner auszuschalten – Wir meinen die Steinbrecher! – und dass Ihr Euch dazu auch noch des Pfarrers bedient. Was würdet Ihr sagen, wenn Wir Uns in dem, was die Ablösung durch Silber betrifft, an Herrn Tulbeck, den Bischof von Freising, wenden würden? Wir werden es kaum tun; immerhin solltet Ihr Euch mit diesem Gedanken vertraut machen. Vielleicht werdet Ihr dann Eures Amtes gewissenhafter walten! – Jetzt aber verlangen Wir, dass der Pfarrer und seine Hauserin – sie ist sicher Eure Schwester? – hier vor Uns erscheinen!«

Der Burgherr gab seinem Sohn ein Zeichen, und der entfernte sich.

Eine halbe Stunde später trat Antonio Bergamesi mit seiner kraftstrotzenden Feliciana Vettoni vor den jungen Fürsten. Beide vollzogen eine gekonnte Kniebeuge und senkten die Augen zu Boden, was den Eindruck innerer Zerknirschung erwecken sollte. Jedoch war Herr Christoph bereits welterfahren genug, die Absicht von den tatsächlichen Gegebenheiten zu unterscheiden.

Darum sagte er: »Wenn die Anzeichen nicht trügen, so lebt ihr in einer schönen Zweisamkeit miteinander – oder ist es vielleicht eine Dreisamkeit oder gar mehr?«

Die Frau erwiderte ohne Zögern: »Der liebe Gott hat uns bereits drei Söhne geschenkt, und wir tun uns hart, sie ihrem Stande gemäß zu ernähren.«

»Darum verlangt ihr vom Lorenz und von der Hiltrud eine Mark Silber?«, fragte Christoph.

»Durchläuchtigster Herr«, entgegnete der Pfarrer, »ich habe die Leibeigenschaft des Kindes nicht in der Matrikel niedergelegt.«

»Noch nicht!«, antwortete der Fürst. »Und warum nicht? Weil du geahnt hast, dass euch diesmal ein Strich durch die Rechnung gemacht wird. Und du hast richtig geahnt! Jetzt bekenn Uns noch, wie viele Kinder du bisher in die Leibeigenschaft gezwungen hast!«

»Sieben, durchläuchtigster Herr, und keines mehr!«

»Sieben Menschen in die Unfreiheit gezwungen! Was meinst du, was dein Bischof Tulbeck dazu sagen wird?«

»Seine Suffragane haben unsere Bücher geprüft und für richtig befunden.«

»Haben sie auch die Zahl deiner eigenen Kinder geprüft und für richtig befunden?«

»Durchläuchtigster Fürst, ich bewundere und preise die Lauterkeit Eurer Gesinnung und den edlen Mut Eures Herzens; aber Ihr lebt nicht in dieser Zeit, sondern in einer idealen, in der Zeit, von welcher der römische Dichter sang: ›aetas, quae vindice nullo, sponte sua, sine lege fidem rectumque colebat‹. Mögen noch viele Jahre Eures Lebens vergehen, bevor die kalten Winde und die rauen Stürme dieses Daseins Euch belehren, dass der Mensch sündig ist von Jugend auf bis an den Rand seiner Tage!«

»Pfarrer, Wir achten die Ehrlichkeit deiner Worte. Wir befehlen dir aber, das Unrecht aus deinen Büchern zu streichen und die Geschädigten in ihre Rechte zurückzuführen! Dein Schirmvogt, der dir behilflich war, das junge Paar mitsamt dem Kind ins Elend zu jagen, wird dir helfen, das geschmähte christliche Recht wiederherzustellen und die geschundene Kreatur zu befreien.«

Herzog Christoph erhob sich, mit ihm der junge Kirnsteiner. Unter dem Burgtor, das auf die Brücke führte, drehten sie sich um, und der Fürst sprach so laut, dass es unter den Lauben hallte: »Die Steinbrecher gehen wieder an ihre Arbeit wie eh und je!«

Dann ritten sie auf den Kirnstein, der aus den Nebeln, die durchs Inntal strichen, herausragte wie die Gralsburg.

Herzogin Barbara

Frau Anna, die Herzoginwitwe, wollte das hochheilige Weihnachtsfest dieses 1464er-Jahres im Alten Hof zu München ganz allein mit ihren Kindern begehen – vor allem mit den Söhnen. Mit der jüngsten Tochter, der zehnjährigen Barbara, die als einzige noch in München lebte, spann sie keinen guten Faden, wie sie sich überhaupt mit fast allen weiblichen Angehörigen überwarf.

Bezeichnend war auch, dass die hohe Frau für den Tafeldienst am Heiligen Abend ausschließlich die Edelknaben vorgesehen hatte; für die Dienste auf Treppen und Gängen und bei den Türen waren lauter Knappen von Grünwald verpflichtet worden, auch der junge Kirnsteiner.

Während der Festtage sollten die vier Söhne und Barbara gemeinsam mit der Mutter im Alten Hofe wohnen. Der Hofmeister der hohen Frau hatte allen eine geräumige Kammer angewiesen und dafür gesorgt, dass jedem der Herzöge zwei Hofherren, der jungen Herzogin aber zwei Kammerfrauen zu Diensten waren. Den Leibphysikus des Herrn Sigmund hatte sie vorsichtshalber ebenfalls geladen, litt doch der Herzog bereits seit einigen Jahren wegen seines nicht gerade maßvoll zu nennenden Lebenswandels an einem Siechtum, das der ständigen Beobachtung durch einen Arzt bedurfte.

Der Heilige Abend kam, und alle versammelten sich im großen Tafelzimmer. Zunächst ließ sich die Mutter von ihren Kindern beschenken; es waren lauter kostbare Gaben aus edlem Gestein. Darauf rief sie nach ihrem Hofmeister, der mit einigen Kammerherren die feinen Waffen aus Damaszener Stahl für die herzoglichen Söhne hereintrug. Die beiden Kammerfrauen der jungen Herzogin Barbara betraten dann ebenfalls den Tafelsaal und brachten ein Majoranbäumchen und in einem Häuschen etliche seltene Vögel, die aus dem Morgenland stammten. Sie stellten die Gaben vor Barbara auf, während sich Frau Anna aus ihrem Hochsitz erhob und dem Töchterlein eine schwere Goldkette überreichte, die noch vom Vater stammte und die das Kind immer und überall tragen sollte; so sei es der Wille des Verstorbenen gewesen.

In der großen Freude, die sie alle ergriffen hatte, setzten sie sich darauf an den reich gedeckten Tisch und tafelten, bis drunten bei Sankt Lorenz der Hofkapellan mit der Glocke zur Mitternachtsmette einlud. Obwohl das herzogliche Mädchen noch recht munter war, hielt es die Frau Mutter für angezeigt, das Kind ins Bett zu schicken. Die Kammerfrauen erschienen wieder und trugen das Bäumchen und die Vögel in Barbaras Kammer, während sie selbst noch durch die mit Windlichtern erleuchteten, kalten Gänge dahinschlenderte, um sich von den Eindrücken des festlichen Abends und den reichlichen Speisen ein wenig zu erholen.

Als sie nach einiger Zeit wieder zu ihrer Kammer zurückkehrte, bemerkte sie, wie in der Vorkammer eine ihrer Kammerfrauen, Thekla vom Stein, mit einem Hofherrn etwas trieb, was sie bisher bei Menschen noch nicht erlebt hatte. Sie schaute ihnen eine ganze Weile zu – und begann zu verstehen.

Mit aufgewühltem, zwiespältigem Herzen wandte sie sich ab und schweifte erneut durch die Gänge und hinab und hinauf über die knarzenden breiten Treppen. Wut und zugleich ein wildes Verlangen kochten in ihrer Brust:

Was war das, was die da trieben? Was sie von den Hunden abgeschaut hatten! Was sie mit so viel Inbrunst trieben und derart, dass es aussah, als könnten sie nicht genug davon kriegen? Was war das? Was ging in ihnen vor, dass sie selbst in der Heiligen Nacht den Gottesdienst versäumten um dieser Lust willen? Musste das nicht eine gewaltige Kraft sein, die Mann und Frau aufeinander zutrieb? Und waren Verstöße gegen dieses sechste Gottesgebot, von denen der Kapellan stets mit so viel Widerwillen und Abscheu sprach, denn wirklich das Verwerflichste? Wie konnte es das Verwerflichste sein, wenn es ansonsten keine Menschen gäbe?

Barbara verzog sich in eine Fensternische und betrachtete den frisch gefallenen Schnee, auf dem der Mondschein glitzerte. Da stand plötzlich der Kirnsteiner hinter ihr: »Herzogin, Ihr werdet Euch erkälten!«

Sie schaute ihn lange an: »Dann lass mich in deinen Alkoven steigen und wärm mich!«

Als hätte er diese Aufforderung erwartet, nahm er das Mägdlein bei der Hand. Sie schritten dahin, vorbei an etlichen anderen Knappen, die grinsten, stiegen noch eine enge Leitertreppe hinauf und betraten die sehr kleine Dachstube. Einen Alkoven gab es da nicht; nur ein paar üppige Felle lagen wirr auf den blanken Dielen herum …

Als Thekla vom Stein am Morgen des hohen Christtages die Kammer der Prinzessin betrat, schien in blassem Glanz die Sonne durchs Fenster und ließ mit ihrer Helligkeit keinen Zweifel daran, dass der Alkoven leer und aufgeräumt war. Mit lähmendem Entsetzen stürzte die Kammerfrau auf die Gänge hinaus – und siehe, da kam das Mägdlein daher, halb angekleidet und mit zerwühltem Haar.

»Um Himmels willen, Herzogin, was ist Euch geschehen?«

»Das Gleiche, was Euch heut Nacht geschah!«, erwiderte Barbara nicht ohne ein Quäntchen Gift auf der Zunge.

Da fühlte sich die gute Kammerfrau entwaffnet. Ihr war, als hätte einer sie vor aller Augen entkleidet. Sie drehte sich um, eilte davon und suchte die Gemächer der Herzoginwitwe Anna auf: »Hohe Frau, ...«

Sie war nicht in der Lage weiterzureden, fiel auf die Knie und weinte gottserbärmlich. Erst nach ein paar beschwichtigenden Worten der Fürstin brach das ganze Schuldbekenntnis aus ihr heraus. Frau Anna nickte und ließ sich, plötzlich blass geworden, in einen Spannstuhl sinken. Zu Thekla aber, die sich erhoben hatte und entfernen wollte, sagte sie kaum hörbar: »Wir wollen das Kind sehen!«

Die Kammerfrau kehrte wieder zu Barbara zurück, fand aber das Mägdlein nicht. Drauf raste sie gleich einer Irren durch Gänge und über Treppen, fragte den und jenen Knappen, ob er die junge Herzogin nicht gesehen habe, bis einer – ein Türsteher – beiläufig meinte: »Sie ist hier bei Herrn Christoph!«

Mittlerweile versammelten sich die Herzöge Sigmund, Albrecht und Wolfgang sowie der Physikus Doktor Hartlieb vor den Gemächern der Hohen Frau Anna, um sie zum festlichen Hochamt abzuholen. Alle waren befremdet, dass Herzog Christoph fehlte; sie ließen sich aber nicht abhalten und zogen mit prunkvoller Begleitung hinab ins Gotteshaus. Sollte er selber zusehen, wie er sich seiner religiösen Pflicht entledigt!

Christoph war mit der Schwester in seiner Kammer, und nicht nur mit ihr, sondern er hatte auch den Kirnsteiner kommen lassen: »Was zwischen euch geschehen ist, war weder klug noch vorsichtig, sondern bloß saudumm! Es sei denn, Ekbert, du würdest unserer Frau Mutter ritterlich in die Hand schwören, noch ein kleines Jahrzehnt warten zu wollen, bis du unsere Barbara auf den Kirnstein heimführen könntest. Und dann bleibt immer noch die Frage, ob sie dir überhaupt die Tochter zur Ehefrau geben will. Ich bin da nämlich nicht sicher; denn die von da droben, von Braunschweig, die haben ein gekasteltes Gehirn: Da muss Figur zu Figur passen und Stein zu Stein wie am Schachbrett.«

»An mir soll es nicht liegen!«, erwiderte Ekbert. »Wüsste ich doch, was ich an ihr hätte.«

»Und du, Schwester, was denkst du?«, fuhr Christoph fort.

»Was ich denke? Ekbert ist ein schöner Mann, denke ich. Sonst habe ich nichts zu denken; für mich denkt die Frau Mutter.«

Und so war es.

Als die Herzogin Stunden später mit der Tochter in Gegenwart des Herrn Christoph gesprochen und den Hergang erfahren hatte, verfügte sie, dass der Kirnsteiner die Landeshauptstadt künftig nicht mehr zu betreten habe, anderenfalls hätte er eine empfindliche Strafe am Leibe zu gewärtigen. Dieser Drohung hatte der regierende Herzog Sigmund aus lauter Hörigkeit der Mutter gegenüber zugestimmt, nicht aber Herr Albrecht, der mit ihm zusammen das Sagen im Lande hatte. Er verfocht die Meinung, kein anständiger Mann wäre in der Lage, eine Frau, namentlich eine minderjährige, in den Alkoven zu zerren, ohne dass sie ihm die Hand reiche. Doch die Herzoginwitwe Anna blieb bei ihrer Forderung.

Darauf erklärte Herzog Christoph kurz: »Der Kirnsteiner wird bei Uns auf Grünwald wohnen! Vor das Fenster aber, durch das er nach München schauen könnte, werden Wir einen Sack hängen lassen!«

In dieser gereizten Stimmung verbrachten sie noch gemeinsam den Gedächtnistag des heiligen Erzmärtyrers

Stephanus. Darauf verließen Herr Christoph und Ekbert den Alten Hof, kehrten auf die Veste über der Isar zurück und begingen einige Tage später das Neujahrsfest 1465.

Für die kleine Herzogin Barbara begann jetzt eine grausame Zeit. Alleingelassen von den Brüdern, von der Mutter beiseitegeschoben, von Ekbert zwangsläufig gemieden, ging sie lustlos in das neue Jahr hinein. Leichte Schattenränder umgaben ihre sonst so wachen Augen, und an der Nase deuteten sich zarte Fältchen an. Ihr Vertrauen in die Menschen, die sie umgaben, war erschüttert. Der Hofkapellan schaute achtungsvoll an ihr vorbei; die Kammerfrauen verrieten jedes Wort, jede Handlung an die Herzoginmutter; die Mägdlein, die mit ihr beim Lateinunterricht, beim Singen und beim Federballspiel beisammen waren, steckten jeden Augenblick, in dem sie sich unbeobachtet von ihr fühlten, die Köpfe zusammen, tuschelten und grinsten gehässig. So kam sich Barbara ständig vor – sie hat den Vergleich später niedergeschrieben – wie die gottselige Kaiserin Kunigundis, die einst barfuß über glühende Pflugscharen hatte schreiten müssen.

Es gingen die Wochen dahin und die Monate, und eines Tages im Mai brach das Mägdlein beim morgendlichen Schönmachen unter den Händen der Kammerfrauen zusammen. Doktor Johannes Hartlieb, der gerade in den Burghof hereingeritten war, trat eilends an ihr Lager und ließ sich nach einer guten Stunde bei Frau Anna vorführen. Er erklärte, das Kind habe durch sein weihnachtliches Abenteuer einen mächtigen Schub in seinem Reifevorgang erfahren und müsse jetzt, um mit sich selbst ins Reine zu kommen, in eine völlig neue Umgebung gebracht werden.

Darauf antwortete die Fürstin mit wohlbedachter Sicherheit: »Wir werden sie in das Kloster der Klarissinnen zu Sankt Jakob am Anger geben. Sie wird im Umgang mit den frommen Frauen den Abstand zu den Dingen dieser Welt gewinnen, der einer Herzogin von Bayern gut ansteht. Die Jahre werden es dann erweisen, ob sie für eine Krone oder für den Schleier bestimmt ist!«

Als sich bald darauf der feierliche Übergang vom Alten Hof in das Angerkloster vollzog, sahen die an den Hauswänden stehenden Gaffer, dass man vor der weißen Prinzessin ein Majoranbäumchen und ein Vogelhäuslein hertrug; an Barbaras Hals glänzte eine goldene Kette. Die Oberin des Klosters hatte es schweren Herzens erlaubt, dass diese drei Erinnerungsstücke an die sündige Welt mit in das fromme Haus einziehen durften.

Damit war vor den Augen ebendieser sündigen Welt der unschuldige Fehltritt eines Mägdleins bemäntelt und der Vergessenheit anheimgegeben worden: Niemand wage mehr daran zu rühren!

Freilich, Ekbert, der Kirnsteiner, hatte manchmal nachts das Empfinden, als stehe die Erinnerung wie eine holde Fee an seinem Bett – und ginge rasch wieder fort …

Da war wohl auch ein gutes Stück seiner Jugend unwiderruflich fortgegangen.

Nicht als Novizin oder gar als Nonne, sondern als bloße Scholarin war Barbara im Kloster der Klarissinnen aufgenommen worden. Die Oberin der frommen Gemeinde war mit Frau Anna einig geworden, dass man der jungen Herzogin keinerlei Bußübungen auferlegen sollte. Man wollte es ihr ganz und gar freistellen, ob sie eines Tages in den Orden eintreten würde. Sie sollte im Klosterbereich und auch auf dem Nonnengut in Menzing, das nicht weit ab von München lag, jede Bewegungsfreiheit genießen, sollte sogar reiten und nach Einbruch der Dunkelheit im abgeschirmten Klosterweiher baden dürfen. Im Winter sollte ihr einmal in der Woche das Schlittenfahren gegönnt sein – in Begleitung zweier alter Beichtväter zum Herrn Bischof nach Freising und wieder zurück.

Besuche durfte sie nur empfangen, wenn diese sich zuvor im Alten Hof ausgewiesen hatten.

Im Kloster selbst kümmerten sich drei betagte Nonnen um sie: eine für den Kammerdienst, die beiden anderen für den Unterricht. Dieser Unterricht bestand unter anderem in der Erlernung der Sprachen Latein, Griechisch und Welsch; war doch damit zu rechnen, dass die junge Fürstin irgendwann in ein hohes Haus einheiraten würde. Auch die Ereignisse der biblischen Geschichte fanden bei den Unterweisungen ihren gebührenden Platz, wobei allerdings gewisse Kapitel des Alten Bundes – besonders das Hohe Lied – ausgeklammert werden mussten.

So lebte Barbara in Demut und stiller Ergebenheit dahin. Das weihnachtliche Erlebnis mit dem Kirnsteiner hatte in ihrer Seele keine so deutlichen Spuren hinterlassen wie bei ihm. Jetzt, wo sie von der Umwelt nicht mehr daran erinnert wurde, kam ihr das alles bald wie ein dummer Traum vor, ein Traum, von dem man bisweilen überfallen wird, weil man sich vielleicht geärgert oder weil man zu hastig gegessen hat.

Auf der Veste Grünwald hatte inzwischen Herzog Christoph das Regiment übernommen und gebärdete sich genauso wie die übrigen jungen Herren, die Knappen, die das Haus Bayern aus vielen ritteradligen Geschlechtern an den Hof gezogen hatte.

Hinter diesem Vorgehen stand ein kluger Plan: Man wollte der nicht selten recht störrischen Ritterschaft im Laufe der Zeit den Wind aus den Segeln nehmen und die jungen Herren so eng wie nur möglich an das Herrscherhaus binden. Und wie gebärdeten sie sich auf Grünwald? – Auf diese Frage hatte der Physikus Doktor Hartlieb erst kurz zuvor der Herzoginwitwe geantwortet: »Bisweilen wie die Irren, meistens aber noch irrer!«

Doch man ließ sie gewähren, in der Hoffnung, der Verstand würde sich noch vor ihrem vierzigsten Lebensjahr einstellen. Dieses Jahr gelte als Grenze, so erklärte der Physikus. Käme bis dahin der Verstand nicht, würde in der Folgezeit die fortschreitende Verblödung die Oberhand gewinnen – »auch bei unserem jungen bayerischen Herkules!«, fügte er schulmeisterhaft hinzu.

Und – weiß der Himmel! – sie trieben's ganz wild. Auf der Turnierwiese unterhalb der Burg, nahe an der Isar, schlugen sie einander grün und blau und hatten sogar noch allerhand Gaffer; vor allem die Holzflößer von Tölz. Die brachten ihre mächtigen Baumstämme häufig die Isar und dann die Donau hinab bis nach Wien, nahmen auch gerne geldkräftige Kaufleute und sonstige Bürger mit – am liebsten deren Frauen und da besonders die jüngeren.

Als die Zeit der Erntefeste gekommen war, baten die Knappen Herrn Christoph, mit ihnen auf einem Floß nach München zu fahren, damit man bei besagten Festen nichts versäume. Der junge Herzog wollte seinerseits ebenfalls nichts versäumen, und so bestiegen sie eines Abends ein Floß. Selbst der alte Waffenmeister Bertram schloss sich ihnen an. Die Veste Grünwald war leer, ausgenommen die Wachen im Torhaus und die Wächter auf den Zinnen.

Nein! Einer war noch da: Ekbert, der Kirnsteiner! Kaum war das Floß hinter den Büschen des Hochufers verschwunden, eilte er in den Marstall, zog das schärfste Ross heraus und jagte über Gräfelfing auf Menzing zu. Denn wenn die Bauern Erntefest feiern, so dachte er, dann feiert man auch auf dem Nonnengut! Und dann müsste es mit dem Teufel zugehen, wenn die Nonnenschaft der Klarissinnen nicht mitfeiern würde – und auch Barbara!

Gleich hinter der Schmiede am Eingang der Siedlung lag die Tafern. Er stellte hier das Ross ab. Dabei geriet er auf der Gasse in das geschäftige, laute Treiben des jungen Volkes. Er mischte sich ein Weilchen darunter, stahl sich aber dann aus der Menge hinaus und verschwand im dichten Gebüsch, das den Weiher des Nonnenguts umsäumte. Er wand sich durch allerlei Stechkraut und Schlingpflanzen und erreichte schließlich den von hohen Binsengräsern umwucherten Pfad, der zum Wurzgarten des weitausladenden Gutshofes hinüber führte. Hier war das mächtige Scheunentor geöffnet, sodass Ekbert das Brutzeln und Braten über feurigen Kesseln wahrnehmen konnte. Und tiefer und tiefer senkte sich die laue Nacht über das sonst so stille Gehöft.

Da wurde drüben am Wohnhaus das kleine Hofglöckchen gezogen, und bald schritten sie daher: die Mutter Oberin, von zwei anderen Klosterfrauen begleitet; hinter ihnen die Herzogin Barbara mit drei älteren Nonnen; sodann etwa dreißig jüngere, denen man die Freude über die willkommene Abwechslung schon am beschwingten Gang ansah. In einem kurzen Abstand folgte der Klosterpater, ein älterer Herr aus dem Orden des heiligen Franziskus; und nach ihm das fröhliche Hofgesinde. Der Pater sprach einen Speisesegen, und dann ließen sich alle auf groben Holzbänken an schlichten Tischen nieder.

Ekbert richtete seine Augen unverwandt auf Barbara, die jetzt von einer Nonne bedient wurde, zugleich mit der Mutter Oberin. Und da kam ihm die Geschichte von dem jungen böhmischen Herzog in den Sinn, der einst sein Mägdlein, das sie ins Kloster von Aschaffenburg gesteckt hatten, aus ihrer Mitte geraubt und in einem Gewaltritt auf seine Hochburg über der Moldau in Prag geholt hatte. Ein Herzog müsste man sein! Eine Hochburg müsste man haben! Nicht bloß den armseligen Kirnstein über dem

Innfluss! – O Gott, und jetzt muss sie hinter Klostermauern versauern, muss mit alten Frauen und ungewaschenen Mägden Umgang haben, muss die Augen schüchtern niederschlagen, wenn sie einem jungen Mannsbild begegnet, sich aber von alten Böcken mit geilen Augen anstarren lassen! Herrgott! Und sie war doch die Meine! …

Das junge Volk auf der Tenne hatte wenig Hunger, umso mehr Sehnsucht nach Fröhlichkeit und Tanz. So kamen auch bald ein Pfeifer und ein Fiedler daher und spielten auf. Sie spielten die alten, von den Vätern überkommenen Bauernweisen, holprig und ungeschlacht. Einer der Knechte schlug mit einem Holzlöffel auf einen Melkeimer und unterstrich so das Taktmaß. Das gab in der Scheune einen schönen Hall, und bald hüpften und drehten sie sich – zumeist die Mägde miteinander – singend und johlend auf der Tenne; auch Herzogin Barbara. Ekbert, der unentwegt aus den Büschen lurte, kam es vor, als wollte sie sich die Not des Abgeschiedenseins von der Seele tanzen, von einer eingesperrten Seele in einem eingesperrten Leib.

Nach geraumer Zeit erhob sich die Mater Oberin und mit ihr alle älteren Nonnen. Froh winkend verließen sie die Tenne. Darauf bildeten die jüngeren einen Kreis um die Tanzenden, fassten sich bei den Händen und begannen sich ihrerseits schaukelnd und schunkelnd zu wiegen. Dies setzte sich eine gute Stunde so fort, bis die drei Klosterfrauen, die stets um die Herzogin herum waren, gemessenen Schrittes daherschlurften und den übrigen Mitschwestern das Ende des frohen Festes verkündeten. Darauf zogen sich auch die Musikanten zurück, und alles dienstbare Volk verlief sich rundum in den Kammern. Nun wandte sich Barbara ihren drei Betreuerinnen zu und sprach leise mit ihnen. Eine ging alsbald weg und kehrte nach kurzer Zeit mit einem Armvoll Wäsche zurück.

Jetzt geschah etwas, was Ekbert hinter seinen Büschen nicht wenig in Aufregung versetzte: Alle drei Nonnen kamen mit der jungen Fürstin auf einem Binsenpfad daher bis an das sandige Ufer des Weihers. Während die eine ein großes Linnen entfaltete und hinter dem Mägdlein ausspannte, drehten sich die beiden anderen dem Pfad zu, so als wollten sie ihn bewachen.

Jetzt warf Barbara ihre Kleider von sich und schritt bedächtig und mit zarter Bewegung – der durchs Laub spähende Ekbert konnte alles genau beobachten – ins abendlich kühle Wasser. Sie kauerte sich nieder, benetzte Gesicht, Arme und Brust und schwang sich dann mit einem kräftigen Sprung in den Weiher. Ein sanftes Mondlicht, das hinter einer Schleierwolke hervorschien, flutete über den Wasserspiegel und ließ das harmonische Auf- und Niederschwingen des dahinschwimmenden weißen Leibes wie hinter einem feinen Nebelvorhang erkennen.

Ist das nicht meine Stunde?, fragte sich Ekbert und zog das Wams aus. Doch hob sich der Oberkörper der Prinzessin aus dem Wasser, sie drehte sich um und schwamm zurück, so rasch, als hätte sie seine Blicke bemerkt. Und schon stand sie vor dem ausgebreiteten Linnen, das die Nonne um sie schlug, worauf sie mit ihr und den beiden anderen Frauen dem Wurzgarten zuging. Bald waren sie hinter der Tenne im Schatten des Scheunentores verschwunden.

Nein, Ekbert vom Kirnstein, ein böhmischer Herzog bist du nicht!

Das »Fräuleinlaufen«

Der Kirnsteiner kehrte, ohne sein Ross zu schonen, in der hellen Nacht auf die Veste Grünwald zurück. Er hatte einige Bedenken, was er wohl dem Herzog Christoph sagen sollte, wenn der ihn nach Sinn und Ziel seines Ausritts fragte. Doch weder der Herzog noch die Knappen waren schon von ihrer Floßfahrt zurück. Abgesehen von den Waffenknechten stand die Burg leer.

Und wo waren sie? Wohin hatte sie's in der Erntefestnacht verschlagen?

Sie waren mit den Flößern bis Ismaning gefahren, waren dort an Land gegangen und wollten die große bischöflich freisingische Hofmark aufsuchen. Schon von Weitem fiel ihnen das fröhliche Treiben in dem Lustgarten vor den Wirtschaftsgebäuden angenehm auf; es versprach eine lustvolle Nacht.

Ehe sie jetzt zum Einlass in der hohen Mauer kamen, versammelte Herr Christoph seine vierzehn Gesellen um sich und raunte ihnen zu: »Tut, was euch Spaß macht, solange es recht ist! Aber denkt an eines: Im Schloss nebenan sitzt der freisingische Hofmarksrichter! 's ist zwar schon ein alter Mann, hört auch nicht mehr gut, aber 's ist einer von der Geistlichkeit!«

Die Knappen grinsten bis hinter die Ohren und murmelten Zustimmung. Als der Baumeister und der Obersattelmeister die jungen Herren sahen, erwiesen sie ihnen die gebührende Reverenz und gaben ihrer Freude über den raren Besuch wortreich Ausdruck. Sofort wurde für sie eine Tafel bereitet und etliche Knechte und Mägde zu ihrer Bedienung abgeordert. Denn das wussten alle: Herzog Christoph war ein großherziger und freigiebiger Herr und würde reichlich Gulden springen lassen, falls ihm das Fest gefiele.

Alles, was Kuchl und Keller bereitgestellt hatten, blinkte und dampfte auf den Abstelltafeln entlang der Wand. Der Großknecht brauchte nur den Freisinger Stadtpfeifern zu winken, und ein großer Jubel würde aufbrausen.

Jetzt winkte er, und der Jubel brauste auf!

Die eingeteilten Knechte und Mägde sausten hin und her, die Musikanten vollbrachten halbe Wunder an Fleiß, die zwei Köche und die drei Kuchldirnen schleppten immer wieder neue Eingebungen ihrer Kunst heran. Der Küfer und die Kellerknechte brachen unter der Last der Bier- und Weinkannen fast zusammen, und die Freude aller verschaffte sich lautstark Ausdruck.

Als aber jeder über seinen Holzteller gebeugt war, wurde es ruhiger. Die jungen Gesellen an der Tafel des Herzogs hielten sich im Genuss der Getränke merklich zurück, schielten jedoch zum langen Tisch der Mägde hinüber, die aus den Dörfern ringsum zusammengekommen waren; und jeder Knappe malte sich im Geiste ein kleines oder mittelgroßes Erlebnis aus.

Als sich nach geraumer Zeit die Stimmen wieder erhoben und die Pfeifer lauter und auch ein wenig falscher drauflos bliesen, ließ Herr Christoph den Baumeister und den Obersattelmeister zu sich kommen, denn er hatte sich etwas ausgedacht: »Wir wissen zwar nicht, was ihr an heiteren Überraschungen in dieser Nacht noch geplant habt …«

»Nicht viel, durchläuchtigster Herr!«, erwiderte der Baumeister. »Wenn die Leut richtig gefressen und gesoffen haben, unterhalten sie sich alleinig!«

Der Herzog setzte die unterbrochene Rede fort: »... dann möchten Wir euch aber einen Vorschlag machen!«

Der Sattelmeister nickte gefällig.

»Hat einer von euch beiden schon einmal das ›Fräuleinlaufen‹ auf der Münchner Jakobi-Dult miterlebt?«

Sie verneinten und erwiderten, die geistlichen Herren auf dem Freisinger Domberg und folglich auch der Herr Hofmarksrichter hielten nicht viel von den Dultfesten der Münchner und hätten wiederholt von deren Besuch abgeraten.

»Freilich«, entgegnete Herr Christoph, »das Fräuleinlaufen in München artet zumeist recht aus. Wenn ihr aber hier eure anständigen Dirnlein zu einem derartigen Laufen bewegen könntet, so wäre das für sie selbst wie auch für eure Mannsbilder ein rares Vergnügen, vielleicht sogar ein unvergessliches.«

Die beiden Männer schauten einander an, überlegten eine Weile und stellten dem Herzog noch einige Fragen wegen der Durchführung des Laufens in dem ausgedehnten Lustgarten.

Darauf gebot der Obersattelmeister Ruhe und verkündete: »Es hat unserem hochgemuten Herzog Christoph gefallen, uns ein Fräuleinlaufen vorzuschlagen. Wir danken ihm und wollen dieses Laufen gleich angehen, solange die Mannsbilder noch aus den Augen schauen können.«

Der Vorschlag traf auf helle Begeisterung, wenngleich auch die eine oder andere der Mägde – namentlich unter den erfahreneren – gschamig zur Seite schaute. Die Knechte aber grölten.

Es war eine recht lichte, laue Nacht, so recht zu einiger Ausgelassenheit angetan.

Der Baumeister gab jetzt die Weisung, alle, die mitlaufen wollten, sollten sich in zwei Haufen aufteilen: die unter zwanzig Jahren und die über zwanzig Jahren. Ebenso erklärte er, jeder Haufen habe dreimal um den Apfelgarten herumzurennen. Die jeweils drei Schnellsten bekämen am End einen ganzen, einen halben und einen Viertelgulden – und zwar aus der Hand des Herrn Christoph.

Da wurden auch die Gschamigsten tapfer, und fast alle standen am Ende bei ihrem Haufen.

Inzwischen hatten sich etliche zehn Knechte entlang des angeordneten Weges mit Fackeln aufgestellt, weil der Mond sich leicht zu verschleiern begann. Nun traten die über zwanzig Jahre alten Mägde zum Sattelmeister hin – es waren dreizehn –, stellten sich in einer Reihe auf und warteten auf sein Zeichen. Er gab es – und sie rannten los. Die erste Runde war noch nicht beendet, da hatten einige bereits die langen Röcke aufgeknotet und von sich geworfen, denn nur so war ein wirklich schnelles Laufen möglich. Bald folgten die anderen ihrem Beispiel; und als sie nach der dritten Runde in den Hof einliefen, fehlten fünf von ihnen. Die übrigen aber waren derart verschwitzt, dass ihnen die Blusen am Leib klebten. Sie verschwanden sogleich in der Waschkuchl.

Nun versammelte der Sattelmeister die neunzehn jungen um sich. Die hatten ihre Röcke bereits abgelegt, was bei den Mannsbildern große Begeisterung hervorrief. Auf ein Zeichen zogen die Mägdlein davon. Das war nun ein anderes Fräuleinlaufen, ein beschwingtes mit langen Schritten und weit ausgreifenden Beinen. Dieses Mal waren es noch mehr, die das Ziel nicht erreichten ... was wohl weniger der Erschöpfung als dem Winken und leisen Zurufen einiger Knappen am Rand des Weges geschuldet war.

Nun hatte aber auch der würdige Herr Hofmarksrichter aus einer Fensternische seines Schlösschens das Fräuleinlaufen mitverfolgt und war von Entsetzen erfasst worden:

Sind wir also schon so weit, so dachte er, dass sich die Sünde der Fleischeslust auch auf den fürstbischöflichen Gutshöfen breitmachen darf?

Er setzte sich hin, schrieb einen Brief an seinen Herrn Johann Tulbeck und schickte ihn durch einen berittenen Boten nach Freising:

Durchläuchtigster und hochwürdigster Fürst, Gott erhalte Euch in seiner Gnade und Gesundheit, er übergieße Euch mit dem Tau seines Segens und bewahre Euch in unverbrüchlicher Heiligkeit! – Da haben wir gestern auf Eurem Hofe zu Ismaning das Erntefest gefeiert und sind dabei der zweifelhaften Ehre des Besuchs des jungen Herzogs Christoph und seiner Knappen gewürdiget worden. Besagter Herr Christoph hat in vorgerückter Stunde – so wurde mir glaubhaft versichert – den Wunsch geäußert, es möchten doch die Mägde, die sich auch von den umliegenden Meiereien bei uns versammelt hatten, ein sogenanntes ›Fräuleinlaufen‹ zeigen, wie solches in der Herzogsstadt zu München bei der Jacobi-Dult von den meretriculis vorgeführt wird. Fast alle haben's vorgeführt, sind aber etliche unterwegs mit Mannsbildern in die Büsche geschloffen – Gott sei's geklagt!

Wollen demnach Eure hochfürstliche Geistlichkeit den herzoglichen Hof vor einer Wiederholung solchenen schändlichen Treibens allergnädigst warnen. Darum bittet Euer letzter Diener,

der Hofmarksrichter zu Ismaning.

Der bischöfliche Secretarius zu Freising ließ dieses Sendschreiben kopieren und schickte es mit einer wertfreien Beischrift nach München. Hier wurde es dem Herzog Albrecht unterbreitet, weil sich Herzog Sigmund mehr und mehr aus den Regierungsgeschäften zurückzog, um seine ganze Kraft dem Bau des Domes zu Ehren Unserer Lieben Frau widmen zu können.

Da rief Albrecht den jüngeren Bruder zu sich und machte ihm heftige Vorwürfe. Er enthob ihn auch seines Postens als Verwalter zu Grünwald und bat den Herrn Sigmund, seinen Sitz auf der Isarveste aufzuschlagen. Sigmund nahm diese Bitte zum Anlass, auf die Mitregentschaft des Herzogtums Bayern überhaupt zu verzichten, war er doch ein Herr, der es mehr mit den Künsten und mit schönen Frauen hielt. Er zog also nach Grünwald, und Herr Christoph sowie die Knappen unterstanden seinen Weisungen.

Da aber wurde der junge Herr hellhörig: Vater Albrecht hatte doch letztwillig verfügt, es sollten immer zwei seiner Söhne an der Spitze des Landes stehen. Nach der Abdankung Sigmunds stand also ihm, Christoph, die Mitregierung zu. Er ritt also in den Alten Hof und machte vor dem Bruder seine berechtigten Ansprüche geltend.

Da kam es zu einer denkwürdigen Aussprache.

»Mit Euch, Herr Bruder«, sagte Albrecht, »käme das Bayernland in Teufels Küche! Euch fehlt, was die Lateiner *discretio* nennen, will sagen, das rechte Augenmaß! Zwar hat Euch der Herrgott übergroße Kräfte des Körpers verliehen, dürfte Euch dafür jedoch in puncto Klugheit ein wenig zu kurz gehalten haben. Mit Euch regieren, hieße mit Euch ständig streiten, denn Ihr seid ein zwar seelenguter, doch ein ebenso verschwenderischer Mann!«

Hart entgegnete Herr Christoph: »Wer redet davon, Ihr solltet zusammen mit Uns regieren? Niemand! Teilt das Land und gebt Uns die Hälfte! Wir möchten nichts lieber als allein regieren!«

»Das Land teilen, Herr Bruder, wäre die äußerste Unvernunft. Gibt es denn nicht schon zweimal Bayern? Zeitweise sogar dreimal: Bayern-München, Bayern-Landshut und bis vor Kurzem auch noch Bayern-Ingolstadt. Ein geteiltes Land wird von den Nachbarn viel leichter geschluckt als ein ganzes! Und überlegt auch noch dies: Der Habsburger steht um uns Bayern herum an vielen Türen, bereit zum Einzug!«

»Wir sehen deutlich«, antwortete Christoph, »dass Ihr nicht willens seid, das Vermächtnis unseres Herrn Vaters zu achten. Ihr schützt allerhand Beweggründe vor, die gewiss rechtens sind – wiegen sie aber den letzten Willen eines Vaters auf? Auch müsst Ihr Euch fragen lassen, warum es Euch vor Jahren – nach dem Pesttod unseres gottseligen Bruders Johann – so pressiert hat, das Regiment mit Sigmund zu teilen! Oder sind Eurem Gedächtnis die damaligen Eilmärsche vom Welschland herauf entfallen? Ihr werft Uns vor, Wir hätten kein Augenmaß; besser kein Augenmaß als zweierlei Maß – je nach Bedarf!«

Albrecht erhob sich jäh und sagte mit drohender Gebärde: »Redet Ihr so mit einem regierenden Herzog?«

»Gut!«, erwiderte Christoph. »Es ist genug geredet! Dafür empfehlen Wir Euch, zwischen München und Erding einen Ort zu erkunden, auf dem wir beide uns im ritterlichen Zweikampf begegnen könnten. Ihr habt die Wahl!«

Er drehte sich um und verließ den Alten Hof.

Eine unverkennbare Blässe hatte Herzog Albrecht bei dieser Herausforderung befallen. Er wusste, dass bei einer solchen Begegnung die letzte Stunde vielleicht seines Lebens, in jedem Fall aber seiner Regierungstätigkeit schlagen würde. Darum ließ er seinen Hofmarschall, den Grafen Niclas von Abensberg, kommen und berichtete ihm das brüderliche Zwiegespräch.

Der Abensberger, ein kluger Mann, bat um eine Stunde Bedenkzeit. Danach kehrte er mit besorgtem Gesicht zurück: »Nachdem die Dinge nun schon so weit gediehen sind, Herzogliche Gnaden, müssen wir auf das Äußerste gefasst sein. Wir wollen aber nichts überstürzen, sondern uns im Gegenteil mit Geduld wappnen. Bedenken wir, dass der junge Herzog voll geballter Kraft ist und von ungebändigtem Ehrgeiz sprüht. Er hätte keine Bedenken, Euch zwischen München und Erding den streunenden Hunden und wilden Katzen zum Fraß vorzuwerfen. Denn wer im Besitz seiner Überlegenheit ist, dem mangelt es an feinem Gespür für das, was sich gehört; der wütet um sich wie der waidwunde Wolf. Bescheidet Euch, Herr, und – ich wiederhole mich – übt Euch in Geduld! Und erst wenn sein Wüten auf die Dauer unerträglich, um nicht zu sagen selbstmörderisch für Euch wird, müsstet Ihr Euch dazu entschließen, den Bruder in ritterlichen Gewahrsam zu nehmen – was freilich die Augen des ganzen Heiligen Römischen Reiches auf sich zöge. Der Himmel wolle uns davor gnädiglichst bewahren!«

Herr Albrecht würdigte die weisen Ratschläge seines Hofmarschalls und beschloss vor allem, jeglicher Begegnung mit dem gewalttätigen Bruder aus dem Weg zu gehen. Der merkte das sehr bald und spürte dahinter die unausgesprochene Angst. Darum betrachtete er es jetzt als ein hündisches Vergnügen, öfter in die Landeshauptstadt zu kommen und die Beamten und Herren des Hofes auf offener Gasse zu belästigen – mitunter sogar handgreiflich.

In diesen Wochen geschah es bei einem seiner Besuche in der Stadt, dass Christoph Zeuge einer seltsamen Wette wurde.

Der Großkaufmann Konrad, der auch den Herzogshof mit erlesenen morgenländischen Tuchen und Seidenwaren belieferte, hatte soeben den jungen Gesellen Philipp zu einem Hochsprung herausgefordert. Siegespreis sollte die schöne Ortrud sein, die mit ihrem Vater, dem Lebzelter, bitterlich weinend danebenstand. Der Lebzelter, der ebenfalls gerne Hoflieferant geworden wäre, wollte das Mägdlein mit dem schon recht betagten, aber immer noch kräftigen und geschickten Kaufmann Konrad vermählen. Das schöne Kind fühlte sich jedoch zum Gesellen Philipp hingezogen. Der Hochsprung sollte jetzt entscheiden.

Diese Hochsprünge hatten ganz besondere Regeln. Da wurden nämlich in eine schiefe Wand oder in einen Strebepfeiler, wie sie an Häusern zu finden waren, etliche Nägel übereinander eingeschlagen, doch nicht sehr fest. Aufgabe der Springer war es dann, an der Wand oder an dem Pfeiler hinaufzurennen und einen möglichst hoch gesetzten Nagel mit dem Fuß herauszubrechen.

Gerade als Herr Christoph dahergeritten kam, wurden vor einer großen Schar von Gaffern die Nägel an einem Strebepfeiler des Rathauses festgemacht. Er blieb stehen und ließ sich von einem Ratsschergen das zu erwartende Schauspiel erklären. An den Tränen des Mägdleins erkannte er sogleich, was da gespielt wurde.

Deshalb rief er über die Köpfe der vielen Leute hinweg, er möchte gerne noch ein Übriges tun und dem, der am höchsten springe, hundert Gulden zusätzlich stiften. Großer Jubel erhob sich, denn Herr Christoph war beim Volk beliebt.

Konrad und Philipp legten alles überflüssige Gewand ab und schnürten sich die Sandalen fester. Herr Christoph ritt näher an den Pfeiler hin, um zu sehen, ob alles mit rechten Dingen zugehe, und gab dann dem Konrad das Zeichen zum Springen. Der feste Mann, der Schenkel hatte wie ein Bräuross, lief mächtig schnaubend an, sauste am Pfeiler empor und schlug den Nagel bei der Marke von elfeinhalb Schuh mit der Ferse heraus. Johlen und

Schreien ringsum. Mit geschwellter Brust, auf der sich der üppige Haarwuchs stolz emporkräuselte, und seines Sieges und des Mägdleins sicher, blieb er beim Pfeiler stehen, um die zu erwartende Niederlage des schmächtigen Philipp auszukosten.

Und in der Tat, das fadenscheinige Körperchen des Gesellen federte zwar bis auf zehneinhalb Fuß am Pfeiler in die Höhe, doch waren's eben bloß zehneinhalb. Ein lang hallender Ausruf des Bedauerns erscholl, und der junge Mann wandte sich betrübt zur Seite. Konrad aber, der sich inzwischen wieder bekleidet hatte, schritt zum Herzog hin und hielt die Hand auf – wegen der hundert Gulden.

Der Herzog schaute ihn verwundert an und sagte dann laut, sodass es die Gaffer hören konnten: »Wer am höchsten springt – so hieß es doch –, erhält Mägdlein und Gulden. Wir, Herzog Christoph, sind noch nicht gesprungen!«

Dann warf auch er das Wams ab, schnürte die Sandalen, schnellte an der Wand in die Höhe und traf den Nagel bei der Marke von vierzehn Schuh so hart, dass er mit leise singendem Ton abseits flog. Mächtig brauste der Jubel des Volkes auf, auch verächtliche Worte, auf den Konrad gemünzt, waren zu hören. Der Herzog aber ergriff die Hand des starr blickenden Mägdleins, pfiff schrill durch die Finger und rief den Gesellen Philipp zurück. Treuherzig sagte er zu ihm: »Erobert hast du sie nicht; aber als Geschenk von mir darfst du sie annehmen!«

Während die beiden einander beglückt um den Hals fielen, fingen der Kaufmann Konrad und der Lebzelter an zu maulen. Das aber wollte Herrn Christoph gar nicht behagen. Er pfiff abermals und winkte die Stadtschergen herbei: »Gebt dem Tuchhändler und dem Lebzelter je eins auf die maulenden Goschen!«

Die Schergen, gewohnt, Befehlen zu gehorchen, machten kein Federlesens, sondern vollstreckten den herzoglichen Auftrag mit ihrer charakteristischen Ruhe und Sachlichkeit. Dann verließen sie unter lautem Beifall der Menge den Platz beim Rathaus und begaben sich in die Schergenstube.

Auch der Lebzelter ging mit dem Konrad weg. Sie strebten mit blutenden Zähnen und geschwollenen Lippen dem Alten Hof zu, um dem Herrn Marschall oder gar dem Herrn Herzog Albrecht selbst den Schimpf zu berichten, der ihnen soeben angetan worden war.

Herzog Christophs schlimme Streiche

Und immer wieder kehrte der »böse« junge Herzog für etliche Tage in München ein – nicht weil es ihn sonderlich hingezogen hätte; nein, er war nur darauf aus, seinem Ärger darüber Luft zu machen, dass er nicht mitregieren durfte. Dieses Luftmachen bestand hauptsächlich darin, dass er den Menschen aus der Umgebung seines Bruders Albrecht unaufhörlich Streiche spielte, die ganz gewiss nicht fürstlicher, sondern eher bübischer Art waren.

So heuerte er einmal hinter dem Leprosenhaus am Gasteig neun Bauern an, zahlte jedem ein paar Gulden und trug ihnen auf, mit ihren voll gefüllten Odelwagen in die Alte Hofburg zu fahren. Er selbst werde mit ein paar Knappen vorausreiten und die Einlassknechte am Isartor davon unterrichten, dass die herzoglichen Herren Räte und Schreiber den Odel zwecks einer Prüfung benötigten.

Die Bauern taten, wie ihnen befohlen worden war, und auch die Torknechte ließen bedenkenlos die ländlichen Gerüche passieren, zumal ihnen Herr Christoph etliche Kannen Bier beim Torbräu bezahlt hatte. Die neun Fuhrwerke erregten natürlich die Aufmerksamkeit der Geschäfts- und Handelsleute und aller Handwerker, als sie auf dem breiten Weg durchs sogenannte Tal dahinfuhren, und viele folgten in gebotener Entfernung den triefenden Odelwagen bis in die Hofburg.

Hier empfing der junge Fürst die Bauern und hieß sie kreuz und quer durch den Innenhof die Fülle ihrer Odelfässer zu versprühen. Die taten das mit nicht geringer

Genugtuung, zumal die aus den Fenstern herauslurenden eitlen Herren nicht selten ohne Bedenken durch ihre Felder ritten und Aussaat oder Ernte zertrampelten.

Ein andermal luden die mit Herzog Albrecht befreundeten Herren des niederen Münchner Stadtadels den ganzen Hofstaat zu einer Sauhatz in den Ebersberger Forst ein. Herzog Christoph war auf Betreiben des Herrn Albrecht nicht geladen worden, ebenso wenig die Knappen; doch sollte der Jagdschmaus nach der Hatz auf Burg Grünwald zelebriert werden.

Herr Christoph fühlte sich durch diese Zurücksetzung verletzt und – dachte nach. Am Ende seines Nachdenkens rief er den Kirnsteiner zu sich: »Ekbert, wir gehen sofort und ohne Verzug auf Fuchsjagd!«

»Auf Fuchsjagd?«

»Wir brauchen mindestens zwei Füchse!«

»Dann müssen wir uns nach Nußdorf begeben. Zwischen dem Dorf und dem Kirchwald sind die Füchse zu Hause!« – Sie ritten also dahin.

Beiläufig besuchten sie auch die Steinbrecher am Inn, schauten eine Weile ihrer Tätigkeit auf der Biber zu und fanden sie bei guter Laune, denn sie hatten inzwischen von Herzog Sigmund einen Auftrag erhalten, der ihnen für zwei Jahre Arbeit und Brot verhieß. Vom Degerndorfer Pfarrer und den Herren Vettoni wurden sie nicht mehr behelligt, sodass sie ruhig und gelassen ihrer mühevollen Beschäftigung nachgehen konnten.

Der Kirnsteiner hatte es gewusst: Mit drei schönen, ausgewachsenen Füchsen kehrten die beiden Jäger auf die Grünwald zurück. Sie weideten die Tiere aus, schenkten die Bälge einem armen Kürschner und behielten sich nur die drei Lebern.

»Was willst du damit, Herr?«, fragte Ekbert.

»Ich werde sie in der Obstdarre trocknen!«

»Und dann?«

»Dann werden wir die getrockneten Lebern zu feinem Staub zermahlen!«

»Warum spannst du mich auf die Folter? Wozu dient dir der Leberstaub?«

»Ekbert, du wirst bei dem Jagdschmaus ein rares Spektakel erleben. Mehr will ich dir vorläufig nicht sagen. Wenn's dann aber geschehen ist, wirst du alles verstehen und dich mit mir freuen!«

Acht Tage darauf ritt der angesehene Münchner Niederadel mit dem herzoglichen Hofstaat unter großem Gepränge hinaus in den Ebersberger Forst, und es fand eine Sauhatz statt, wie sie schon seit Jahrzehnten keiner mehr erlebt hatte. Währenddem dampften in der Grünwalder Burgkuchl alle Kessel, und in allen Pfannen zischte und brutzelte es, dass es eine Freud war. Der herzogliche Kellermeister kam mit zwanzig Saumtieren von München dahergezogen; die trugen in Ziegenschläuchen feine Etschländer Weine auf ihren Rücken. Denn auf Karren wäre das edle Getränk zu unruhig geworden, und sein blumiger Geschmack und der Duft nach Nektar hätten gelitten.

Die Herrschaften hatten im Forst reiche Beute gemacht und kehrten jetzt nach Grünwald zurück – zwar nicht auf die Burg, sondern auf die Turnierwiese unten an der Isar. Der Burghof hätte die vielen Leute sowieso zu sehr beengt!

So versammelte sich denn alles an den langen, eingepflockten Tischen und Bänken, wahllos und kunterbunt, und die Köstlichkeiten aus Kuchl und Keller wurden aufgetragen.

Christoph und Ekbert, die ja nicht zur Gesellschaft zählten, hielten sich, sozusagen als Zaungäste, etwas abseits auf, drüben bei der Burgmühle, wo der Kellermeister mit den Küfergesellen die schweren Weinkrüge füllte. Die gefüllten wurden auf eine lange Bank geschoben, von wo die städtischen Tafeldiener sie Zug um Zug abholten.

Hier machten sich auch die beiden Freunde zu schaffen, schauten beflissentlich in jeden Krug hinein und taten, als ob sie die Füllung überprüfen wollten. In Wirklichkeit jedoch trug jeder im Unterärmel seines Wamses ein Büchslein mit gemahlener Fuchsleber und stäubte davon jeweils mit zwei Fingerspitzen eine kleine Prise in die Weinkrüge. Das flackernde Licht der beiden hoch auflodernden Scheiterhaufen reichte nicht aus, dass jemand dieses geheimnisvolle Tun bemerkt hätte.

Alle Gastgeber und Geladenen aßen herzhaft und tranken noch herzhafter – auch die Herzöge Sigmund und Albrecht sowie vor allem auch die in ihrer Witwenschaft langsam ergrauende Mutter Anna. Denn seitdem sie sich nicht mehr wegen der Untreue ihres Eheherrn grämen musste, schmeckten ihr die Genüsse der Tafel mehr und mehr, sodass sie auch mehr und mehr an Leibesfülle zunahm, was ihre an sich schon plumpe Gestalt nur noch unbeholfener erscheinen ließ. Und so war es denn auch sie, die plötzlich von ihrem Tisch aufstand und mit vor den Bauch gepressten Händen eilends davonlief.

Dieser merkwürdige Aufbruch der hohen Frau weckte für ein Weilchen die Aufmerksamkeit aller; doch nur für ein Weilchen. Denn bald erhoben sich reihum die Männer und Frauen und jagten in ungestümer Hast nach hierhin und dorthin, teils in die Büsche, teils an die Isar hinunter, sodass binnen Kurzem ringsum lauter blanke menschliche Hinterteile zu erblicken waren, zarte und festgerittene, je nachdem welcher Gattung von Mensch sie zugehörten.

Die beiden Freunde aber strebten in der Finsternis des Niederholzes den Hang der Burg hinauf, um in ihren Kammern zu verschwinden. Noch unterm Tor raunte Herr Christoph dem Kirnsteiner zu: »Leichter als mit

Schwert und Katzbalger schlägt man den widerborstigen Gegner mit gedörrter Fuchsleber aus dem Felde …«

»Dazu hat man auch noch seinen Spaß!«, erwiderte Ekbert.

Ein paar Tage darauf zog Herzog Albrecht den Kellermeister und die Küfergesellen einzeln ins Verhör. Alle beteuerten ihre Unschuld, sie waren auch einig in der Vermutung, Herr Christoph und der Kirnsteiner könnten hier eine ungewaschene Hand im Spiel gehabt haben; denn nur sie hätten sich in der Nähe der Weinkrüge herumgetrieben. Am grimmigsten aber gebärdete sich Frau Anna, weil viele ihre Not schon bemerkt hatten, noch ehe ihr die Zuflucht hinter die Büsche geglückt war. Welch eine Schmach und Schande! Welch eine hinterkünftige Verachtung der einstigen Landesfürstin! Und unaufhörlich lag sie ihrem Sohn Albrecht in den Ohren, doch endlich dem Treiben Christophs ein Ende zu setzen.

Das war nun leichter gesagt als getan, denn Herr Albrecht wurde von der Angst umgetrieben, dem starken Bruder zwischen München und Erding zwecks eines Zweikampfs begegnen zu müssen.

Am Ende kam er auf den Gedanken, den Bruder durch eine großzügige Zuwendung zum Verlassen der Burg Grünwald und der Landeshauptstadt zu bewegen. Er schenkte ihm die Herrschaft Pähl samt allen damit verbundenen Einkünften und verlangte dafür pro Jahr lediglich sechzehn Fuder Heu und hundert Fuhren Brennholz. Außerdem versprach er ihm dreitausend Gulden jährlich, wenn er künftighin auf seinen Wunsch nach Mitregierung verzichte.

Diese brüderliche Geste empfand Herr Christoph als angemessen und begab sich ins Hochschloss Pähl; er dachte jedoch mit keiner Faser seines Herzens daran, das vom Vater verbriefte Recht auf die Regentschaft preiszugeben. Mit Ekbert dem Kirnsteiner und vierzig Rittern zog er in sein neues Domizil.

Wie sie hier auf Pähl hausten und wirtschafteten, geht aus einer Notiz des Hofkammerrechners Prätzl hervor; dort heißt es bei Herzog Christophs Konto:

Für 1 Panzer – 20 Gulden.
Und ist in 1 monat verschenkt wordn an arm priesterleut und mönch – an die 300 Gulden.
Und namb mein gnädiger herr Cristof eine hand voll geld vnd verschenkts – etwann 100 Gulden.
Und hat er verlorn an nachgelassn schuld, so ihme zukäm von 2 bawren –207 Gulden.
Item verschenkt er in 1 monat – an die 500 Gulden.
Und hat er verschenkt in 1 Monat an arm leut vnd an abbrunnen bawren – an die 400 Gulden.
Und schenkt dem türmer zu st. peter für sein schöns blasn – 1 Gulden.
Item hertzog cristoffn sein wochentlichs – 200 Gulden.

Als Herr Albrecht von diesen Geschenken und Schuldenerlassen seines Bruders las, fand er erneut bestätigt, dass mit einem solchen Sachwalter keine Mitregentschaft des Bayernlandes zu verwirklichen war; und er ließ das den Christoph bei dessen fortwährend wiederholten Nachfragen auch spüren.

In dieser Zeit entschloss sich die vierzehnjährige Herzogin Barbara – das kluge Wirken der ihr zu Diensten stehenden drei Nonnen hatte daran seinen Anteil –, endgültig in den Orden der frommen Klarissinnen zu München am Anger einzutreten und damit allen sündigen Lockungen der Welt Lebewohl zu sagen. Groß war die Freude im gesamten

Herzogshaus, vor allem bei ihrer Mutter Anna. Sie, der die Tochter von allem Anfang an nicht recht willkommen gewesen war, fühlte sich mehr zu den Söhnen Sigmund, Albrecht und Wolfgang hingezogen und war außerdem froh, nicht auch noch einen irgendwie gearteten Schwiegersohn gewärtigen zu müssen. Denn mit den Schwiegersöhnen ist es oft ein Kreuz: Nicht nur dass sie den Müttern die Liebe der Töchter rauben, sondern sie rauben ihnen auch noch eine möglichst stattliche Mitgift – und dadurch würden sie am Ende die Wirtschaftskraft des Herzogtums und das »Gerstl« der nachfolgenden Herzöge schwächen.

Darum wollte Frau Anna den Eintritt der Tochter ins Kloster gebührend gewürdigt wissen. Die hochfeierliche Einkleidung musste selbstverständlich der Fürstbischof von Freising, Herr Johannes Tulbeck, zelebrieren, und zwar im Angesicht des gesamten herzoglichen Hauses. Da wurden alle Angehörigen herbeizitiert. Sogar Frau Sibilla, die Tochter jener famosen Agnes Bernauerin, der sündhaft schönen Bademaid von Augsburg, die einst den späteren Herzog Albrecht bezirzt hatte und darum zu Straubing wie eine Katze ersäuft worden war.

Es war ein Rausch von Jubel und Festlichkeit, als Herr Johann Tulbeck, nach dem gottseligen Korbinian der 44. Bischof von Freising, in den Tempel der Klarissinnen zum heiligen Jakob am Anger einzog. Hinter ihm schritten in feierlicher Gerührtheit die Miglieder des Hauses Bayern. Unter dem Portal empfing ihn die ehrwürdige Nonnenschaft, rings um das liebliche Mägdlein Barbara versammelt, hinter dem er jetzt die Tür in die sündige Welt zuschlagen sollte. Das Gotteshaus war zum Bersten gefüllt.

Du junge Prinzessin Barbara mit deiner goldenen Kette am Hals und dem Majoranbäumchen und dem Vogelhäuschen, die man vor dir herträgt, hast du deinen Schritt bedacht? Erinnerst du dich noch an die Nacht, als du damals für ein paar glückliche Stunden neben Ekbert dem Kirnsteiner gelegen bist und, noch ein Kind, eine Ahnung von dem bekommen hast, was hätte sein können?

Jetzt stand er ganz hinten, der Ekbert, auf der großen Empore, damit ihn ja die Herzoginmutter nicht sähe, die ihn aus der Landeshauptstadt verbannt hatte. Es schmerzte ihn bitter, wie dieses herrliche Mägdlein die braune Fülle ihres Haares rücksichtslos dem Schermesser hinhielt. Nun werden diese Nonnen in ihre Annalen schreiben: Sie war eine Herzogin und wurde zur Magd!

Als der Kirnsteiner nach dem Hochamt Herzog Christoph begegnete, sagte dieser: »In Zukunft brauchst du nicht mehr bange sein, diese Stadt zu betreten, denn Barbara ist deinem Zugriff für immer entzogen. Das wird auch die Herzoginmutter einsehen!«

Dann schlenderten sie beim Schönen Turm vorbei und zum Tor hinaus und kamen wie durch Zufall auf den Richtplatz am Galgenberg. Da waren die Henkersknechte eben dabei, einen großen Scheiterhaufen aufzurichten, und viel gaffendes Volk stand begierig herum. Und schon zerrten die Schergen zwei Gesellen herbei, denen hoch zu Ross der Hofoberrichter folgte.

»Was haben sie verbrochen?«, fragte Herzog Christoph einen Folterknecht, der gerade vorbeiging.

»Mein Gott, Herr!«, erwiderte der. »'s sind simple Falschmünzer; haben Kreuzer und Groschen geschlagen und werden jetzt zu Pulver verbrannt!«

Sagte Christoph zu Ekbert: »Haben gute Köpf', die beiden Gesellen! Scheinen nicht dumm zu sein!«

Darauf entgegnete der Kirnsteiner: »Überhaupt kann einer, der sich aufs Geldmachen versteht, kein dummer Hund sein!«

»Man fragt sich mit Recht, warum der Richter kluge Menschen dem Verbrennungstod aussetzt. Meinetwegen, sie haben ihr Leben verwirkt. Doch warum auf so grausame Weise?« Herr Christoph sprach das wie beiläufig vor sich hin, schritt zum Richter und rief: »Heb dir doch den Scheiterhaufen auf für andere, die würdiger sind! Wir wünschen, dass diese beiden Gesellen zum Schwert begnadigt werden!«

Der hohe herzogliche Beamte schaute Herrn Christoph an, blickte dann in die Weite und murmelte etwas vor sich hin. Dann warf er den Stab, den er bei der letzten Urteilsverkündung brechen musste, vom Ross herab auf das Hochgerüst und ritt davon.

»Du hast ihn beleidigt!«, sagte Ekbert.

Doch Herr Christoph rannte dem reitenden Manne nach, warf sich dem Ross in die Zügel und brachte es zurück. Er stieg auf das Gerüst, packte den Stab und reichte ihn dem Richter. Dabei schrie er, dass es das dumpfe Lärmen der Gaffer übertönte: »Wir, Herzog Christoph, haben die Männer zum Schwert begnadigt: Sprecht jetzt das Urteil in Unserem Namen!«

Der Oberrichter tat wie befohlen, brach den Stab, wartete jedoch den Strafvollzug nicht ab, sondern ritt in den Alten Hof und erhob vor dem Marschall Klage gegen Herrn Christoph. Er drohte auch, sein verantwortungsvolles Amt unverzüglich niederzulegen, wenn ihm seitens des jungen Fürsten nicht volle Genugtuung widerführe.

Als Herzog Albrecht davon Kenntnis bekam, ergriff ihn wieder die alte Angst: zwischen München und Erding …

Überwältigung und Festungshaft

Niclas Graf von Abensberg, der herzogliche Hofmarschall, konnte Herrn Christoph nicht leiden, wie am Hof überhaupt kaum einer den jungen Fürsten schätzte, weil er durch sein ungestümes Wesen fast jeden herausforderte.

»Warum ist er stets darauf aus, seine Umwelt zu kränken?«, fragte Herzog Albrecht den Grafen, als der ihm das Ereignis vom Galgenberg berichtet hatte.

»Das wisst Ihr doch, gnädiger Herr!«, entgegnete der Abensberger. »Er will mitregieren! Und weil Ihr ihm das verwehrt, stiftet er Unfrieden bei Euren Leuten.«

»Wie kann einer ein Volk regieren, der nicht einmal ein kleines Gemeinwesen glücklich zu machen in der Lage ist! Wir haben ihm Pähl und das weite Umfeld übertragen; jetzt laufen schier unaufhörlich Klagen der Bürgermeister ein wegen Ausbeutung und Erpressung.«

»Dazu kommt«, ergänzte Graf Niclas, »dass er sich über die vereinbarten Lieferungen an Euren Hof kaltschnäuzig hinwegsetzt: Unser Marstall hat kein Heu mehr, ebenso ist unsere Holzleg leer, sodass wir Holz und Heu um teures Geld beim Händler kaufen müssen.«

»Und dann die Schmach auf der Grünwalder Turnierwiese! Unsere Frau Mutter ist darauf gleich um Jahre gealtert.«

»Herr, und das ›Fräuleinlaufen‹ zu Ismaning – und die Odelfässer hier an Eurem Regierungssitz!«

»Weiß Gott im Himmel, Niclas! Wir müssen einen Wandel schaffen!«

Drauf setzten sich die beiden empörten Männer in einer geheimen Kammer zusammen und heckten einen schimpflichen Plan aus, den Plan zu einer Tat, die das ganze Heilige Römische Reich entsetzt aufhorchen ließ und alle Fürsten kopfschütteln machte …

Die meisten Angehörigen der herzoglichen Verwandtschaft hielten sich in dieser Zeit in München auf, und so gab Herr Albrecht, bevor sie sich wieder verliefen, im Alten Hof ein großes Fest.

Dass die Einladung zu diesem Fest fast überraschend kam, verwunderte die Geladenen ein wenig; doch man hatte sich an die bisweilen verqueren Ideen des Herrn Albrecht gewöhnt, und überhaupt – man musste die Feste feiern, wie sie fielen!

Es war ein schon milder Spätwintertag des Jahres 1471, als sich die Angehörigen unter den schweren Gewölben in der Alten Hofburg trafen: würdige grau Gewordene und spritzige Junge. Von den Alten scharte sich die Mehrzahl um Frau Anna, die Herzoginmutter; die Jungen waberten um Herzog Christoph herum, auch und vor allem deren weiblicher Teil, dem er mehr oder minder auf die feine welsche Art begegnete.

Als sich dann die Dunkelheit über die Stadt zu senken begann, zogen die Herrschaften in den großen Tafelsaal ein, ließen sich von den Höflingen an die gekennzeichneten Plätze führen und erfreuten sich an den duftenden Wildgerichten aus den herzoglichen Wäldern. Andere trugen die köstlichsten alemannischen Weine auf, denen die Gäste begeistert zusprachen. Besonders eifrig tat das Herr Christoph, weil ihn die Mägdlein, unter denen er saß, immer und immer wieder dazu ermunterten.

Nachdem dann auch die Pasteten gereicht worden waren, machte das Gerede die Runde, man habe noch ein ganz rares Vergnügen zu erwarten. Und tatsächlich zogen etliche welsche Pfeifer mit seltsamen Flöten, Fiedeln und Posaunen in den Saal und bestiegen die hohe seitliche Empore. Die wollten doch nicht zum Tanz aufspielen? Tanzen in vorgerückter Stunde war bäuerliche, nicht höfische Art! Noch dazu wenn man diesen sündhaft teueren Weinen schon ungebührlich ausgiebig zugesprochen hatte!

Es kam indes ganz anders.

Denn mit einem Mal wurden die Wandfackeln hinausgetragen, und flinke Höflinge bauten unter der Empore eine Bühne auf, die von innen her mit bunten Windlichtern ausgeleuchtet war.

Auf dieser Bühne erschien jetzt der Venezianer Castaldo, ein Mann, aus dessen Mienen und Gebärden die Niedertracht grinste. Er kündigte seine »unnachahmlichen Moriskentänzer« an, die es auf der Welt nur einmal gebe, nämlich in Venedig, und die bereits dem Herrn Kaiser in Wien voll Eleganz vorgetanzt hätten.

Dann traten sie auf. Und – weiß der Himmel –, es war berückend zu sehen, wie fein und mit welch hoher Kunst sie ihre klassischen Körper zu den Weisen der Pfeifer bewegten. Sie tanzten einzeln, tanzten zu zweit und zu viert in schönster Harmonie und berührten sich bei den oft gewagten Figuren in keinem Augenblick.

Während dieses großartigen Schauspiels gingen auf leisen Sohlen die Knaben des herzoglichen Mundschenks von Tafel zu Tafel und kredenzten ihre Weine.

Dann zogen sich die Moriskentänzer hinter die Bühne zurück, und der famose Castaldo erschien wieder. Um seine wulstigen Lippen und die aufgedunsenen Backen spielte eine ganz gemeine Sinnlichkeit. Was das hohe Haus Bayern jetzt zu sehen bekomme, hätte außer dem Heiligen Vater in Rom und dem päpstlichen Hofstaat noch kein sterbliches Auge erblickt: nämlich drei der reifsten orientalischen Bauchtänzerinnen aus dem Palast des Kalifen von Bagdad. Ihre Gestalten seien von so herrlichem Ebenmaß, ihre Bewegungen von so erlesener Grazie, dass man zu Rom noch monatelang von ihnen geschwärmt habe. Er müsse aber die Fürsten des Hohen Hauses Bayern bitten, auf jegliche Kontaktaufnahme mit den Tänzerinnen zu verzichten, sei doch die Noblesse ihrer Kunst von der makellosen Reinheit ihrer Körper und ihrer Herzen wesentlich mitbestimmt …

Plötzlich stand Herr Christoph auf und schrie durch den Saal: »Was soll das Gerede! Her mit den Weibern!«

Kaum hatte er das gesagt, verlor er das Gleichgewicht und fiel mit lautem Gepolter über den Tisch. Die Mädchen um ihn her, vom Wein durchnässt, schrien ebenfalls und stoben auseinander. Einige Höflinge stürzten herbei, hoben den geifernden jungen Herzog auf und trugen ihn in den Gewölbegang hinaus. Hinter ihnen drein kam schon der Doktor Johannes Hartlieb. Er besah sich kurz den schäumenden Herrn und ordnete an, ihn unverzüglich in die Badestube zu bringen. Und er folgte ihnen.

Als sie die Tür der Badestube öffneten, schlug ihnen eine dicke Dampfwolke entgegen. Ein paar Bademägde warfen weiße Linnen über Christoph und verschwanden mit ihm nach hinten zu in der Wolke. Den Doktor jedoch drängten sie ab und verriegelten die Tür.

Das war so rasch geschehen, dass man's in so kurzer Zeit kaum erzählen kann.

Der Doktor aber stand im Gang und wusste nicht, was er denken sollte. Weil er jedoch schon seit geraumer Zeit gewisse Andeutungen mitbekommen hatte, den jungen Herzog betreffend, entschloss er sich, den Schauplatz des geheimnisvollen Geschehens fluchtartig zu verlassen.

Ekbert vom Kirnstein war in der Ritterherberge beim Schwabinger Tor eingekehrt und wartete die ganze Nacht auf seinen herzoglichen Freund. Immer wieder trat er ans Fenster und stierte in die Dunkelheit hinaus. Herr Christoph wollte und wollte nicht kommen!

Stunde um Stunde stapfte der Nachtwächter vorbei und sang mit heulender, besoffener Stimme seine uralten Strophen: »Hört, ihr Herren, und lasst euch sagen ...« – Nein, Herr Ekbert wollte davon schon nichts mehr hören! Seinen Herrn Christoph wollte er hören, der ihm in jüngster Zeit einigen Kummer bereitete, weil er geradezu unmäßig trank. Und warum? Einmal wegen des dauernden Ärgers, weil er Jahr um Jahr auf die Mitregentschaft vertröstet wurde; zum anderen wegen dieses sogenannten Richters zu Pähl, dieses Sängers Hans Heselloher! War das ein wüster Gesell! Doch Herr Christoph mochte ihn und konnte über seine zotigen Lieder stets herzhaft lachen und, wenn er ausgesungen hatte, ebenso herzhaft mit ihm trinken. Da lagen sie bisweilen in der Ritterstube auf Hohenpähl und wälzten sich fast besinnungslos am Boden. Wahrhaft wie die Säue – Herrgott, erlös uns von dem Heselloher!

Da vernahm Ekbert von der Neuen Veste her so etwas wie das Wüten und Raufen und Dreinschlagen kräftiger Gesellen, und zwischenhinein kam es ihm so vor, als hätte er das Fluchen seines Herrn Christoph gehört. Sofort umgürtete er sich mit dem Katzbalger, griff nach dem Sturmhut und verließ eilends die Herberge auf die Neue Veste zu.

Als er vor den Graben kam, sah er, dass das Balkentor verschlossen war. Nur einen Bürgersmann traf er, der sich von einem Knecht heimleuchten ließ. Er fragte ihn, ob ihm nichts aufgefallen sei, eine Schlägerei vielleicht oder etwas dergleichen. Doch der Mann meinte beschwichtigend: »Junger Herr, bei der Veste geschehen oft die merkwürdigsten Dinge!«

Der Mann kicherte blöd, und der Kirnsteiner wandte sich ab.

Auf dem Rückweg lief ihm ein Stadtscherge in die Hände. Er fragte ihn: »Warum hast du's so pressant? Ist was geschehn?«

»Und ob was gschehn ist! Im Alten Hof habens' den Herrn Christoph bsoffn gmacht; dann habens' ihn in der Badstubn mit Kälberstricken bunden und in die Neuvestn bracht. Guat Nacht!« Und der Scherge rannte davon.

Noch während dieser Nacht, und in den folgenden Tagen in immer weiterem Umkreis, verbreitete sich die Kunde von dem höfischen, aber ganz unedlen Ereignis wie ein Lauffeuer durch die Stadt und übers Land: Herzog Christoph in der Zwingburg bei Baumräubern, Strauchdieben, Wegelagerern! Christoph, der es mit den Bauern und den kleinen Leuten hielt!

Doch ganz so war es nicht. Sie behandelten den jungen Herzog fürstlich. Sie hatten ihm die große, runde Turmstube eingeräumt, ihm einen alten, würdigen Diener sowie eine junge Beschließerin bestellt und viele Annalen und Geschichtsbücher aufgestapelt.

Als sich dann Christoph nach Tagen seiner Lage so recht bewusst wurde, überkam ihn auch die schreckliche Erkenntnis, dass ihm kein Richter zu seinem Recht verhelfen konnte. Niemand durfte über den Bayernherzog ein Urteil fällen – außer dem Kaiser. Er war also seinem Bruder und dessen Hofleuten auf Gedeih und Verderb ausgeliefert. Um Gnade zu winseln jedoch wäre eines bayerischen Fürsten ganz und gar unwürdig gewesen. Blieb ihm also nur, sich in die ausweglose Lage zu schicken und aus der Not eine Tugend zu machen.

Und wie? – Er ließ sich von den Franziskanerbrüdern ein lateinisches Lehrbuch und die Werke der römischen Schriftsteller Plinius und Tacitus kommen. Und lernte wieder einmal – Latein.

Ekbert vom Kirnstein aber hatte sein Ross aus dem Stall beim Torbräu gezogen und war ratlos nach Pähl geritten. Zu seiner großen Verwunderung musste er sehen, dass Herzog Albrecht alle Ritter abgezogen und die Betreuung des Hochschlosses dem Hans Heselloher noch zusätzlich zum Landrichteramt anvertraut hatte. Herzog Christoph war damit in dieser Gegend so gut wie ausgelöscht.

Was sollte, was konnte der Kirnsteiner jetzt tun? – Ein Glück, dass sein Vater lebte und dass er auf der väterlichen Burg erbberechtigt war! Er brauchte nicht, wie manch anderer, als Raubritter an die Kaufmannsstraßen zu gehen und den städtischen Geizhälsen und Pfeffersäcken aufzulauern. Zwar konnte seine Herrschaft nicht groß mit Feldern, Wiesen und Weiden prunken, aber sie besaß einige schöne Wälder und vor allem die Verwaltung der Steinbrüche auf der Biber. Diese Steinbrüche hatten in den letzten Jahren durch den herzoglich Sigmund'schen Dombau der Frauenkirche ein nicht unbedeutendes Gerstl abgeworfen; und für die Zukunft versprachen sie nicht weniger, zumal die auf der Biber gewonnene Nagelfluh im südlichen Abendland ihresgleichen nicht hatte.

Traurig und trotzdem zuversichtlich kehrte Ekbert nach Hause zurück und hatte vor, nun als ländlicher Ritter auf seinem Besitz so recht und schlecht sein Leben zu fristen. Damit allerdings hatten sich viele große Hoffnungen und stille Erwartungen in nichts aufgelöst, und er fühlte in seinem Inneren eine erschreckende Leere.

In der Zeit, in der Christoph in der Neuen Veste gefangen saß, im Juni des 1472er-Jahres, holte sich der Tod eine Braut Christi aus dem Kloster der Klarissinnen bei Sankt Jakob in München: Die achtzehnjährige Herzogin Barbara, Tochter Albrechts III. von Bayern und der Anna von Braunschweig.

Seit dem Tag, da Johann Tulbeck, der Freisinger Bischof, dem Mägdlein das üppige braune Haar abgeschnitten und hinter ihr die schwere Klostertür zugeschlagen hatte, war das edle Fräulein mehr und mehr in ein Leben von Demut und Kasteiung hineingewachsen – bis hin zur Selbstzerstörung. Eine beträchtliche Rolle spielte dabei ihr Spiritual Dominik, der alles Menschliche in ihrem Herzen ausrotten wollte, damit sie eine Heilige würde. Mit dieser Ausrottung vernichtete er freilich auch viel Menschsein. Er vernichtete Barbaras Freude an den kleinen Dingen, die der Herrgott für ihr tägliches Glück in den Alltag gestreut hat. Barbara, die Nonne, wurde hart. Herr Dominik sah dies als gutes Vorzeichen für die Richtigkeit seiner Erziehung an und trieb die geistliche Schwester auf dem eingeschlagenen Weg weiter und weiter. Bußwerke und immer stärkere Übungen der »Abtötung« begannen darauf den Körper des Mägdleins so zu entkräften, dass sie aufgrund allgemeiner Auszehrung auslöschte wie ein Licht.

Und jetzt stand der geistliche Herr Dominik vor der Herzoginmutter Anna und verkündete ihr mit salbungsvollen Worten den Heimgang der Tochter: Schon geraume Zeit zuvor habe sich das schicksalhafte Ereignis durch einige ungewöhnliche Begleitumstände angekündigt. Zum einen seien die lieblichen Bewohner des Vogelhäuschens der Prinzessin an ein und demselben Tage dahingestorben; zum anderen habe das Majoranbäumchen über Nacht all seine Zier verloren und sei am Tag darauf gleich wie ein dürrer Besen dagestanden; die güldene Kette aber, die das hochedle Fräulein im Gedenken an den herzoglichen Herrn Vater ständig getragen habe, sei urplötzlich in mehrere Stücke auseinandergefallen. Diese Zeichen habe er, Dominik, nicht anders zu deuten vermocht, als dass der Tod des fürstlichen Nönnleins bereits vor der Türe stünde. Darum hätten sie denn auch das Fasten und die Selbstentäußerungen gemeinsam verstärkt, sodass der vielehrwürdigen Prinzessin am End ein gottseliger Heimgang beschieden gewesen sei.

Herzoginmutter Anna unterrichtete ihre herbeigerufenen Söhne im Sinne des Herrn Dominik von Barbaras Tod und besuchte auch Herzog Christoph in seiner Haft, um ihm die traurige Nachricht zu überbringen – mit der gleichen Einfärbung, wie sie das schon bei den anderen getan hatte.

Christoph fuhr entrüstet auf und erhob die heftigsten Vorwürfe: Man habe die kindliche Schwester in der Stunde, in der sie ihr Frausein zu ahnen begann, zu einem fortwährenden Martyrium gleichsam in die Wüste geschickt, anstatt ihr helfend und in Liebe beizustehen. Jetzt aber bedauere man die krepierten Vögel und den verreckten Majoran mehr als den Tod eines aufsprießenden Menschen: eine Schmach für das Herzogshaus Bayern!

In der Erkenntnis, dass diese Anwürfe allein ihr galten, stand Frau Anna auf und verließ den Raum. Von diesem Zeitpunkt an war das Verhältnis zwischen ihr und dem Sohne endgültig gestört.

Wir wissen nicht, wie wir uns das Zusammenleben des streng bewachten Herzogs mit der ihm zugeteilten Beschließerin Lauretana vorstellen müssen, einer unehelichen Tochter aus angesehenem welschen Hause. Jedenfalls hat Herr Christoph in allen späteren Jahren eine mütterliche

Freundin in ihr gesehen. Sie muss es verstanden haben, in der Trostlosigkeit seiner Gefangenschaft seinen Geist und sein Herz zu erhellen.

Er hat über diesen bittersten Abschnitt seines Lebens nie viel geredet; nur manchmal sind ihm bei lieben Freunden – wie viele Jahre später bei Matthias Corvinus in Ungarn oder bei Kasimir am polnischen Königshof oder auch bei den Böhmischen in Prag – einige kurze Lobsprüche über Lauretana entschlüpft, die von einer edlen Freundschaft beredtes Zeugnis gaben.

Indem die Beschließerin auf ihre eigene Weise in dem jungen Herrn geistige Interessen zu erhalten suchte, versuchte es der Pater Fidelis von den Franziskanern wieder anders; doch nicht so sehr mit der christlichen Lehre – die erschien den Ritterlichen zu sanft –, sondern mit Sprüchen Wotans aus der »Edda«.

Manche dieser Weisheitslehren hat Herr Christoph später seinen Mitstreitern bei passender Gelegenheit wohlwollend an den Kopf geworfen – woran diese sich noch erinnern konnten:

Besitz stirbt,
Sippen sterben,
du selber stirbst.
Nimmermehr
stirbt der Nachruhm,
den der Wackere gewinnt!«

Kleb nicht am Becher,
trink alles mit Maß,
sprich gut oder gar nicht!
Niemand wird
dich jemals verlästern,
gehst du schweigend zu Bett!«

Jedes Mal aber, wenn der Mönch Fidelis bei Herzog Christoph eintrat, zitierte er – dem jungen Herrn schon fast zum Überdruss – den fahrenden Sänger Freidank:

Deutsche Land sind Raubes voll.
Gerichte, Vögte, Münzen, Zoll,
die wurden einst zum Segen erdacht,
nun sind sie selbst zum Raub gemacht.

Was an Gesetzen man bereit't,
zu bessern die liebe Christenheit.
Die Obersten und Hehrsten,
die brechen sie am mehrsten!

Fürsten erbeuten mit Gewalt
Feld, Stein, Wasser und Wald.
Ich weiß keine Fürsten drei,
wo einer gottgefällig sei.

In ihrer eitlen Herrlichkeit
verreckt des Reiches Ehrlichkeit.

Während man sich so in der Festung dem Studium und der Geistigkeit hingab, machte draußen in der Stadt ein anderer Sänger von sich reden: Hans Heselloher, der Saufbruder von Pähl.

Er kam öfter nach München und versuchte jeweils, in die Neue Veste Zutritt zu erlangen; doch umsonst. Weil er aber den Wein liebte und deshalb viel in Schenken und Stuben herumkam, spitzte er stets die Ohren, um die Stimmung der Bürgerschaft und des kleinen Mannes zu erkunden.

Und eines Tages kam er wieder daher, stellte sich mit seiner Drehleier breitspurig vors Rathaus und sang dieses Lied:

O Herzog Christoph lobesam,
du Held in jedem Strauß,
La'n sitzen dich, la'n sitzen dich.
In Gottes Nam,
was bist du lahm,
greif zu und kumm heraus!

Und willt nit raus, und willt nit raus,
und willt dein Turm nit la'n,
Wohl auf und an,
zu Trutz und Hohn
wirf um den Turm und schlepp und trag –
und lauf damit davon!«

Das gab einen mächtigen Aufruhr. Aus allen Gassen strömte das Volk zusammen, und immer wieder musste er das Lied herunterleiern, bis am End die ganze Masse grölte:

Wohl auf und an,
zu Trutz und Hohn
wirf um den Turm und schlepp und trag –
und lauf damit davon!

Dann kamen die Stadtschergen und trieben sie auseinander. Die Leut aber waren nicht faul und zogen zur Neuen Veste. Hier sangen – nein, schrien – sie das Lied noch viel mächtiger als zuvor, bis am Ende die Scharwächter erschienen und dem wilden Treiben ein Ende setzten.

In Freiheit

Der Volksauflauf vor der Neuen Veste machte den regierenden Herzog Albrecht aufhorchen. Und nicht nur ihn! Auch von Wien war ein Sendschreiben des Kaisers eingegangen.

Darin erklärte der Hohe Herr, es sei eine Zumutung, im Angesicht der gesamten Christenheit und aller Fürsten des Reiches einen Herzog wie einen Verbrecher in Gewahrsam zu halten, und dies seit nunmehr neunzehn Monaten. Als gewähltes und gekröntes Oberhaupt dieses Reiches stehe er nicht an, diesem Übelstand gegebenenfalls mit Gewalt ein Ende zu bereiten.

Diese gezielten Worte trafen ins Schwarze. Albrecht versammelte seinen gesamten Hofrat um sich. Gemeinsam beschlossen sie, Herrn Christoph unter der Bedingung, dass er Urfehde schwöre, freizulassen. Gleichzeitig solle er auch künftig die Stadt Weilheim sowie Stadt und Schloss Landsberg behalten, außerdem jährlich 1400 Gulden bekommen – unter der Voraussetzung, dass er für weitere zehn Jahre auf die Mitregentschaft des Bayernlandes verzichte.

Man holte dann den 23-jährigen Sträfling in den Alten Hof und verlas ihm die Bedingungen. Als er das Wort vom Urfehdeschwur vernahm, konnte er ein feines Lächeln nicht unterdrücken. Gefragt, warum er lächle, entgegnete er: »Wir werden für den Augenblick den geforderten Schwur leisten. Haltet Ihr es aber für eines Fürsten würdig, eine gemeine Überwältigung und die Beraubung von neunzehn Lebensmonaten sang- und klanglos im Sande zu begraben? Niemals!«

Da schauten sie alle betreten an ihren Nasen nieder und entließen ihn auf Hochschloss Pähl.

Doch Herr Christoph hatte sich vorgenommen, vor seiner Abreise in München noch einige Gänge zu machen. Der erste führte ihn zum noch nicht vollständig fertiggestellten neuen Liebfrauendom. Er wollte ein Gebet des Dankes für alle durch Lauretana und den Franziskanermönch empfangenen Wohltaten verrichten. Da begegnete er schon unter dem wuchtigen Eingang seinem Bruder Sigmund, den Erbauer des Gotteshauses. Und weil der ein leutseliger Herr war, begannen sie ein recht ungezwungenes Gespräch.

Sagte Herr Sigmund: »Vielliebster Bruder, wisst Ihr noch, wie mächtig Ihr seinerzeit zu Grünwald auf einen Quaderstein stampftet, dass Eurer Fersen Spur in dem Stein zu sehen war? Diesen Stein versprach Meister Jörg von Halsbach, der Baumeister, an einen guten Ort im Dom zu setzen – zum ewigen Gedächtnis Eurer Stärke.«

Nach diesen Worten betraten sie den Dom und wurden vom Meister Jörg empfangen.

»Wo ist der Stein?«, fragte Herr Sigmund.

Da führte sie der Meister hinein bis unter das Orgelhaus, und sie sahen ganz in der Mitte den Stein im Pflaster. Sie gingen hin und traten in die besagte Fußspur. Da zeigte sich – und es war wie ein Wunder –, dass von diesem Stein aus kein einziges Fenster in dem mächtigen Bauwerk zu sehen war.

Herr Christoph, der sich jenes mächtigen Fußtritts nicht mehr entsinnen konnte und auch gar nicht dazu aufgelegt war, sich mit seinen eigenen Heldentaten zu befassen, fiel dem Bruder ins Wort und fragte ihn, wie er denn während des Dombaues mit den welschen Herren Vettoni auf der Biber zurande gekommen sei.

»Sind merkwürdige Gesellen, der Vater und der Sohn, und haben in dem Degerndorfer Pfarrer einen starken Rückenwind. Sie bescheißen die Leut am helllichten Tag und machen dabei ein Gesicht wie die Jungfrau nach dem ersten Probiererl. Ein guter Sachwalter war Uns bisweilen der junge Herr vom Kirnstein. Er kann die auf der Biberburg nicht recht schmecken. Auch hat er einen klugen Kopf und riecht die Mäuse. Wir haben ihm viel Geld zu verdanken, um das Uns die drei Schlawiner sonst gebracht hätten.«

Herr Christoph lächelte wieder jenes feine Lächeln, dem insbesondere die edlen Frauen so schwer widerstehen konnten, und erwiderte: »Ihr wisst, er war Uns lange Jahre ein treuer Weggefährte.«

Sigmund, dem diese Tatsache bekannt war, fuhr fort: »Wir haben ihm angeboten, ihn in Unsere Pflicht zu nehmen, doch er hat abgelehnt mit dem Hinweis, er wolle so lange in Euren Diensten bleiben, als Ihr seiner bedürftet. – Und wie lange werdet Ihr seiner bedürfen?«

Der junge Herzog besann sich kurz: »Wir haben jetzt für zehn Jahre verzichten müssen. Doch nach zehn Jahren werden Wir mitregieren, und dann werden Wir den Kirnsteiner brauchen!«

Sigmund legte sanft die feine Hand auf den Arm des Bruders: »Viellieber Christoph, täuscht Euch nicht! Wir kennen Albrechts Herrschsucht und wissen, dass er nie eine Beute loslässt, die er einmal erkrallt hat. Zugegeben, Ihr seid ein Verschwender, ein liebenswürdiger Verschwender, und mit Euch regieren, heißt auf einem Seil tanzen; doch sollte man meinen, dass Ihr sachte Vernunft annehmt und darum nicht für immer aus der ererbten Mitregentschaft ausgeschlossen werden dürftet.«

»Sollte man meinen!«, bestätigte Herr Christoph lächelnd und streichelte Herrn Sigmund den gepflegten Backenbart.

Dann trennten sie sich. Sigmund verließ den Hohen Dom, Christoph aber betete eine ganze Weile. Er sprach nicht nur das Dankgebet, das er sich bereits vorgenommen hatte, sondern rief auch den Segen des Himmels auf sich und seinen neuen Aufgabenbereich herab. Schließlich sollte er doch – wie sie alle meinten – vernünftiger werden. Aber er wollte auch wieder in den Besitz seiner früheren Kräfte kommen, die in der Neuen Veste verkümmert waren.

Eines Mannes gedachte er in seinem Gebet ganz ausdrücklich: des Hofmarschalls Niclas von Abensberg, der seine Überwältigung in der Badestube gelenkt und geleitet hatte. »Herrgott«, betete der junge Fürst, »gib ihm einen besonderen Schutzengel oder gar einen ganzen Haufen davon – und lass ihn nicht in diese meine Hände fallen …«

Dann kehrte er zu seiner Halbschwester Sibilla in das große Haus ein, das ihr der herzogliche Leibphysikus hinterlassen hatte.

»Wir haben eine schöne Zeit miteinander verlebt, Johannes und ich. Und wenn er auch um viele Jahre älter war, so konnte doch nichts die Harmonie zwischen uns trüben.« Frau Sibilla sprach's und konnte dabei sogar wehmütig lächeln.

»Im Gegensatz zu anderen!«, erwiderte Herr Christoph. »Ich denke an unseren Vater und die Herzoginwitwe.«

»Ach Bruder Christophl, sie ist doch Eure Mutter! Ihr werdet sie nicht ändern! Ihr müsst sie darum nehmen, wie sie ist! Unsere Welt muss doch zerbrechen, wenn keiner mehr den anderen ertragen will! Habe ich Euch dieses Wort nicht schon oft gesagt?«

»Ja, Schwester! Hätt ich eine solche Frau zur Mutter gehabt wie Euch, wie ganz anders wären meine Jugendjahre verlaufen! Seit ich Mann geworden bin, sehen mich die einen als verkrüppelten Lausbuben an, die anderen als ewig Streit suchenden Schläger. Dass auch ich ein fühlendes Herz habe, nimmt mir niemand mehr ab. So werde ich mich durch die Jahre dahinraufen müssen, bis einer mit dem richtigen Morgenstern oder der gut gezielten Stange kommt und mich über den Haufen rennt. Da liegt er, wird es dann heißen, den kaum einer bändigen konnte, weil er sich selber nie gebändigt hat! Besser sprächen sie: Man schlug ihn zusammen, weil er keine Mutter hatte!«

Sibilla schwieg.

Was wollte sie auch angesichts eines solchen Klagelieds sagen? Sie wusste es, so wie es die ganze Stadt München und das halbe Bayernland wussten, dass die Eltern viel an ihm gesündigt hatten. Der Vater war zu jeder x-beliebigen Bürgerstochter in den Alkoven gekrochen, bei der Mutter war unaufhörliche Eifersucht zum wichtigsten Lebensinhalt geworden. Da war dann kein Ohr mehr gewesen, das den Schrei eines Halt suchenden Kindes erhört hätte.

»Schade, Christoph!«, setzte Frau Sibilla ihre Rede fort. »Trotz alledem, was Euch widerfuhr, dürft Ihr Euch nicht aufgeben! Ihr solltet Euch nach einem Fräulein umsehen, das Euer würdig wäre; in dessen Hände Ihr Euch hineinschlichten könntet wie ein Kind. Denn in Eurem tiefsten Innern schlummert die Seele eines Kindes – und das verlangt nach Geborgenheit.«

Zaghaft entgegnete Herr Christoph: »Und wenn sich meine Seele in Eure Hände begäbe, Schwester?«

»Nein!«, erwiderte Sibilla hart. »Es wäre eine Blutschande! Ich will stets für Euch da sein, wenn Ihr Zuspruch braucht – doch mehr nicht!«

Die Sollederin

Frau Anna, die Herzoginwitwe, war über den Vorwurf, den ihr Sohn Christoph damals, nach dem Tod der Herzogin und frommen Klarissin Barbara, unmissverständlich erhoben hatte, tief erschüttert.

Eines Tages, nach langem Kampf mit sich selbst, suchte sie ihren Beichtvater, eben jenen Herrn Dominik, auf, der bei den Klarissinnen auch ihre verstorbene Tochter betreut hatte, und klagte sich im Sinne der Vorhaltungen Christophs an.

Der Beichtiger, der sich am Tod der jungen Edelnonne nun doch mitverantwortlich fühlte, versuchte zunächst, die Bedenken der Herzogin herunterzuspielen, gab ihr aber dann den Rat, zur Erleichterung ihres Gewissens eine Fußwallfahrt zu Unserer Lieben Frau nach Tuntenhausen zu unternehmen. Dabei solle sie weder auf die steinigen Wege noch auf ihre vielleicht blutenden Füße achten, sondern beherzt alle Unbilden auf sich nehmen, die ihr durch Gottes Willen und Gnade zustoßen würden.

Die edle Frau war's zufrieden, bereitete sich vor und begab sich auf den Weg.

Am ersten Abend erreichte sie die Gegend von Zorneding und fand in einer Feldscheune einen so miserablen Unterschlupf, dass sie die ganze Nacht kein Auge zutat und am anderen Morgen so, als wäre sie gerädert worden, den Weg mühselig fortsetzte. Es war ein Glück, dass ihr noch andere Wallfahrer begegneten, weil sie sonst möglicherweise zusammengebrochen wäre. Doch am Beispiel der laut betend dahinziehenden Bäuerinnen und deren Töchter fasste sie immer wieder neuen Mut.

Am Abend dieses zweiten Tages erreichte auch sie die Wallfahrerscheune in der Nähe des Heiligtums zu Tuntenhausen. Ebenso wie die anderen holte sie sich eine Schütte Stroh und legte sich müde und mit zermarterten Füßen nieder.

War es nun ein wilder Traum, war es die überhitzte Einbildungskraft oder war es wirklich eine Erscheinung – mitten in der Nacht sah sie plötzlich einen Engelsknaben vor sich stehen, der sie einlud, ihm zu folgen. Als sie zu fragen wagte, wohin er sie denn führen wolle, erwiderte er kurz: »Ins Riedlerkloster!«

Darauf verließen sie gemeinsam in großer Eile die Scheune und zogen querfeldein dahin, geradewegs auf München zu. Frau Anna achtete nicht mehr auf ihre wunden Füße, sondern war ängstlich darauf bedacht, mit der Lichtgestalt Schritt zu halten. So konnte es geschehen – Gott weiß wie! –, dass sie am frühen Morgen vor der Pforte des Riedlerklosters standen.

»Zieh jetzt die Glocke!«, sagte der Engelsknabe noch – dann war er mit einem Mal verschwunden.

Die Herzogin läutete. Als darauf die Türhüterin öffnete, brach Frau Anna zusammen und fiel der erschrocken aufschreienden Nonne in die Arme. Dann kamen die anderen aus ihren Zellen herbeigeeilt und sahen, wie entsetzlich die Füße und Kleider der hohen Frau zugerichtet waren.

Die Vorsteherin und die Krankenschwester trugen die Fürstin in eine Redekammer nahe der Pforte und wuschen sie mit Heilkräutern am ganzen Leib.

Mitten in dieser Tätigkeit schellte die Glocke abermals, und zwar so stürmisch, dass die Vorsteherin selbst mit an die Pforte eilte. Und wer stand davor? – Der

Kürschnermeister Solleder! Er zerrte seine Frau an den Haaren hinter sich her und schlug fortwährend auf sie ein. Dabei schrie er: »Erst hat sie mich mit dem Herzog beschissen; Jetzt vergreift sie sich gar an den Lehrbuben!« Und wieder schlug er sie und wieder schrie er: »Bändigt sie, ihr Nonnen! Ihr wisst, wie man dergleichen Weiber zur Vernunft bringt! Ich zahl euch, was ihr wollt! Nur lasst sie nimmer aus! Ich müsst sie sonst erschlagen!«

Obwohl die Frau Anna erschöpft in der Kammer lag, bekam sie das wüste Toben des Kürschners mit, hörte auch das Zetern der Frau, wenn er sie misshandelte. Sie quälte sich von ihrem Lager auf und schleppte sich an die Pforte. Als der Solleder die Herzogin erblickte, verschlug es ihm die Stimme.

»Du besinnst dich reichlich spät auf die Untreue deiner Hausfrau!«, sagte sie. »Denn als sie beim Herzog lag und von ihm fürstlich ausgehalten wurde, hast du dein Maul nicht so aufgerissen wie jetzt!«

»Hohe Frau«, erwiderte der Solleder, nun schon beherzter, »wie hätt ich armer Kürschner gegen meinen Herzog aufkommen können! Wo sie's aber mit den Buben treibt, hol ich das Versäumte nach!«

Da plärrte die Frau schluchzend heraus: »'s ist eine Lug! Er hat's mit einer anderen und will mich aus dem Haus haben, das mein Haus war!«

»Stimmt das?«, fragte die Fürstin.

Der Kürschner schwieg.

»Wenn dem so ist, dann gehört die Sache vor den Stadtrichter!« Die Herzogin sprach's, wandte sich ab und schickte eine Nonne fort, um einen Schergen zu holen.

Der ließ nicht lange auf sich warten. Er brachte einen zweiten mit, und gemeinsam führten sie das zerstrittene Paar, das sich auf dem gesamten Weg in wüsten Ausdrücken erging, ins Rathaus.

Es dauerte nicht lange, da erschien ein Stadtrichter vor dem Riedlerkloster und bat um eine kurze Unterredung mit der Frau Herzogin.

»Uns will scheinen«, erklärte die Hohe Frau, »dem Kürschner geht's nicht um die Sauberkeit seines Alkovens, sondern er hat vielmehr Lust darauf, mit einer anderen dort zu liegen. Untersucht es! Was aber zwischen ihr und dem gottseligen Herzog war, das ist vergangen und sei vergessen!«

Die Kürschnersleut wurden auf dem Stadtgericht eingehend vernommen; und weil das Herzogshaus mit im Spiel war, befasste sich auch noch der Oberrichter mit der Sache. Dabei stellten sich zwei Vergehen klar heraus. Das eine: Der Solleder beschäftigte bereits seit einiger Zeit eine junge, resche Näherin, doch nicht so sehr in der Nähstube als vielmehr in der Schlafkammer. Das war Ehebruch und konnte bewiesen werden.

Das andere Vergehen betraf die Sollederin und ihre Beziehungen zu den Lehrbuben. Es konnten ihr zwar keine ehebrecherischen Handlungen angelastet werden, wohl aber gelüstige Augen und ab und zu ein paar unkeusche Betastungen.

Darauf erging folgendes Urteil: Dem Solleder sind die Augen auszustechen, und ihm ist der Aufenthalt »im Lande innerhalb der vier Wälder« – den Alpen, dem Böhmerwald, dem Thüringer Wald und dem Schwarzwald – auf ewig untersagt. – Die Sollederin dagegen ist an den Pranger zu stellen und mit einem B auf der Stirne zu brandmarken. Sodann ist sie mit Ruten zu schlagen und »mit dem Becken auszuläuten« – das hieß, dass man sie unter Schlagen auf ein Messingbecken in der Stadt herumführte.

Das Doppelurteil wurde auf der Schranne unter Zulauf vielen schaulustigen Volkes im Spätherbst 1472 vollstreckt.

Der Kürschnermeister soll irgendwo im Welschland verkommen sein. Seine Frau hat nach Jahr und Tag doch noch einen ehemaligen Lehrbuben geheiratet, und beiden ist es geglückt, den arg darniederliegenden Pelzhandel in der Landeshauptstadt wieder zu beachtlicher Höhe emporzubringen – wie in den städtischen Salbüchern nachzulesen ist.

Die Wallfahrt nach Tuntenhausen, die eigentlich gar keine gewesen war, bekam der Herzoginmutter so schlecht, dass sie sich fortan nur noch mit Hilfe zweier Krücken fortbewegen konnte. Schlimmer noch sah es in ihrem Seelenleben aus. Hatte sie gehofft, von den Gewissensbissen wegen des Todes der Tochter befreit zu werden, so musste sie sich bekennen, dass sie ja bei Unserer Lieben Frau zu Tuntenhausen gar nicht vorgesprochen hatte, sondern den Lockungen eines Engelsknaben gefolgt war, um am Ende die Querelen der Kürschnersleut austragen zu müssen. Wie hätte ihr da die Begnadung inneren Friedens gewährt werden können?

So belastete der Vorwurf ihres Sohnes Christoph auch weiterhin ihr Herz, und sie wurde gemütskrank. Den Beichtiger Dominik, der sie aufsuchen wollte, wies sie zur Tür hinaus; und sogar dem lieben Herzog Wolfgang, dem jüngsten Sohn, der sonst ihre ganze Zuneigung besaß, gewährte sie nur ein einziges Mal Zutritt zu einer morgendlichen Begrüßung – mehr nicht.

Es kam der Winter und dann ein neues Jahr voller Unwetter und Misswuchs, sodass man selbst bei Hofe die Hungersnot des Bayernlandes spürte.

Frau Anna wurde bettlägerig. Die Physici, die ihr Herzog Albrecht schickte, taugten nichts. Ja, wenn der Doktor Johannes Hartlieb noch lebte, der alte Spötter und

Zauberer! Ihn hatte sie zwar auch nicht gemocht, doch seine Hände waren begnadet gewesen. Wo immer er hingegriffen hatte, dort war der Schmerz gewichen.

Doch so litt sie weiter bis ins Jahr 1474 hinein, ehe die letzten Kräfte von ihr wichen. Sie wurde von den Söhnen an die Seite ihres herzoglichen Eheherrn in Andechs zur Ruhe gebettet.

Der Straßburger Mägdleinhändler

Auch in Hohenpähl nahe dem Ammersee hatte sich in dieser Zeit einiges getan.

Schon bald hatte es sich herumgesprochen, dass Christoph wieder frei war. Das Volk freute sich, in München wie in Weilheim, denn der leutselige Herr war immer gut für kernige und deftige Überraschungen.

Und eines Tages war auch der Kirnsteiner wieder auf Hohenpähl. Jetzt konnte es erneut lustig werden.

Dazu lieferte noch in diesem Jahr 1472 ein Schreibebrief des Herrn Herzog Sigismund von Österreich einen rechten Anlass. Der Innsbrucker Herr teilte nämlich unter dem Siegel der Verschwiegenheit mit, seine Leut hätten im Gebirge an der Grenze zwei obskure Männer mit noch obskureren großen Frachtkarren gestellt, die sich jedoch seinem Zugriff mit der Erklärung entzogen hätten, sie würden in Bayern erwartet. Und weiter hieß es, dass sie inzwischen auf bayerischem Boden eingetroffen sein müssten.

Herzog Christoph war noch auf die vollkommene Wiederbelebung seiner Kräfte bedacht und schickte daher den Kirnsteiner mit zehn der besten Waffenknechte aus, um den Begebenheiten an der Grenze unauffällig nachzuspüren.

Und siehe, bei Werdenfels begegneten sie den angesagten Frachtkarren, die von sechs Lanzenreitern abgesichert wurden. Voraus ritten zwei in Pelz und Seide gekleidete würdevolle Herren. Ekbert stellte sie. Da griffen aber die Lanzenreiter ein und griffen die Waffenknechte von Hohenpähl an. Es kam zu einem Kampf, den die Bayern nach kurzer Zeit für sich entschieden, nachdem sie drei Lanzen gebrochen hatten. Die zwei vornehmen Männer erhoben zwar ein großes Geschrei, doch der Kirnsteiner fackelte nicht lange und zwang sie, ihm mit Ross und Mann und Karren nach Hohenpähl zu folgen.

Groß war die Aufregung, als diese ungewöhnlichen Leute mit ihren ungewöhnlichen Frachtkarren in den Burghof einfuhren. Herr Christoph war gleich zur Stelle, und noch ehe er zu fragen anfing, erkannte er einen der zwei Noblen: »Bist du nicht jener Venezianer Castaldo, der vor zwei Jahren am Herzogshof zu München Moriskentänzer und Haremsweiber vorgeführt hat?«

»Welch ein Gedächtnis, gnädigster Herr! Lasst mich Eurem Hofstaat meine herrlichen Frauen anbieten – zum halben Preis – für Euch selber ganz umsonst!«

»Und wer ist der da?«, fragte Christoph.

»'s ist mein edler Dienstherr, Dietrich von Dutten, ein reicher Kaufmann aus Straßburg; reist mit Juwelen und kostbarem Geschmeide!«

Der Mann zog auch sogleich aus seinem Kaftan eine pralle Handvoll Ringe, Ketten und Gehänge hervor und meinte gönnerhaft: »Auf Hohenpähl alles zum halben Preis!«

Da staunten die herzoglichen Dienstmannen, die im Kreis um die Szene herumstanden, und manche machten Augen wie gestochene Kälber.

Christoph überlegte: »Wir wollen die Gaben, die ihr uns da anbietet, morgen bei Licht besehen. Denn Frauen und Edelsteine pflegen bei Nacht zu täuschen!« – Es war nämlich schon Abend.

Die beiden Männer grinsten wie lappige Birnen, und der von Dutten erlaubte sich zu sagen: »Wie geistreich doch der junge gnädige Herr die Dinge von Wert zu taxieren weiß! Wir freuen uns, in diesem hohen Hause unsere Kostbarkeiten gesichert zu wissen. Erlaubt, dass wir uns zurückziehen!«

Dann entfernten sie sich mit untertänigen Bücklingen und machten sich in der Scheune bei ihren ausladenden Karren zu schaffen. Erstaunlich war, dass stets einer von ihnen vor dem Scheunentor stand, während der andere – offenbar mit sich selbst im Gepräch – bei den Wagen hantierte.

Als der Morgen graute – die Hähne krähten gerade erst –, stand Castaldo mit drei in durchsichtigen Tüll gehüllten orientalischen Frauen vor dem Schlosstor. Von den Bergen her strich ein kalter Fallwind; die nackten braunen Gestalten froren gottserbärmlich. Deswegen öffnete die Beschließerin vor der Zeit und ließ sie samt dem Venezianer ein.

Ekbert aber begab sich mit zwei Reisigen in die Scheune, deren Tor der Kaufmann Dietrich von Dutten bewachte, als wär's der Eingang zu einer Festung.

»Herr«, sagte der Kirnsteiner, »wir sind besorgt um die Sicherheit Eurer Juwelen; schleicht doch allerhand abgehalftertes Landsknechtsvolk durch die Gegend. Meine beiden Freunde werden Euch mitsamt Euren Schätzen in eine feste Turmstube bringen, wo die Sicherheit gewährleistet ist. Vertraut ihnen also Eure Truhen an; sie werden sie tragen!«

Diese Rede behagte dem Kaufmann sichtlich nicht; weil er jedoch keine rechte Widerrede fand, willigte er ein und verließ mit den beiden Reisigen die Scheune. Kaum war er mit ihnen im Turm verschwunden, ging Ekbert hin und riegelte die Kastenkarren auf. Da bot sich ihm ein entsetzlicher Anblick: In jedem Kasten lagen – eng aneinander geschlichtet wie gespaltenes Scheitholz – sechs Mägdlein, die jäh aufschrien.

Es dauerte eine gute Weile, bis der Kirnsteiner diesen Anblick verdaut hatte; dann fragte er, weil ihm keine andere Frage einfiel: »Was macht ihr da?«

Da ihm keines der Mägdlein antwortete, wiederholte er die Frage und fügte hinzu: »Ihr seid beim Herzog Christoph von Bayern auf seinem Hochschloss zu Pähl!«

Da rief eine ganz von hinten mit zaghafter Stimme: »Wir sind von den Unsrigen verkauft worden und sollen an die Eurigen weiterverkauft werden. Herr, wir frieren und haben Hunger!«

Frauenhandel! Sklavenhandel!, dachte sich der Kirnsteiner und sagte: »Geduldet euch! Bald kommt jemand!«

Dann eilte er ins Schloss zurück und fand den Herzog, wie er sich mit den Orientalinnen auf Welsch einigermaßen zu verständigen versuchte, wobei der Venezianer immer wieder dazwischenredete. Ekbert horchte ein Weilchen zu, dann packte er den Castaldo recht unsanft an der Gurgel und warf ihn zur Tür hinaus. Darauf sagte er heftig erregt: »Herr, 's sind Mägdleinhändler! In den Kästen liegen noch andere!«

Herr Christoph schnellte von seinem Spannstuhl empor, als hätten ihn etliche Bienen in den Hintern gestochen, und rannte hinaus, der Scheune zu. Der Kirnsteiner folgte ihm. Da sahen sie die verhärmten Gesichter und verfrorenen Leiber der jungen Weiblein, von denen einige noch halbe Kinder waren. Ekbert wandte sich um und rief nach der Beschließerin. Sie kam und erschrak. Dann holte sie Tücher und Decken und führte die Armen in die Waschkuchl, wo zwei Mägde soeben mit dem Wäschewaschen beginnen wollten.

»Erst die Dirnlein!«, sagte sie, worauf die Mägde alle Zuber mit warmem Wasser aus den Kesseln füllten. – Herr

Christoph war in seine landrichterliche Amtsstube zurückgekehrt, ließ den Schreiber kommen und den Kirnsteiner und schickte eine gute Weile danach zwei Reisige weg, um den Kaufmann und seinen Gefährten Castaldo zu holen.

Der Schreiber hat ein ausführliches Protokoll über die darauf folgende Verhandlung verfasst:

»Du heißt«, begann Christoph, »Dietrich von Dutten?«

»Ich heiße Dietrich von Dutten!«

»Du heißt aber auch Dietrich Dauden?«

»Ich heiße Dietrich von Dutten in Straßburg. Bei den Eidgenossen in der Schweiz heiße ich Dietrich Dauden!«

»Warum?«

»Weil ich meinen Juwelenhandel über die Schweiz an die Häfen des Mittelmeeres unter diesem Namen leichter betreiben kann, als wenn ich den deutschen niederadligen Namen führe.«

»Womit handelst du?«

»Wie Ihr, hoher Herr, aus dem Inhalt meiner Truhen ersehen könnt, handle ich mit grünen Edelsteinen aus dem Lande Arabien.«

»Grüne Steine, sagst du; sind nicht auch blonde und rothaarige Steine dabei? Edle Steine aus Fleisch und Blut? Junge, gut gewachsene Juwelen, die du dir um ein Spottgeld ergaunert hast?«

»Hochedler Herr, ich verstehe Euch nicht!«

»Dann wollen Wir deinem Verständnis etwas nachhelfen! – Ekbert, hol sie herein!«

Der Kirnsteiner ging hinaus und geleitete die in Leinentücher und raue Decken gehüllten zwölf Mägdlein aus den Kastenwagen in die Amtsstube. Sie hatten sich mittlerweile gewaschen, waren von der Beschließerin mit Speise und Trank getröstet worden und sahen recht munter aus.

Der Kaufherr aus Straßburg konnte bei ihrem Anblick die Betroffenheit nicht verbergen und wagte die Bemerkung: »Herr, Ihr habt einen ehrlichen, reisenden Juwelenhändler überfallen!«

Der Herzog erwiderte: »Reisend – stimmt! Ehrlich – bezweifeln Wir! Juwelen – ist eine Lüge! Du bist ein Sklavenhändler! Sie, diese da, sind deine Juwelen, die du an den Franzmann verschacherst und über ihn in die Levante verkaufst!«

Da ging der Mann auf: »Herzog, Ihr entehrt einen, der im Dienste höherer Herren steht!«

»Ekbert!«, sagte Christoph. »Bring mir den Züchtiger her! Es müsste doch mit allen neun Teufeln zugehen, wenn wir diesen abgefeimten Gesellen nicht kleinkriegen sollten!«

Der Kirnsteiner entfernte sich, und der Herzog fuhr fort, indem er sich an die Mägdlein wandte: »Kinder, ihr wisst, was hier gespielt wird. Antwortet auf Unsere Fragen kurz und ohne Lug!«

Die Dirnlein schauten einander an; dann erwiderte eine, die im Gegensatz zu den übrigen pechschwarze, üppige Haarsträhnen über die Brust hängen hatte: »Ich und diese vier kommen aus dem Innsbrucker Frauenhaus. Unseren Frauenmeister haben sie aufgehängt; deshalb hat uns die Frauenmeisterin um ein Spottgeld verkauft.«

Dietrich von Dutten schwieg.

Dann sagte eine andere: »Ich bin eine Fischerstochter vom Wallersee. Erst hat er mir schön getan, am Abend hat er den Vater besoffen gemacht, und in der Nacht hat er mich aus der Kammer geholt und in seinen Kasten gesperrt.«

Bedächtig wiederholte Herr Christoph: »Besoffen gemacht!«

Der Kaufherr schwieg abermals.

Darauf eine andere, die aus noblem Hause zu stammen schien: »Mich hat er am Reitsteig zu Rain überfallen, hat mich an den Herrn Grafen von Haar teuer verkauft und vor sieben Wochen wieder geholt, als ich im Schlossgarten beim Wäscheaufhängen war.«

Jetzt tat der Mann den Mund auf: »Was wollt Ihr, Herr, ich kann ohne sie nicht leben! Sie ist gefällig, bringt einiges Geld ein und dient mir auch als Bettweib.«

Herr Christoph wandte sich an den Züchtiger, der mittlerweile mit dem Kirnsteiner eingetreten war, und sagte: »Gib ihm fünf unsanfte Arschhiebe für das ›Bettweib‹!«

Der vollstreckte den Befehl gründlich, so gründlich, dass dem Straßburger Hören und Sehen verging. Die Reisigen mussten ihn in den Turm tragen.

Und was jetzt mit den Mägdlein?

Zunächst solle Castaldo, so ordnete Herr Christoph an, mit seinen drei Haremstänzerinnen einen Kastenwagen nehmen und schleunigst das Weite suchen. Werde er noch einmal auf bayerischem Gebiet gestellt, habe er »die unteren Kammern« des Turms zu Hohenpähl zu gewärtigen.

Der Mann verflüchtigte sich rascher als ein Gedanke … Darauf erklärte der Fürst, er müsse unverzüglich Geld holen.

»Geld holen?«, fragte Ekbert.

»Natürlich! Wir brauchen Geld! Wozu sind Wir Landrichter und wehren das Missgeschick ab, das Unseren Untersassen droht? Haben Wir das nicht soeben bewiesen, indem Wir den lausigen ›Juwelenhändler‹ vom Züchtiger behandeln ließen und den anderen davongejagt haben?«

Nun musste der Schreiber eine größere Pergamentrolle nehmen und mit großen Lettern darauf schreiben:

Weil es den guten Bürgern von Weilheim geziemt, ihren Herzog allerwegen zu unterstützen, wenn er ihrer Hilfe bedarf, so verlangen Wir ohne viel Federlesens dreihundert Gulden.

Christoph, Herzog.

Dieses Schreiben musste ein reitender Bote sogleich an die Kirchentür von Weilheim hängen. Kaum war er weg, schoben sich die Bürger zur Kirche hin, lasen das Pergament und begannen zu wüten. Sie eilten zum Bürgermeister und verlangten von ihm, dass er nach Hohenpähl reite und die herzogliche Forderung rückgängig mache.

Der ritt hin und berichtete dem Fürsten von der Empörung der Bürgerschaft. Herr Christoph rief seinen Freund Ekbert, und gemeinsam ritten sie mit dem Bürgermeister nach Weilheim zurück.

Christoph trat unter die immer noch vor der Kirchentür wütende Volksmenge und sprach: »Da hatten Wir vermeint, Unsere Weilheimer seien eine wohlhabende Bürgerschaft, die Uns ohne Aufhebens helfen könnte. Indem Wir Uns jedoch soeben überzeugen konnten, dass sie notig sind, wollen Wir sie fürder nicht weiters belästigen!«

Und er schritt die paar Stufen zur Kirchentür hinauf und riss das Pergament ab.

Zunächst trat eine staunende Stille ein. Bis einige Großkopferte erklärten, da irre sich der gnädige Herr. Notig seien sie nämlich nicht, die Weilheimer! Im Gegenteil, sie könnten ihm, ohne mit der Wimper zu zucken, leicht das Dreifache geben!

Da unterbrach er sie jäh und erwiderte: »Wenn dem so ist, dann wollen Wir Uns vorderhand mit sechshundert Gulden begnügen, die restlichen dreihundert könnt ihr Uns bei der nächsten Gülterhebung mitbezahlen!«

Freilich gab's da etliche lange Gesichter, doch Herr Christoph saß wieder auf, schwenkte das Barett und ritt heim.

»Was also mit den Mägdlein?«, fragte er unterwegs den Kirnsteiner.

»Herr, die müssen schleunigst weg, ehe sich noch die Waffenknechte an ihnen vergreifen …«

»Wie klug, Ekbert! Und wie hast du dir die Lösung gedacht?«

»Ich habe bei den Franziskanerinnen im Riedlerkloster zu München eine Verwandte. Von der weiß ich, dass sich die Nonnen dort mit allerhand Dirnlein befassen, die – wie sie sagte – auf den Pfaden der Tugend gestrauchelt oder gar ins Dickicht geraten sind. Lasst uns einen Kastenwagen mit Dirnlein füllen! Ich begleite das Gefährt gern nach München.«

»Dass du aber unterwegs keine Nachtruhe einlegst!« Der Herzog sprach's und gab dem Freund einen leichten Stoß vor die Brust, reichte ihm auch dreihundert Weilheimer Gulden und schickte ihn mit der leichten Ware in die Landeshauptstadt.

Den Straßburger Dietrich von Dutten jedoch mussten sie noch eine Zeit lang in der Turmstube belassen, so hatte ihm der Züchtiger zugesetzt …

Die Fuhre mit der raren Ladung erregte in München nicht geringes Aufsehen. Die frommen Frauen im Riedlerkloster schlugen die Hände über den Köpfen zusammen, als der Kirnsteiner die Weiblein absteigen ließ. Und so gern auch die Nonnen die dreihundert Gulden entgegennahmen, – sie lebten ja sonst hauptsächlich vom Bettel –, so unschlüssig waren sie sich über die Verwendung dieser zweifelhaften Zugereisten.

Was Wunder, dass sich die Mutter Oberin an Herzog Albrecht wandte und um Hilfe bat. Der ließ die

Bürgermeister kommen, und gemeinsam beschlossen sie, die Bewohnerschaft der beiden städtischen Frauenhäuser zu verjüngen und den älteren Insassinnen je fünf Gulden zu geben und sie zur Buße und zur Rückkehr ins geordnete Leben zu veranlassen.

An Herzog Christoph aber erging ein unfreundliches Sendschreiben des Inhalts, er solle selber zusehen, wie er künftig mit derlei lustigen Fräulein zurande komme.

Inzwischen kehrte der Straßburger Juwelenhändler Dietrich von Dutten – sowohl seiner lebendigen wie auch der toten Juwelen beraubt – über die Schweiz in seine Heimat zurück. Dort führte er Klage gegen den »straßenräuberischen« Herrn auf Hohenpähl. Er machte eine Aufstellung all dessen, was ihm abgenommen worden war, und errechnete sich eine Schadenssumme von genau 1390 Gulden. Die Klageschrift, von etlichen Schweizer Landrichtern gegengezeichnet, war an den Herzog von Bayern, den »hochmögenden und weisen Herrn Albrechten« gerichtet und mit fünf anhangenden Siegeln erhärtet.

Da riss dem Münchner Regenten der Geduldsfaden. Er sandte unverzüglich einen Hofherrn nach Hohenpähl mit einem Schreiben an Christoph. Darin kündigte er an, dass er die vom Händler geforderte Summe von den an den Bruder jährlich zu zahlenden 1400 Gulden abziehen und »zu mehrer Sicherheit« dem »lieben Herrn Bruder« neun Rösser von der Weide auf dem Rösselberg bei Pähl wegnehmen werde – was auch geschah.

Christoph wurde böse. Er ließ erklären, dass er Mittel und Wege finden werde, die Rösser und sein Jährliches wiederzubekommen, was dem Herrn Bruder »zu einigem Bauchgrimmen« gereichen könnte.

Albrecht wusste, dass dergleichen Drohungen aus Christophs Mund ernst zu nehmen waren. Er wandte sich um Vermittlung an den »Herrn Vetter« Herzog Georg den Reichen von Bayern-Landshut. Der war nun dem Münchner Herzog Albrecht nicht sonderlich zugetan, umso mehr aber dem wackeren Herrn auf Hohenpähl. Er ließ dorthin ein Sendschreiben gehen, worin er zwar die Handlungsweise des »viellieben Vetters« Christoph nicht guthieß, ihn aber mit »freundvetterlichen Empfindungen« zu seiner bevorstehenden Hochzeit nach Landshut einlud.

Die Landshuter Hochzeit

Bis die angekündigte Hochzeit des Landshuter Vetters stattfand, sollte es jedoch noch einige Zeit dauern. Erst Anfang des 1475er-Jahres war wieder die Rede davon.

»Unser Vetter Georg von Landshut wird im kommenden Sommer heiraten. Vor einer Stunde ist es Uns kundgemacht worden.«

Herzog Christoph sprach's zum Kirnsteiner, als sie miteinander abends auf Hohenpähl vor dem Kamin saßen. Um die Dachgauben und die Fensterläden tobte ein warmer Südwind.

Nach einer Weile wiederholte der Herzog: »Hast du gehört, was ich gesagt habe? Der junge Landshuter will heiraten!«

»Neidest du's ihm?«, fragte Ekbert kurz.

»Ich jedenfalls kann nicht heiraten – mit meinen drei Städten und ein paar lumpigen Gnadengulden!«

»Willst du denn überhaupt heiraten?«, fragte Ekbert erneut.

»Willst du etwa nicht?«, fragte Christoph dagegen und beugte sich mürrisch vor.

»Hier geht's doch nicht bloß ums Wollen, Herr! Man muss erst die Richtige im Visier haben! Hast du eine?«

»Ich nicht! Und du?«, fragte Christoph wieder.

»Der Vater hat mir etliche genannt. Aber die wollen – so sagte er – nur den Kirnstein, nicht aber einen Gesellen, der nichts Gescheites tut, sondern nur in der Gegend herumräubert oder auf der faulen Haut liegt.«

Der Herzog dachte über dieses Wort des Freundes lange nach.

Dann meinte er: »Die so reden, haben recht! Deine Steinbrecher auf der Biber zum Beispiel müssen sich abrackern ums tägliche Brot; wir aber fressen und saufen aus lauter Langeweile. Solche Gesellen kann doch keine anständige Frau mögen!«

»Sollten wir's dann nicht ändern?«, fragte der Kirnsteiner fast ungehalten.

»Weißt du, wie?«

»Ich wüsst's schon! Aber ich will's nicht allein! Du müsstest ganz mittun!«

»Lass hören!« Und der Herzog erhob sich.

Der Kirnsteiner begann: »Vor ein paar Jahrhunderten zogen unsere Vorväter ins Heilige Land gegen die Seldschuken und Mameluken, um die Stätten, auf denen unser Herr Jesus gewandelt war, aus den Händen dieser Heiden zu befreien. Heute stehen diese Heiden drunten in Ungarn. Und die Slawen bedrohen Österreich von Mittag her. Das Heilige Römische Reich aber liegt darnieder und weiß sich nicht zu helfen. – Früher galt das Wort des Herrn Ulrich von Liechtenstein: ›Ritterschaft setzt Arbeit voraus. Wer sie pflegen will, muss auf Ruhe und Müßiggang verzichten. Ritterschaft gibt Würde, aber mit viel Mühsal!‹ So der Liechtensteiner. – Wir aber werden auf eine Fürstenhochzeit nach Landshut reiten und – ich gebrauche deine Worte – wieder fressen und saufen wie gestern und heute!«

Herzog Christoph schaute den Freund lange mit starrem Blick an: »Ungarn, hast du gesagt?«

»So ist es, Herr! Der König Matthias, den sie auch ›den Raben‹ nennen, weiß sich der Anfeindung und Bedrohung seitens dieser morgenländischen Schlächter – denn Kämpfer sind sie nicht! – kaum zu erwehren.«

Der Herzog atmete tief ein, sodass sich sein Brustkorb mächtig aufblähte, und sprach: »Ekbert, erst reiten wir zur Hochzeit und dann nach Ungarn!«

Während dieses Winters trafen die bayerischen Herzöge Albrecht, Wolfgang und Christoph in der Hofburg zu München, auf der Burg Grünwald und auf Hohenpähl ihre Vorbereitungen für das Landshuter Freudenfest. Herzog Sigmund, der ewig Kränkelnde und stets Verliebte, wollte dagegen lieber auf der Blutenburg im Kreise seiner mehr oder minder edlen Frauen bleiben. Nicht einmal die Tatsache, dass sogar Kaiser Friedrich sein Kommen in Landshut angesagt hatte, konnte den Sinn des biederen Bayern ändern.

Die anderen drei Herzöge brachten zusammen siebenhundert Gleven auf; darunter waren nur sechzig von Herrn Christoph. Woher hätte er sie auch nehmen sollen? Er hätte sie ja bezahlen müssen!

So kam das Frühjahr 1475, und sachte begann sich's auf den Fuhrmannsstraßen in Richtung auf das Untere Bayern hin zu bewegen; kleinere und größere Ritterscharen zogen von allen Seiten heran: von Brandenburg, von Österreich, von der Pfalz bei Rhein, von Württemberg und von Baden; der Landgraf von Leuchtenberg und über vierzig Alt-Reichsgrafen; dazu die geistlichen Herren von Salzburg, Bamberg, Eichstätt, Augsburg, Freising und Passau. Und dann die herrlich bunten Gesandtschaften des Böhmenkönigs, des sächsischen Kurfürsten, des Bischofs von Würzburg und des Großmeisters der Deutschen Ordensritter – nicht zu vergessen die in Gold und Rauchwerk prunkenden Legaten der acht Freien Reichsstädte mit ihren schönen Töchtern und üppigen Gemahlinnen.

Alle strebten auf Landshut zu. Und als sie die glanzvolle Isarstadt erreicht hatten, siehe, da waren es insgesamt

9260 Rösser. Welch ein Auflauf in den Gassen! Welch eine Betriebsamkeit in den Tafernen! Welch ein Kochen und Backen und Brutzeln und Braten in den mächtigen Zelten auf dem Anger und an den Hängen unter der Burg Trausnitz! Und dazwischen die unaufhörlich schimpfenden und verhalten fluchenden Fuhrleut, die Bauersleut aus nah und fern, die Brotbäcker, die Fleischhacker und die Fischer, und nicht zuletzt die Jäger und die welschen Weinhändler! Sie kamen nicht aus Neugierde, sondern alle, alle standen im Dienste der reichen Landshuter Herzöge.

Herr Christoph war mit seinen Leuten in drei kleine Zelte einquartiert worden, ebenfalls am Burghang; ein schöner Platz, von dem aus man die Stadt und das weitere Umfeld überschauen konnte. Sie mochten ihn ja, die Landshuter. Vor allem mochten sie ihn wegen seiner unnachahmlichen Eleganz im Umgang mit Frauen – und natürlich auch wegen seiner viel bewunderten Stärke, von der man sich im Laufe der festlichen Tage einige Kostproben versprach. Freilich wusste man, dass er sich nicht gern zur Schau stellte, und schon gar nicht ließ er sich von anderen zur Schau anbieten. Man kannte aber auch sein äußerst reizbares Gemüt – von dem man sich natürlich auch einiges versprach. Es musste nur einer gefunden werden, der ihm ins Angesicht widerstände. Zunächst aber wollte man sich einfach überraschen lassen.

Der Tag des Einzugs der hohen Braut, der polnischen Prinzessin Hedwig, brach an. Alles wälzte sich an die Wege, auf denen das illustre Geleit daherkommen musste.

Christoph hatte es abgelehnt, sich gleichsam gaffenderweise an den Straßenrand zu stellen. Er wollte am Hochzeitstag mit seinen Mannen dem Brautpaar eine zu Hohenpähl eingeübte kunstvolle Parade darbieten, eine Parade mit Spieß und Stange. Da würden die anderen mit den Augendeckeln nur so klimpern!

Nun verzögerte sich aber der Einzug, weil der Bräutigam in ganz ungezogener Art die Braut nicht einholen wollte, hatte er doch die Nacht vorher im Kreise von »lustigen Fräulein« getanzt und gezecht. Er konnte sich auch nur mit Mühe im Sattel halten, als er endlich so weit war, der jungen Prinzessin wenigstens ein paar Pferdelängen entgegenzureiten. Dabei hatten ihn die Hofphysici mit allerlei Säften purgiert und gewaschen! Was mag sich die Arme gedacht haben, als er sich mit stinkendem Atem in der Sänfte an ihre Seite setzte!

Das Fest begann. Braut und Bräutigam wurden unter der Assistenz vieler hoher Geistlicher vermählt. Dabei erwies es sich, zum Entsetzen aller Umstehenden, allzu deutlich, dass der reiche Herzog Georg nicht so sehr eine geliebte, sondern vielmehr eine Frau höheren Standes geehelicht hatte; konnte er doch während der ganzen feierlichen Zeremonie die Blicke kaum von seinen »Fräulein« abwenden, die von einer seitlichen Empore herabgrinsten. Das ekelte Herrn Christoph derart an, dass er mit Ekbert vom Kirnstein das Gotteshaus vor der Zeit verließ.

Danach fing das Fressen und Saufen an, das damals fast in der ganzen Christenheit von sich reden machte; denn was in jener Festwoche verzehrt wurde, ist sowohl von Höflingen wie auch von ausgesandten Trabanten lauthals ausposaunt worden. So hörte man da von 340 ungarischen Ochsen, von 1800 Zentnern Rindfleisch, von 1400 Kälbern, Hunderten von Hirschen, Wildschweinen, Schafen, von 62.000 Hennen, 5660 Gänsen und 212.000 Eiern. So fast nebenher erwähnte man 75.000 Krebse und 142 Zentner eingesalzenen Wildbrets. An deutschen Weinen wurden 170 Fässer vertilgt, dazu 70 Fässer welschen und 200 Eimer anderen ausländischen Weins. Was für die Rosser an Heu und Hafer aufgewendet wurde, lassen wir unerwähnt. – Am Ende hat die fürstliche Kameralrechnung für alles über 70.000 Dukaten ausgewiesen.

Als Herzog Christoph dann auf dem Turnierfeld die kunstvolle Reiterparade seiner Mannen vorgeführt und den lauten Jubel aller Zuschauer genossen hatte, befiel ihn die Lust, sich unter die Gaffer zu setzen und die angesagten ritterlichen Kämpfe zu verfolgen; war er doch ständig darauf aus, von anderen zu lernen. Und – weiß der Himmel! – da gab es manch wackeren Kämpen, dem er seine Bewunderung nicht versagen konnte!

Ein Herr aber, von dem es hieß, es sei ein litauischer Graf – ein mächtiges, ungeschlachtes Mannsbild – saß nicht weit ab vom Herzog und verlästerte schier unaufhörlich jeden, der in das Feld ritt. Am Ende erhob er sich sogar und rief großmäulig in die weite Runde, er werde jedem deutschen Ritter, der ihn aus dem Sattel höbe, tausend Dukaten auf die Hand zahlen.

Da schwiegen plötzlich alle. Jeder schaute nach dem aus, der es wagen würde. Denn tausend Dukaten waren kein Pappenstiel! Weil sich aber gar niemand zeigen wollte, schrie mit einem Mal irgendein Knappe den Namen des Herzogs Christoph über das Feld. Sogleich stimmten die vielen Herren und edlen Frauen ein und bedrängten den jungen bayerischen Ritter von allen Seiten.

Herr Christoph war von dieser Ehre sehr angetan; und weil ihn auch die Überheblichkeit des anderen im Herzen grimmig machte, erhob er sich und zeigte seine Bereitschaft an. Darauf begaben sich beide zu ihren Streitrössern und legten Harnisch, Sturmhut und Schienen an.

Nun klingt es freundlich, wie der Chronist den weiteren Hergang beschreibt: *Und da der littawisch Herr in seinem Rennzeug auf sein Pfärd saß und ihn sein Waffenmeister aufsetzt, spricht der Littawer: »Heint setzte mich ein Polagk auf mein Ross, und sieben Teütsch nit herab!«*

Indes, die Dinge verliefen anders. Ekbert war zugleich mit seinem Herzog weggegangen, hatte sich jedoch in die Nähe des Platzes begeben, wo der Graf aus Litauen von seinem Waffenmeister »aufgesetzt« wurde. Und da wurde er Zeuge eines merkwürdigen Vorgangs: Der Herr ließ sich mit starken Lederriemen am Sattelzug so festschnüren, dass die Gurten nicht zu sehen waren.

Wie der Blitz eilte der Kirnsteiner auf die Gegenseite des Turnierfeldes und berichtete dem Herrn, was er beobachtet hatte.

Da bliesen auch schon die Herolde, und einer rief über die Menge hinweg den alten Spruch: »Wohlan, wohlan! Zieht aus, edle Ritter, Zieht wacker aus! Die edlen Damen wollen euch sehen! Zieht freudig ins Feld und stoßt einander mutig über das Dill!«

Da sprengte jeder der zwei Herren auf den Platz heraus. Doch plötzlich ließ der Herzog sein Ross aufsteigen – und dann stand es. Darauf warf er seine Stange ab und sprang in voller Rüstung aus dem Sattel in den Sand, wobei er laut ausrief, dass alle es hören konnten: »Macht mir das nach, Herr! Dann erst wollen wir unsere Kräfte messen!«

Doch der Litauer zögerte und fing an, seinen Gegner zu beschimpfen und unrühmlichen Verhaltens zu bezichtigen. Der Herzog aber beharrte auf seiner Forderung.

Da kamen die Kampfrichter herbei und versuchten dem Grafen klarzumachen, dass ein solches Begehren durchaus rechtens sei, und forderten ihn auf, dem Wunsch seines Gegners zu entsprechen. Anderenfalls drohe ihm die Aberkennung seines Status als Ritter.

Nun begann der Litauer an seinem Harnisch und Sattel herumzunesteln. Weil er aber nicht zurande kam, winkte er seinem Waffenmeister und musste sich von ihm vor aller Augen »entgürten« lassen. Das gab ein Gelächter und Gejohle in der weiten Runde, dass es eine Freude war. Darauf ließ sich der Graf vom Ross herabgleiten und stand wutschnaubend vor dem Herzog.

»Jetzt lasst uns aufsitzen und von Neuem beginnen!« Christoph sprach's und schwang sich mit einem gewaltigen Satz in den Sattel – ein Kunststück, das ihm im ganzen Heiligen Römischen Reich keiner nachmachte. Alle anderen mussten die Waffenknechte mühselig hinaufheben.

Die Kämpen kehrten an ihre Orte zurück; erneut blies der Herold den Sturm an – und beidseits des Dills preschten sie mit eingelegten Stangen aufeinander los.

Als sie in der Mitte aufeinanderprallten, gab's einen starken Krach und ein kurzes, schmerzliches Aufheulen. Der Graf aus Litauen flog mit tief eingebeultem Harnisch in weitem Bogen aus dem Sattel und blieb liegen. Seine Waffenknechte stürzten herbei, sahen, dass er aus dem Munde blutete, und trugen ihn abseits zu einem bereitstehenden Physikus, der sich sogleich seiner annahm. Drei Tage später gab er – wie der Chronist meldet – den Geist auf.

Christoph aber verließ mit senkrecht gestellter Stange unter dem tosendem Beifall aller den Turnierplatz.

Der Jubel der Ritter und der edlen Frauen erinnerte den Herzog von Neuem daran, dass er ein Fürst ohne Land war. Dabei wäre ihm die Hälfte des Oberen Bayernlandes rechtmäßig zugestanden!

Als sie daher wieder auf Hohenpähl angekommen waren, erinnerte er seinen Bruder Albrecht in einem Schreiben an die schon einmal ausgesprochene Forderung, sich zu festzulegender Stunde zwischen München und Erding zu einem Zweikampf zu stellen.

In seiner Not wandte sich Herzog Albrecht an die Großen des Landes. Diese traten voll auf seine Seite »und wollten das nit geschechen lassen«.

Müde und dieses Geplänkels und Gezerrs überdrüssig, besann sich Herr Christoph jetzt des Gesprächs, das er mit dem Kirnsteiner am Kamin geführt hatte. Er rüstete vierzig Mannen aus und zog mit ihnen schon früh im Jahr 1476 nach Ungarn, wo er auf der Burg von Ofen dem König Matthias Corvinus seine Dienste anbot. Dem war ein solcher Recke für seine Kämpfe mit dem Sultan hochwillkommen, und er freute sich über den Zuwachs aus Bayern, auch wenn er sich mit Christoph nur in lateinischer Sprache unterhalten konnte.

Unter den Taten, die der bayerische Herzog jetzt vollbrachte, verdient eine besondere Aufmerksamkeit, weil sie ihn als ebenso klugen wie ritterlichen Mitkämpfer des Ungarnkönigs ausweist.

Vier vornehme Türken hatten eine List ausgeheckt. Sie vereinbarten, sich in ein Zelt zu setzen und so zu tun, als wären sie völlig sorglos. Auf diese Weise wollten sie sich ungeschützt überfallen lassen. Es sollten sich aber zwanzig von ihnen verborgen halten und, sobald Herzog Christoph auf sie zuritt, alle zugleich mit Wurfspießen und vergifteten Pfeilen auf ihn eindringen und ihn töten – und wär's von hinten.

Da saßen sie also in einem Zelt aus roter Seide, schmausten fröhlich und ließen sich von einem Gaukler des Sultans unterhalten. Bei Herzog Christoph aber erschien ein Türke, der sich als Überläufer ausgab und ihm erzählte, welch großartige Gelegenheit sich böte. Doch der Herzog merkte sehr schnell, was gespielt wurde. Er ließ den türkischen Boten bei einem Teil seiner Mannen, mit den anderen zog er aus und trennte sie in zwei Abteilungen. Die erste kam mit dem Hinterhalt ins Gefecht und konnte die Gegner in die Flucht schlagen. Mit der anderen ritt er auf das Zelt zu, umringte es und forderte die Türken zum Viertkampf gegen ihn allein auf – denn auch wenn sie's eigentlich verdienten, dass er sie gleich hinmorde – schließlich hatten sie einen Helden meucheln wollen –, verachte er das. Da blieb den vier Türken nichts übrig, als zu den Waffen zu greifen, und sie büßten die List mit ihrem Leben. Bis auf einen einzigen. Das war der Gaukler des Sultans. Ihn ließ Christoph wegführen und in sein Zelt bringen.

Auch den falschen Überläufer ließ er vorführen und sagte zu ihm: »Sprich offen, wolltest du mich und die Meinen ins Verderben bringen und willst du zur Sühne ein Christ werden?

Auf diese Frage beteuerte der Verräter seine Unschuld, war aber auch bereit, seinem Glauben abzuschwören, wenn er dadurch sein Leben retten könne.

Als dann Christoph den Gaukler fragte, ob er von dem Schelmenstück gewusst habe, sagte dieser: »Was hilft's mir, wenn ich lüge? Sterben muss ich doch! Also bleib ich bei der Wahrheit! Ich hasse Euch, wie es sich für einen Muselman gehört, und säh Euch mit Freuden an einem Spieß stecken, wie Ihr's nun mit uns beiden machen werdet. Ich wusste von allem! Und so wahr mich der Sultan schwer verliert, zum Christen werd ich nimmer!

Da sagte Christoph: »Das Wort hat dir dein elendes Türkenleben gerettet. Du sagst die Wahrheit und bist ein ehrlicher Christenfeind. Also scher dich deiner Wege und lauf, was du kannst! Ich will deinem Sultan seine Freud nicht verderben. Den dort aber, der erst mich vernichten wollte und dann um des schnöden Lebens willen seinem Glauben abschwören, für den er doch meinen Tod wollte, den hängt an den nächsten Baum!«

Und so geschah es auch.

Die Brautfahrt

Der Ungarnkönig Matthias Corvinus wusste seinen fürstlichen Dienstmann auch als Diplomaten zu schätzen und schickte ihn als außerordentlichen magyarischen Geschäftsträger wiederholt zu wichtigen Herren. Auf all diesen Missionen soll Herzog Christoph vor allem durch die brillante Kenntnis des Lateinischen, der damaligen Gelehrtensprache, überall aufgefallen sein.

Der König schenkte ihm so viel Vertrauen, dass er ihn sogar ermächtigte, seine Braut, die Prinzessin Beatrice, aus Neapel zu ihm zu holen.

Der Ungar war nämlich Witwer geworden und hatte um die Hand der achtzehnjährigen Tochter des Königs Ferrante von Neapel und Aragonien angehalten, einer hochgebildeten und kunstsinnigen Nobeldame. Die Zusage war auf diplomatischem Weg erfolgt; nur konnte eben der königliche Bräutigam seine künftige Gemahlin nicht persönlich heimführen, lagen doch die Türken, diese Erbfeinde des christlichen Abendlandes, bereits vor den Grenzpfählen seines Reiches – und selbst unter den Höflingen lauerten möglicherweise Verräter ...

Es war Ende Mai.

Ofen, die ungarische Königsburg, träumte einen Frühlingstraum, den Traum von der Ankunft einer schönen Frau, einer Frau, die von der südlichen Sonne liebkost worden war. Sie musste wohl sehr schön sein, wenn auch niemand mit Sicherheit wusste, dass sie es wirklich war. Es hatte sie ja noch keiner gesehen, nicht einmal der König.

Aber sie musste deswegen sehr schön sein, weil eine andere es gar nicht wagen durfte, die Treppen zu betreten, durch die Gänge zu wandeln, die Luft zu atmen, wo einst der gewaltige Hunyadi sein großes Magyarenreich gezimmert hatte. Ja, sie würde kommen, die schöne Beatrice aus Neapel, und der bärtige Bayer, der erst neulich einen wilden Stier bei den Hörnern gefasst, ihm den Kopf umgedreht und das Genick gebrochen hatte, der würde sie abholen und in die Königsburg bringen! Morgen würde er dahinreiten nach Neapel mit zehn erlesenen Mannen, und wiederkommen werden sie mit der Schönen hoch auf dem Bord eines Schiffes – und es wird auch für sie eine Lust sein, unter Árpáds Sonne zu leben! Frühlingsträume!

Und sie ritten dahin, Herzog Christoph und seine zehn Mannen. Unter diesen – wie konnte es anders sein! – auch Ekbert vom Kirnstein. Sie ritten am Ufer des Meeres entlang, ritten durch dürre Bergtäler, ritten durch Olivenhaine und Weingärten. Sie sahen von der Ferne den Vesuv vor dem ewig blauen Himmel, und sie kamen nach Neapel.

War das die Stadt, von der man sagte: Neapel sehen und sterben?

In der letzten Tavernetta vor dem mächtigen Tor, in das sie jetzt einzogen, hatten sie sich noch schön gemacht, hatten Kleider und Rüstzeug vom Staub der Straßen gereinigt und vor allem die Katzbalger samt dem Gehänge auf Hochglanz poliert. War es da ein Wunder, dass sie in den brodelnden Gassen von den herzigen schwarzen Buben und den feuerigen Mägdlein, von den Eselstreibern und den fliegenden Händlern fast wie Halbgötter angesehen wurden?

Bald aber drängte man sich heran, begrapschte die festen Beine der Männer und das Zaumzeug der Rösser – und wären diese ob des ohrenbetäubenden Geschreis nicht unruhig geworden, die Kinder hätten sich an sie gehängt und eine Strecke weit mittragen lassen. Wiederholt versuchte der Kirnsteiner zu fragen, wo der *palazzo* des Königs sei, doch seine Worte gingen in dem Lärmgewitter, das sie umhüllte, vollkommen unter. Bis sie schließlich vor die Kirche von San Gennaro kamen.

Da saßen auf dem Mauerkranz des weitgedehnten Platzes etliche zarte Knaben und üppige Fräulein, die schon äußerlich das Gewerbe verrieten, vom dem sie lebten. Hier fragte Ekbert abermals und erfuhr, dass sich die königliche Familie in ihrem Sommersitz am Capodimonte aufhalte; alle deuteten auf einen Lustgarten hoch über der Stadt, und die Fräulein heuchelten mühsam ein verzücktes Dauerlächeln.

In der glühenden Sonne ritten sie den Hang hinauf und wurden vor dem prächtigen Tor des Gartens von zwei Lakaien angehalten. Es bedurfte keiner weitschweifigen Erklärung, weil Matthias Corvinus durch einen berittenen Eilboten seine aus bayerischen Rittern und einem Herzog aus dem regierenden Hause Wittelsbach bestehende Gesandtschaft schon angekündigt hatte. Hinter dem Tor formierten sie sich, nahmen Haltung an und ritten dann auf der breiten Sandbahn in schöner Kavalkade bis vor den marmornen Treppenaufgang des herrlichen Renaissanceschlosses. Der Oberhofmeister hatte sie erwartet und wies die Ritter sogleich in einen Seitenflügel ein, den Herzog bat er mit sich in eine Vorhalle aus rötlichem byzantinischen Porphyrgestein. Hier kam die schöne Beatrice auf Herrn Christoph zu und begrüßte ihn im Namen ihres Vaters. Mit vollendeter Eleganz beugte der Herzog nach spanischer Manier ein Knie vor der Prinzessin, wurde auch sogleich von ihr mit der Gebärde einer Liebenden aufgehoben.

Da war es doch wirklich, als wären zwischen ihren beiden Herzen Funkenströme übergesprungen …

Am Abend wurde die Gesandtschaft in der geräumigen, von Fackeln festlich ausgeleuchteten Pergola, die hinter Pinien, Agaven und roten Rosenbüschen lag, feierlich begrüßt. König Ferrante, nach altrömischer Art mit Tunika und Toga bekleidet, saß in einem Prachtsessel; ein Schleier unendlicher Langeweile lag auf seinen Augen. Beatrice mit griechisch aufgeplustertem Haarschopf und ebenfalls in klassischer Gewandung stand neben ihm und strahlte. Zu beiden Seiten des Herrschers waren die Noblen der Stadt mit den Gemahlinnen aufgereiht; hinter ihnen allen aber die Schar der Sklaven mit und ohne Degen, jeden Augenblick gewärtig, sich im Dienste des Herrn zu schlagen.

Auf ein Zeichen des Oberhofmeisters traten die bayerischen Rittersöhne aus dem Schatten einiger Bäume in die Pergola, in ihrer Mitte Herzog Christoph. Er trug auf einem Kissen einen rotgoldenen Stirnreif, in den das ungarische Wappen aus kostbaren Steinen eingelassen war. In kurzer lateinischer Rede verkündete er die Grüße seines Dienstherrn und wandte sich dann mit dem Geschmeide an eine Palastdame, die auf ihn zukam. Diese nahm das Diadem und setzte es der Prinzessin in das volle dunkle Haar.

Die Palastdame aber hieß Lucia d'Aosta und war so zart wie die Engel auf den Gemälden des herrlichen Fra Angelico.

Nun wurden die jungen Herren mit an die Tafel gebeten, ein großes Schlucken und Schmausen begann. Der König zog sich bald zurück, worauf sich das steife Zeremoniell zu freundlicher Stimmung löste. Man redete miteinander, wie es eben ging, meistens in Latein; man wechselte die Plätze und setzte sich zueinander nach Lust und Laune; man lachte viel und himmelte einander an – je länger, desto mehr. So konnte es geschehen, dass Ekbert der Kirnsteiner mit Lucia d'Aosta ins Gespräch kam.

Und weil er die welsche Sprache leidlich beherrschte, was der Palastdame viel Spaß bereitete, blieben sie den ganzen Abend und bis in die lauschige Nacht hinein beisammen sitzen. Er erzählte von Bayern, vom Innfluss, der unterhalb seines Burgberges vorbeirauschte und aus den Nagelfluhbrüchen der Biber die wertvollen Mühlsteine hinaustrug ins Land, manchmal bis ans Schwarze Meer. Vom Herzog Christoph erzählte er, wobei dessen Heldentaten sogar schon in den Tischgesprächen des neapolitanischen Adels gerühmt wurden. Er erzählte ihr Beispiele von den kleinen Leuten, dem *popolino,* des herben, aber gutmütigen Bayernstammes, auch von ihrer Trinkfestigkeit und von der Grobschlächtigkeit, wenn sie – was nicht selten vorkomme – über den Durst hinausgetrunken hätten.

Fast andächtig wie in der Kirche lauschte ihm die feine Lucia und freute sich an seinen Erzählungen so sehr, dass sie noch in dieser Nacht mit ihren Eltern zurate ging und beschloss, in der Gesellschaft der Prinzessin übers Meer und nach Ungarn zu fahren, weil man im schwarzen Schatten des Vesuvs und seiner beiden Höcker langsam versauere »wie die Gurke im Glas«. Graf d'Aosta, der nicht auf den Kopf gefallen war, roch natürlich den Braten. Er stimmte aber zu unter der Bedingung, dass sie ihm unverzüglich einen Boten schicke, wenn ihr das Abenteuer den Boden unter den Füßen wegzuziehen drohe.

Es wurde eine großartige Festwoche, die man nun auf dem Capodimonte beging, mit rauschenden Tanznächten, mit Illuminationen in den Spalieren und Grotten des Lustgartens, mit Zigeunern und Morisken und der ganzen Palette bodenständiger Künstler. Alledem lag die Absicht zugrunde, bei der Prinzessin und den sie begleitenden jungen Damen keinen Abschiedsschmerz aufkommen zu lassen.

Deshalb ging man auch in diesen Tagen nicht hinab ans Meer. Dort lag die neue Galeere »Cleopatra« vor Anker, die den weiten Seeweg um Italien herum und über das Adriatische Meer nehmen sollte. Tag und Nacht wurde auf ihr gewerkelt. Der König hatte die besten Ruderknechte angeheuert. Dabei handelte es sich um Sträflinge, die man nach verhängter Todesstrafe zum Galeerendienst begnadigt hatte. Schiffseigner konnten diese starken Männer um schweres Geld mieten. Auch der Kapitän Agostino und der Steuermann Lauro waren von ihm ausgewählt worden.

Endlich waren die letzten Julitage gekommen. Die Wochen der schweren Seestürme waren vorbei; die Fahrt konnte beginnen.

Die Bucht öffnete sich in sanftem Schwung, die Adelspaläste an den Ufern prunkten mit ihren ziselierten, runden Treppenhäuschen und den kleinen Gärten auf den Balkonen. Hier ein Palmenhain mit den Statuen keuscher Nymphen, dort eine Inselgrotte mit einem weniger keuschen Satyr, und rings über dem Meer blendender Sonnenglanz. Die Braut ging zu Schiff unter dem Jubel der halben Stadt Neapel. Ihr voraus die Gesandtschaft des fernen Bräutigams, um sie herum sechs junge Palastdamen mit einer Hofmeisterin, hinter ihr der königliche Vater im Kreise des Hochadels. Er weinte – was man an ihm noch nie gesehen hatte. Und als auf der »Cleopatra« die Anker gelichtet wurden, kniete er sich gar hin und betete.

»Hättet ihr das für möglich gehalten?«, fragte Herzog Christoph seine Mannen. Alle verneinten.

Da knarrten die Ruder. Der Steuermann Lauro ländete ab. Der Uferweg nach Santa Lucia verschwand, er erschien nur noch dünn wie ein gelber Faden. Der Kanonier auf der »Cleopatra« löste drei Schüsse, die donnerten mächtig zur Stadt hinüber und wurden von der Hafenguardia erwidert.

Arrivederci, bella Napoli!

Arrivederci? – Wer weiß, ob man dich wiedersehen wird!

Da weinte auch die Prinzessin, und die Palastdamen weinten mit ihr …

Als die Tränen einigermaßen getrocknet waren, begann der Kapitän Agostino im Kreis der Damen Witzchen zu erzählen. Die waren natürlich von Seemannsart, wurden aber nicht übel vermerkt, sondern heiterten die Stimmung auf. Besonders hatte er's mit dem alten griechischen Sagenhelden Herakles: »Diesem Herakles gleicht der hochgerühmte Herzog Christoph aus dem Lande Bavaria, der uns die Ehre gab, auf unserer ›Cleopatra‹ mitzuschiffen. Beide Männer fanden ein sonderliches Vergnügen am Werfen mit Steinen. Was den Herrn aus Bavaria betrifft, so ist uns erst neulich glaubhaft berichtet worden, er habe vor noch nicht zu langer Zeit einen Dreieinhalbzentnerstein neun Schritte weit geworfen und sei auch gleich noch über ihn hinausgesprungen.«

Das Schiff lag gut in Fahrt. Die Stimmung unter den jungen Leuten war gelöst und überaus freundlich. Über die Vertraulichkeiten, die sich von Tag zu Tag mehrten, sahen die anderen beflissentlich hinweg – sogar die Hofmeisterin drückte beide Augen zu.

Sie fuhren um die kalabrische Halbinsel herum und gelangten zur guten Zeit nach Eraclea. Die Galeere wurde verankert, und alle gingen an Land, um die bedeutenden Ruinen einer großen Stadt aus der Helenenzeit zu bewundern. Agostino, ein erfahrener Seemann, kannte sich in allem aus und erklärte mit Beredsamkeit und Fantasie, welchen Zwecken einzelne Bauwerke einst wohl gedient hatten. Dabei wich er manchmal erschreckend von jeglicher Wahrscheinlichkeit ab, so etwa als er den Griechen

Pyrrhus, der in dieser Gegend die Römer besiegt hatte, in unmittelbaren Zusammenhang mit Herakles brachte: »Ja, verehrte Damen und Herren, dieser Sohn des Zeus hat den tölpelhaften Pyrrhus beflüstert, unsere Vorfahren in ihrem eigenen Land anzugreifen. Zwar hat der Grieche gesiegt, aber er hat sich zu Tode gesiegt! Man nimmt nicht, was einem nicht gehört! Euch zur Warnung, edle Herren!«

Tags darauf steuerten sie hinüber zum Kap Santa Maria die Leuca, wo sie dann allerdings wegen ungünstiger Winde, die von Kerkyra herüberbliesen, drei Tage aufgehalten wurden.

Inzwischen waren sie zwei Wochen auf See, und das Leben begann langweilig zu werden. Selbst die, die sich bereits herzlich zugetan waren, ödeten sich gegenseitig an. Eine gereizte Stimmung kam auf, besonders bei den Damen. Die Hofmeisterin hatte alle Hände voll zu tun, dass sie sich nicht aus lauter Eifersucht gegenseitig in die Haare gerieten. Selbst dem Herzog und seinen Mannen fehlten Betätigung und Auslauf. Einer kam sogar auf den Gedanken, die Galeerensträflinge auf den Ruderbänken zeitweise abzulösen. Doch dies lehnte der Kapitän ganz energisch ab und befahl dem Koch, den Verbrauch von Fett und Fleisch um die Hälfte zu verringern. Die Maßnahme hob die allgemeine Stimmung nicht, senkte aber den Überschuss an Kraft und förderte die Müdigkeit. Die jungen Herren fühlten ein stärkeres Bedürfnis an Schlaf, was der listige Kapitän mit der Bemerkung quittierte: »In der Bibel steht: Wer schläft, sündiget nicht!«

Hier, auf Kap Santa Maria, kam es auch zwischen Herzog Christoph und Ekbert vom Kirnstein zu einer Aussprache. Sie hatten sich bei steifem Wind im tiefen Sand eine Stunde weit von ihrer »Cleopatra« entfernt, um von niemandem gestört zu werden. Während der letzten

Wochen hatte sich in ihren Herzen etwas aufgestaut, das nach einer Lösung schrie.

Herr Christoph sagte: »Es scheint, als würden wir einander fremd.«

Darauf der andere: »Wundert es dich, Herr, wo wir bloß auf der faulen Haut liegen oder allenfalls in den Armen schöner Frauen?«

»Dem Herrgott sei's geklagt!«

»Nun, Herr, ich möchte mich nicht beklagen!«

»Du hättest auch keinen Grund! Im Gegenteil, du darfst Gott danken, dass dir die liebliche Lucia auf den Leim gegangen ist! Wollt ihr heiraten?«

»Sie möchte lieber heute als morgen.«

Der Sturm blies ihnen eine Sandbö ins Gesicht; sie kehrten um und stapften langsam zurück.

Christoph fuhr fort: »Das ist euer großes Glück, das uns Fürstenkindern vorenthalten wird. Wir können nicht, wie wir wollen, sondern müssen, wie wir sollen! Oder glaubst du, Beatrice sehnte sich nach dem Ungarnkönig?«

»Man sieht's ja Tag und Nacht, dass sie sich nicht sehnt! Doch liegt es vermutlich eher daran, dass diese feurigen welschen Damen unbedacht nach der nächsten Erfüllung greifen. Ist der eine abgetan, kommt der nächste an die Reihe! Ich will darum mit der Heirat nicht lange warten; wahrscheinlich steht in der Königsburg zu Ofen schon einer hinter der Tür, der mir den Vogel aus dem Häuserl stehlen will!«

»Übereil nichts, Ekbert!«

»Übereilen nicht, aber beeilen muss ich mich schon!«

In Brindisi mussten sie erneut einige Tage an Land gehen. Überhaupt setzte jetzt gegen alle Erwartung stürmisches Wetter ein, und dem Kapitän sah man die Besorgnis an, die Fahrt über die Adria könnte unter einem Unstern stehen. Als aber eines Abends eine dalmatinische Galeere in den Hafen einfuhr und zufriedenstellende Berichte abgab, stach auch er wieder in See – und es glückte: Anfang September liefen sie in den Hafen von Spalato ein, womit die Seefahrt beendet war.

In dieser einstigen römischen Kaiserstadt, mitten in den Ruinen des diokletianischen Palastes, wurden sie von König Matthias selbst und einer glänzenden ungarischen Ritterschar erwartet.

Das gab eine Begrüßung, die nachgerade in die Annalen der Geschichte eingegangen ist: Prunkzelte, Reiterspiele, goldbestickte Sänften für die Damen; der Ungarwein floss in Strömen, und immer wieder gab es Musik und Freudentänze: Jetzt war sie unter ihnen, die schöne Prinzessin – ihre künftige Königin!

Als sich die ersten Glücksstürme gelegt hatten, besann man sich auch auf die Gesandten. In einem Überschwang von Dankbarkeit bot König Matthias dem Herzog Christoph die Herrschaft Csakathurn, das fruchtbare Land zwischen Drau und Mur, zum Geschenk an.

Doch der Bayernfürst lehnte ab ...

Die Chronisten sind über die Ursachen dieses merkwürdigen Verzichts geteilter Meinung. Der eine erklärte kurz: ... *umb dass der hertzog kain Sparer oder schatzhalter was.*

Ein anderer glaubt, Christoph habe die späteren kriegerischen Verwicklungen zwischen König Matthias und Friedrich von Österreich vorausgesehen und habe deshalb nicht Gefahr laufen wollen, gegen den Kaiser des Reiches kämpfen zu müssen.

Wieder ein anderer hält es für möglich, er sei der festen Überzeugung gewesen, früher oder später das Obere Bayern mitregieren zu können, und habe sich deshalb nicht an eine Handvoll Land hängen wollen.

Könnte aber nicht die schöne Beatrice selbst der Grund gewesen sein? Und darum die Flucht vor einer ihm unerreichbaren Frau?

Sie warteten die Krönungshochzeit der Prinzessin noch ab, zumal es ja eine Doppelhochzeit war; denn Ekbert vom Kirnstein heiratete die Gräfin Lucia d'Aosta, Beatricens Freundin von Jugend auf.

Als diese Feierlichkeiten vorüber waren, zogen die bayerischen Mannen mit ihrem Herzog, Ekbert aber mit seiner Gemahlin, wieder nach Hause, vom Ungarnkönig viel gerühmt und reich beschenkt.

Im Jahre 1480 versammelten sich am Kaiserhof zu Wien viele Fürsten des Reiches zur Belehnungsfeier des Landshuter Herzogs. Da zogen auch Christoph und sein Freund Ekbert hin. Und wie es der Brauch wollte, wurde nach dem offiziellen Teil der Zusammenkunft ein Kampfspiel abgehalten. Der Kaiser selbst war mit seiner Tochter, der Erzfürstin Kunigunde, anwesend.

Nun hatte ein Herr Niclas von Popolau, ein massiger Ritter, alle anderen schon aus den Sätteln geworfen und schrie jetzt, zwischen den Planken stehend, nach einem Gegner. Wieder einmal waren aller Augen auf Herzog Christoph gerichtet. Und siehe, er ritt in die Schranken! Helle Freude in der Runde. Die beiden Kämpen neigten sich vor dem Kaiser und seiner Tochter. Diese zog ein mit Perlen verziertes Band von ihrem Arm und setzte es als Siegespreis.

Da ließ sich der von Popolau seine Stange bringen; die war so schwer, dass zwei Knappen sie tragen mussten. Und die Gegner ritten aufeinander zu. Christoph aber legte seine Lanze nicht ein. Als sie nun inmitten des Turnierfeldes zusammentrafen, hielten sie inne, und der leutselige Herr von Popolau fragte laut, was das zu bedeuten habe. Christoph erwiderte, er habe keine dem Gegner ebenbürtige Stange, wolle jedoch den Preis trotzdem gewinnen, und zwar ohne Kampf. Der andere schüttelte ungläubig den Kopf, willigte aber zur großen Heiterkeit der Zuschauer ein. Da ließ sich der Bayer die Stange des Herrn Nicolas reichen, richtete sie auf, stellte sie auf zwei Finger und schnellte sie hoch, sodass sie ihre vierfache Länge in die Höhe schoss. Und als sie herabfiel, fing er sie mit einer Hand in der Mitte auf. Dann befahl er den zwei Knappen, sich beiderseits an ihr festzuhalten. Da hob er, frei im Sattel sitzend, die so beschwerte Stange empor, stemmte sie um sein Haupt und warf sie in hohem Bogen mitsamt den Knappen über das Dill.

Der Jubel wollte nicht enden. Der Siegespreis fiel in seine Hand. Doch in sein Herz fiel die Sehnsucht nach der Tochter des Kaisers. Diese Sehnsucht bestimmte, so scheint es, alle Unrast seines weiteren Lebens.

Er hatte ein Heim – und war doch selten zu Hause; und war er zu Hause, so hielt es ihn nicht. Nirgends wurde er seines Lebens froh. Er vollbrachte Reckenstücke und bestand Abenteuer, die landauf, landab bewundert wurden – ihm selbst gaben sie den Frieden nicht.

Das geistliche Gericht

Es war Herbst geworden. In den Altwassern der Donau beklagten die Frösche das Nahen der unwirtlichen Jahreszeit. Die Weinbauern in der Wachau brachten ihren Klostervorstehern die ersten Proben und empfingen dafür den alljährlichen Dukaten als Dank.

Herzog Christoph und der Kirnsteiner ritten gemächlich dem Strom entgegen.

»Jetzt ist es so weit, Ekbert, dass wir uns trennen müssen!«

»Doch nicht für immer, Herr!«

»Das weiß allein unser Herrgott. Du hast eine Frau und ein festes Haus; du wirst Kinder haben, die den Vater brauchen. Du wirst schaffen müssen, um all deine Leute zu ernähren, die eigenen wie die hörigen. Da wird keine Zeit mehr sein, mit dem wilden Herzog Abenteuer zu suchen.«

»Das alles stimmt sicherlich, Herr! Aber wenn du mich brauchst, dann lass es mich wissen. Ich werde Mittel und Wege finden, dass mein Sach – auch wenn ich nicht daheim sein kann – weiter gedeiht, bis ich wiederkomme. Ich danke dir für die Jahre, die ich mit dir sein durfte!«
»Und ich danke für deine treue Gefolgschaft! Seit meinen Kindertagen hast du's bei mir ausgehalten, hast meine Launen genauso wie meine Grobheiten ertragen. Jetzt, wo sich das ändert, wird sich auch mein Alltag ändern.«

»Viel braucht sich da nicht zu ändern. Nur um eines bitt ich dich, um deiner selbst willen: Trink nicht so viel!

Manchmal konnt ich's verhindern; jetzt ist keiner mehr, der das tut.«

»Ekbert, es ist nicht leicht, allein zu sein!«

»Ich wünschte, dass dir eine Frau mit zartfühlender Hand begegnete! Mir aber wünschte ich, dass du mir helfen könntest, wenn für den Kirnsteiner der Streit um die Biber weitergeht. Vielleicht muss ich dich einmal bitten, bei deinem Bruder Sigmund ein gutes Wort für mich einzulegen.«

»Ein gutes Wort bei ihm, eine harte Hand gegen deine Widersacher! So will es unsere Freundschaft!«

In Passau trennten sich ihre Wege endgültig. Und weil Ekbert gerade die Treidelreiter vom Samerberg mit einem Schiffzug den Inn hinaufkeuchen sah und sein Ross lahmte, brachte er es auf die Hohenau und setzte sich zum Salzschreiber in die Hütte. Der kannte den jungen Herrn nicht, wohl aber dessen Vater Burkhart.

Wie sie nun so ins Reden kamen, meinte der treuherzige Schreiber: »Wenn Ihr auf den Kirnstein wollt, rat ich Euch zur Vorsicht. Der alte Ritter hat sich nämlich seit etlicher Zeit ein welsches Fräulein unter den Nagel gerissen, ein blitzsauberes Ding, wie man hört. Die hütet er wie seinen Augapfel, und wehe, wenn ihm da einer in die Quere kommt! Da soll doch den beiden neulich – wie es hieß – der alte Vettoni von der Biberburg begegnet sein. Und weil halt der Vettoni auch einer aus dem Welschland ist und weil ihm das Deandl gefallen hat, hat er sie auf gut Welsch begrüßt, soll ihr auch noch ein paar freundliche Wörter zugerufen haben. Da sei aber der Kirnsteiner aufgegangen, habe den Katzbalger gezogen und den Vettoni derart verdroschen, dass sie ihn danach zu den Heiliggeistbrüdern nach München hätten bringen müssen, weil die einen guten Physikus haben, der sich aufs

Zusammenflicken von Haut und Knochen versteht. Ich rat Euch also: Macht der Kleinen auf dem Kirnstein keine schönen Augen, sonst färbt Euch der Alte grün und blau!«

Die Geschichte hatte Herrn Ekbert erheitert, und er fragte nach diesem und jenem, so auch nach dem Pfarrer von Degerndorf.

»Ihr meint den Bergamesi, Herr? Der – ein Pfarrer? Wenn der ein Pfarrer ist, dann bin ich der Bischof! Er ist ein braver Vermehrer des Menschengeschlechts und hängt seiner Feliciana jedes Jahr ein Kind an. Sie ist ja eine Vettoni, und die Vettoni sind Draufgänger! Auch der Alte soll ja in der Gegend dort so seine fünfzehn bis zwanzig Setzlinge haben – und der junge, der Dario, ist genauso. Sie haben's beide mit den Bauernmenschern – na ja, wenn's hilft!«

Nun wollte Ekbert nicht mehr mit Fragen in den Schreiber dringen; der hätte sonst hellhörig und misstrauisch werden können. Er verließ also die Hütte und kümmerte sich um sein Ross.

Nach sieben Tagen kam er heim, freudig begrüßt von Gattin und Vater. Er erzählte ihnen auch bald die Geschichte, die der Salzschreiber von ihrem gemeinsamen Ausritt zu berichten gewusst hatte. Da wurde aber der Vater ernst und erklärte, man müsse dem Treiben der Herren auf der Biberburg und des Pfarrers von Degerndorf ein Ende setzen, wenn nötig, mit Gewalt. Denn die kleinen Leut verlören langsam jeglichen Glauben, vor allem den an die Einrichtungen der Kirche.

Darauf erwiderte Frau Lucia: »Ihr Herren hier in Bayern müsst großzügiger denken! Ihr solltet hinter die Gardinen des päpstlichen Hofes, besonders aber hinter die mancher Herren Kardinäle schauen können! Ihr in euren kalten Bergen wollt päpstlicher sein als der Heilige Vater Sixtus? Wozu soll das nütze sein? Ihr lebt hinter der Zeit her! Die heutige Zeit ist geprägt von der Wiedergeburt der Antike; wir nennen das Renaissance! Und es ist gut so, dass die düsteren Jahrhunderte mönchischer Selbstzerfleischung ein Ende gefunden haben. Unser lieber Gott hat doch den Menschen nicht dazu so schön gemacht, dass er sich zerstört. Denn so zerstört er das Werk Gottes. Der Mensch aber soll leben. Wachset und vermehret euch!«

Die junge Frau hatte sich heißgeredet. Sie saß da wie ein kleiner Cherub mit glühenden Wangen; fehlte nur das Flammenschwert.

Wie sehr Ekbert den Eifer seiner Frau auch würdigte, so wurde ihm doch klar, dass hinter ihren Worten der unausgesprochene Vorwurf mitschwang: Warum bekomme ich noch kein Kind? Und er musste sich gestehen, dass seine ganz persönliche Eigensucht daran schuld war …

Der Winter kam und verging; das Frühjahr kam und neigte sich bereits dem Sommer zu, und der alte Vettoni, der längst wieder genesen war, stieg auch weiterhin den Mägdlein nach.

Da machte sich eines Morgens Burkhard, der alte Kirnsteiner, auf den Weg nach Freising. Er nahm einen Knecht mit, denn man wusste ja nicht, welchen Überraschungen man im Ebersberger Forst ausgesetzt war. In diesen lausigen Zeiten herrschte immer noch das Faustrecht allenthalben im Lande; man musste sich vorsehen.

Aber die beiden gelangten unbehindert ans Ziel und ritten jetzt durchs Ziegeltor den Domberg hinauf. Als dann beim Oberen Tor ein Wärtl fragte, welches Begehren der Herr Ritter habe, ging der auf wie eine Dampfnudel und schimpfte ihn einen krummen Hund, sodass sich ein vorbeigehender Ministeriale ins Mittel legen musste, weil es sonst unweigerlich zu Handgreiflichkeiten gekommen wäre.

Dann zogen sie in den fürstbischöflichen Domhof ein. Zunächst erschien ein Adlatus und bat Herrn Burkhard zu einem Becher der Begrüßung, führte ihn aber dann sogleich vor den Hochwürdigsten der Heiligen Kirche Gottes, Bischof Sixtus von Tannberg.

»Seid Uns gegrüßt, Ritter Burkhard, und auch freundlich willkommen geheißen!«, begann der Kirchenfürst und fuhr dann fort: »Es muss ein nicht unwichtig Geschäft sein, das Euch den weiten Weg vom Inn zur Isar aufgezwungen hat. Wir sind Euch dankbar und zugleich begierig auf Euer Anliegen!«

Das ist so ein Gerede!, dachte sich der Kirnsteiner. Damit wollen sie unsereinen schon einwickeln, bevor man noch die Goschn aufgemacht hat! Dann aber sagte er in halbwegs gemäßigtem Tonfall:

»Gnädigster Herr, es könnt mir an sich wurscht sein, wie's Eure Ministerialen, will sagen, der Pfarrer und der Kirchenvogt von Degerndorf, treiben. Indes, es ist mir nicht wurscht, weil die beiden alle Dörfer und Weiler um den Hohen Madron herum versauen, will sagen: von wegen ihrer Unkeuschheit.«

Der von Tannberg machte ein ernstes Gesicht und gab dem Adlatus einen leisen Wink, worauf sich dieser an ein mächtiges Schreibpult an der Wand begab.

Dann packte der Ritter aus, angefangen von der Bedrückung der Steinbrecher mit Fanghunden über die Zuschreibung des unehelichen Kindes einer Freien zum Status der Hörigkeit, wenn der Kindsvater ein Leibeigener sei – sofern die geplagten Eltern dem Pfarrer nicht eine Mark Silber stifteten – bis hin zur Schwängerung der Bauerntöchter durch die auf der Biberburg.

Den Bischof befiel eine Blässe, und er musste ein Weilchen hinter die Tapete gehen, ehe er sich zu folgender Erklärung aufraffte:

»Ritter Burkhard vom Kirnstein, Wir danken Euch für die üble Kunde! Wenn es sich wirklich so verhält, wie Ihr berichtet habt, und Euer Groll auf Degerndorf nicht daher rührt, dass man Euren Vorfahren den Biberfelsen abgenommen hat, dann steht es schlimm am Wendelstein. Wir werden deshalb, um vollständige Klarheit über die Sache zu gewinnen, in persönlicher Visitation die Dinge an Ort und Stelle prüfen. Euch aber bitten wir um absolutes Stillschweigen über das, was zwischen uns gesprochen wurde! Kniet Euch nieder! Mit Unserem Segen wünschen wir Euch Gesundheit und Heil und eine glückliche Heimfahrt!«

Der alte Ritter tat sich beim Hinknien ein wenig hart, sodass ihm der Adlatus beispringen musste.

Darauf wurde der Kirnsteiner in eine Gästekammer gebracht und mit großer Freundlichkeit behandelt, bis er am anderen Morgen aufbrach.

Und wieder kam der Winter und verging. Frau Lucia hatte Herrn Ekbert noch immer kein Kind geboren, und auch der Herr Bischof von Freising ließ mit seiner Visitation auf sich warten.

Der alte Ritter Burkhard wurde von Monat zu Monat griesgrämiger, weil er sah, wie die beiden nachbarlichen »Bösewichte«, nämlich der Pfarrer und der Kirchenvogt, weitermachten wie bisher, ohne dass jemand ihnen Einhalt geboten hätte.

Endlich, im Wonnemonat Mai, kam der Kirchenfürst von Wasserburg auf dem Inn heraufgefahren und ländete bei Degerndorf an. In einer schlichten Sänfte ließ er sich bis zum Pfarrer Bergamesi bei Sankt Ägidi tragen und nahm Quartier in dessen Haus, bald umringt von einer stattlichen Kinderschar. Weil Frau Feliciana, die Pfarrkocherin, erkannte, dass er mit Kindern nicht umzugehen verstand, jagte sie sie fort und gewährte so dem Pfarrer einen freien Zugang zu seinem Bischof.

Das Gespräch der beiden ist nicht aktenkundig geworden, weil der Fürstbischof seinem Adlatus zu verstehen gab, die Stube zu verlassen und draußen am Anger bei den Kindern zu bleiben. Es muss aber ein sehr ernstes Gespräch gewesen sein, weil Herr Bergamesi danach so in Tränen aufgelöst war, dass Frau Feliciana ihn voller Mitleid in ihre festen Arme nahm.

Schon während der Pfarrer beim Bischof gewesen war, hatte sie begonnen, die große Kammer im Oberstock des Hauses zu räumen. Die sechs Kinder – es waren die kleineren –, die sonst hier schliefen, mussten hinaus und zur Nachbarin hinüber. Diese und noch eine andere ältere Frau waren auch gleich mit hölzernen Kübeln angerückt und hatten die Kammer mit Wurzelbürsten gründlich gesäubert, hatten duftende Birkenreiser in die Ecken gesteckt und dadurch den dort eingesessenen Spinnen einigen Kummer bereitet, während die übrigen Dorfratschen hinter den Hausecken schon ihre Lästermäuler fleißig spazieren führten. Jetzt wurde auch das frisch überzogene breite Bett des Pfarrers, das einem Schiff ähnelte, hineingeschoben, dazu eine schöne welsche Kommode, die der alte Vettoni vor geraumer Zeit ausgemustert hatte.

Die beiden großen Buben schickte sie mit dem zweirädrigen Karren auf die Burg, ließ sagen, dass der Bischof sie überfallen habe, und bat um einen großen und einen kleineren Spannstuhl – aushilfsweise. Sie selbst zerrte aus einem Verschlag am Dachboden einen alten Sakristeitisch mit Kasten; den hatte ein früherer Pfarrer zu verbrennen vergessen. Er sah auch noch ganz leidlich aus, nur hatten die scharfen Zähnchen der Hausmarder einige Spuren hinterlassen. Doch mit einem Klecks Hufschmiere, gut hineingerieben, war der Schaden bald behoben. Das große

Windlicht aus der Kuchl, das die zahlreiche Tischgesellschaft früh und abends während des Winters beleuchtete, musste her, ebenso ein Teller mit goldenem Rand und ein ebensolches Glas; das waren die Geschenke, die sie selbst dem jungen Pfarrer Bergamesi am Tag seiner Primiz überreicht hatte.

Feliciana betrachtete das so rasch entstandene Werk noch mit einem zufriedenen Blick, eilte hinunter in die Stube und bat voller Stolz den Herrn Bischof, sein Gemach beziehen zu wollen.

Er stieg die zum ersten Mal seit Langem wieder gescheuerte Treppe hinauf, besah den Raum und bedankte sich. Dann rief er nach dem Adlatus und trug ihm auf, den alten und jungen Vettoni sowie die beiden Herren vom Kirnstein auf schnellstem Weg herbeiholen zu lassen.

Eine halbe Stunde später standen sie mit dem Pfarrer und der Kocherin vor ihm, die einen mit schlotternden Knien, die anderen mit geschwellter Brust. Nachdem er sie begrüßt hatte, forderte er sie auf, sich auf die lange Wandbank zu setzen.

Darauf wandte er sich an den alten Vettoni: »Du bist ein Schirmvogt der Kirche; und wie viel Kinder hast du bei denen, die du vor leiblichem und seelischem Ungemach beschirmen sollst?«

»Hochfürstliche Gnaden«, erwiderte der mit schwerer Zunge, weil er sich zuvor Mut angetrunken hatte, »ich bitte um Vergebung, doch ich weiß es nicht genau.« »Dann ungenau! Wie viel?«

»Vier, es könnten auch fünf sein!«

»Nenn Uns die Namen der Mütter!«

Zögernd nannte er drei Mägde aus der Umgegend.

Der Bischof zu seinem Adlatus: »Lass die drei Genannten durch einen Kirchenknecht herbeiholen!« Dann fuhr er fort: »Jetzt zu dir, Dario: Wie viel Kinder hast du?«

Der entgegnete keck: »Hochfürstliche Gnaden, ich muss doch schließlich sehen, ob ich ein Weib finde, das mir als Ehegesponsin einmal taugen könnte!«

»Und so raubst du den Mägdlein reihum das Kostbarste, was sie haben: die Unschuld!«

»Wenn ich aber eine heirate, ohne zu wissen, wie sie ist, und jage sie danach fort – ist das dann besser?«

Da erhob sich Herr Ekbert und schlug den jungen Vettoni ins Gesicht mit den Worten: »Frech auch noch!«

Der Bischof rief ihn zur Ordnung: »Backenstreiche sind weder Argumente, noch schaffen sie Klarheit! Sie taugen zu nichts!« Und zu Dario gewandt: »Willst du dereinst als Kirchenvogt in die Fußstapfen deines Vaters treten? Mit dieser räuberischen Einstellung, die gegen das Gebot Gottes verstößt? Die das Weib zur Stute degradiert? Erhebt sich der Mensch denn nicht übers Vieh?«

Dario Vettoni schwieg aus Zorn über den Schlag ins Gesicht und gab dem Bischof auch auf seine weiteren Fragen keine Antwort.

Inzwischen trafen die Mägde, die man herbeiholen hatte lassen, nacheinander ein. Und Sixtus von Tannberg setzte sein Verhör fort.

Er fragte nach ihrer Mutterschaft, die sie bejahten; fragte, ob ihnen der Vettoni Gewalt angetan habe, was sie zögernd verneinten. Dann fragte er, ob sie die Einzigen seien, die von ihm ein Kind hätten. Da grinsten alle drei, und eine meinte: »Um die Kirch herum sind wir die Einzigen!«

»Und weiter im Umkreis?«

Sie zuckten mit den Achseln, und nur die Gesprächigste von ihnen erwiderte trocken: »Leicht so Stücker zehn bis fünfzehn! Man redt ja net gern da drüber!«

Auf weitere Fragen des Bischofs nach dem Verbleib der Kinder erklärten alle drei, die lebten beim Bauern und säßen mit am Tisch, weil sie ja über kurz oder lang mitarbeiten müssten – um Gottes Lohn.

»Weshalb um Gottes Lohn?«

»Ja weil wir halt, wo wir schwanger gwesn sind, net ordentlich habn schaffen können; drum kriegn die Bamsen bis zehn Jahr' nix!«

Der Bischof ließ jeder Magd vom Adlatus einen Rheinischen Gulden geben, segnete sie und hieß sie gehen.

Dann schwieg er lange Zeit und schaute alle, die vor ihm saßen, nachdenklich an, einen nach dem anderen. Schließlich sagte er leise, aber eindringlich: »Sodoma und Gomorrha!« – und schwieg wieder.

Da war's in der Kammer, als hätten soeben die Engel alle Toten aus ihren Gräbern herausposaunt und zum Jüngsten Gericht geladen. Alle waren des Richterspruchs gewärtig.

Endlich begann der Bischof: »Sündige Menschen sind wir – Gott sei's geklagt! – alle. Wer aber gesündigt hat, muss büßen! Du, Pfarrer Bergamesi, und du, Feliciana, ihr packt all das Eure – und nur das! – säuberlich zusammen und wartet, bis an euch der Abruf an einen anderen Ort ergeht! – Du, alter Vettoni, bist deines Amtes von Stund ab enthoben. Du zahlst jeder von dir Geschwängerten zehn Gulden rheinisch aus deinem Eigenen und hältst dich bereit, bei nächstbester Gelegenheit ins Welschland zurückzukehren, woher du gekommen bist! – Dich, Dario Vettoni, hat das schlechte Beispiel deines Erzeugers verderbt. Wir lassen Gnade vor Recht ergehen und übergeben dir das Amt deines Vaters, doch unter der Bedingung, dass du deine Missetaten so sühnst wie er. Außerdem machen Wir darauf aufmerksam, dass das geringste Vergehen im Sinne der hier verhandelten *materia* auch deine unmittelbare Rückkehr ins Land deiner Väter zur Folge hat!«

Das Urteil war gesprochen.

Hinter der Brombeerhecke

Als sie an diesem Tag heimkamen auf den Kirnstein, erzählte Herr Burkhard der schönen Schwiegertochter den ganzen Hergang des bischöflichen Rechtsspruchs. Dabei stellte er den »Backenstreich« des Sohnes als eine besondere Tat heraus.

Frau Lucia, die bereits leidlich deutsch sprach, erwiderte jedoch, dass sie den Schlag ins Gesicht eines Menschen, der sich aus Ehrfurcht vor dem Bischof nicht wehre, nicht als eine besondere, sondern eher als eine ganz brutale Tat betrachte.

Darauf Herr Ekbert: »Aus Ehrfurcht vor dem Bischof, meint Ihr? Hätte er Ehrfurcht vor dem Bischof gehabt, dann hätte er ihm nicht derart frech erwidert. Aber das ist welsche Art! ...«

Kaum hatte der junge Ritter diesen letzten Satz gesprochen, bereute er ihn. Denn Frau Lucia erhob sich jäh und verließ die Stube. Ekbert eilte ihr sogleich nach und lud sie für den anderen Tag zu einem Ritt auf die Biber ein. Sie erwiderte nichts, sondern verschwand in ihrer Kemenate.

Am anderen Tag ließ Herr Ekbert das schwere Samerberger Ross satteln. »Lucia, Ihr werdet Euch hintenauf setzen. Denn zwischen den Felsbrocken und Gesteinstrümmern ist Euer Ross nicht sicher genug.«

Die junge Frau hatte das harte Wort des Mannes noch nicht verwunden und nickte bloß lässig. Wortlos ritten sie dahin und kamen zur Biber, wo die »zwölf Apostel« – wie die Steinbrecher bisweilen genannt wurden – mit

Hämmern, Keilen und Sägen am Werk waren. Als sie ihre Herrschaft sahen, lupften sie die dick bestaubten Hüte, und der Sohn des alten Arnold tat einige Schritte auf sie zu.

»Seid ihr zufrieden? Gut bezahlt? Keine Klage?«, fragte der Kirnsteiner.

Sie brummten bejahend aus den staubigen Bärten heraus.

»Geht euch die Arbeit nicht aus?«

Der junge Arnold erwiderte: »Seit der letzte Eisstoß die Schiffmühlen zu Wasserburg und Passau weggerissen hat, brauchens' lauter Mühlstoa, und die Rosenheimer bräuchten a neue Bruckn …«

»… aber sie habn koa Geld net!«, rief einer von hinten her. Die anderen verzogen ein wenig den Mund, was aussah, als hätten sie lachen wollen.

Herr Ekbert warf dem Arnold sechs Gulden zu, grüßte und wendete das Ross. Dann ritten sie unter der Burg vorbei, und der Kirnsteiner sagte verhalten: »Steinbrecher sind harte Gesellen; zum Lachen gehen sie in den Keller, damit's niemand sieht!«

Frau Lucia überhörte diese Bemerkung, weil sie sich gerade umgedreht und zur Burg hinaufgeschaut hatte, wo der junge Vettoni auf dem Söller stand und ihr mit ein paar Fingern verstohlen zuwinkte. Gleich wandte sie das Gesicht wieder dem Rücken ihres Mannes zu und fragte: »Hattet Ihr etwas gesagt, Ekbert?«

»'s war nicht von Bedeutung! Ich muss mich nur immer wieder fragen, was diese muffligen Gesellen daheim mit ihren Eheweibern reden.«

Lucia, die sich irgendwie ertappt fühlte, entgegnete betont freundlich: »Sie werden sich erzählen lassen, was die Kinder getrieben haben. Aber nur das Gute werden die Mütter erzählen, weil sie die Männer erheitern wollen nach dem schweren Tagwerk. Ich kann noch nichts erzählen …«

Herr Ekbert spürte den Vorwurf und sagte nach einer Weile: »Sollten wir nicht zu einer weisen Frau gehen und uns sagen lassen, was schuld daran ist, dass wir keine Kinder bekommen?«

Heftig antwortete Lucia: »Das wäre gegen das Kirchengesetz!«

»Dann müssen wir also in Gotts Nam warten!« Er sprach's, und beide schwiegen.

Aus Lucias Herz war die Ruhe gewichen. Es war zwar eine schmerzvolle Ruhe gewesen, gleichwohl eine Ruhe des Gewissens. Seit sie jedoch Dario Vettoni auf dem Söller erblickt und seine scheu grüßenden Finger wie kleine, im Winde flatternde Bänder gesehen hatte, nagte ein Wurm in ihr. Vielleicht war es auch kein Wurm, sondern nur ein stetig fallender Tropfen, der sich in eine wunde Stelle hineinbohrte.

Am schlimmsten war's in den Nächten. Selbst dann, und vor allem dann, wenn Ekbert sie in die Arme nahm. Da war es nicht Ekbert, sondern – der kleine Tropfen auf der Biberburg, der verzehrend auf sie fiel. Fiel er auf Stein? Hatte sie ein steinern Herz? – Nein! Wo dieser Tropfen hinfiel, dort jauchzte das Leben, dort wogte die Urgewalt des menschlichen Seins! Dann lag Frau Lucia, stundenlang geplagt von wilden Wachträumen, und fand keinen Schlaf. Und weil die Nächte ihr keinen Schlummer mehr schenkten, raubten sie ihrem zarten Körper die Kraft für die Aufgaben des Tages. Sie fühlte sich wie ein von Hunden gejagtes Wild und war doch zugleich müde. Der herrliche Schwung, den sie in die Ehe mitgebracht hatte und der von allem Anfang an der Zauber ihrer Lieblichkeit war, schwand von Monat zu Monat dahin wie die herbstlichen Blätter, die der geschäftige Burgbach vorbeitrug …

»Seid Ihr krank, Lucia? Soll ich Euch einen Physikus holen?«

»Keinen Physikus, Ekbert! Es ist sicherlich nur der bevorstehende Winter. Ich gehe mit den Jahreszeiten: Im Herbst stirbt das Laub, im Fühling kommt es wieder. Ihr solltet lieber auf den Vater schauen: Er hat Wasser in den Beinen und Wasser im Bauch. Ich fürchte das Äußerste!«

Sie hatte recht. Während der Raunächte stieg die Wassersucht bedrohlich bis ans Herz hinauf. Am Dreikönigstag holten sie den neuen Pfarrer von Degerndorf, der Herrn Burkhard die Beichte abnahm und das Sakrament reichte. Fünf Tage darauf mussten sie ihn bei Sankt Ägidi begraben. Es wurde eine große Leich gehalten in Gegenwart vieler Ritter aus dem Bayerischen und aus dem Tirol.

Dann wurde es immer ruhiger auf dem Kirnstein.

Als aber etliche Wochen später der Erler Wind mächtige Schneemassen durchs Inntal hereintrieb, kam mit ihm auch ein Fahrender auf die Burg. Es war ein junger Böhmischer aus dem Erzgebirg. Seine Lieder, die er zur Drehleier sang, klangen nicht schlecht; doch besser klangen seine oft gruseligen Zaubermären, die er am Kamin erzählte. Er war schlau und verstand es, seine Sprüche auf Person und Charakter seiner Zuhörer abzustimmen.

So verkündete er gleich zu Beginn, dass sich ein in den Kampf ziehender Ritter unbedingt der Keuschheitspflicht zu unterwerfen habe. Und dies deshalb, weil jeder Kämpfer erst nach einer längeren Periode geschlechtlicher Enthaltsamkeit frei sei von bösen Geistern, die seine Kampfkraft schwächten und sein Gehirn verwirrten. – Wolle man dagegen mithilfe der Geister gewisse Dinge der Liebe zwischen Mann und Frau günstig beeinflussen, so müsse man diese Geister beschwören, wenn der Mond in voller Pracht in den Zwillingen stehe oder auch im Zeichen der Jungfrau.

Ebenso hätten die Bauernmägdlein ein gutes Zaubermittel, um bei den Männern auf ihre Rechnung zu kommen. »Sie suchen sich«, so erklärte er, »ein Tierlein aus, das sich in der Liebe auszeichnet, so etwa eine Taube oder einen Spatzen oder eine Bachstelze. Von solchen Tierlein nehmen sie jene Teile, in denen der Liebestrieb wohnt, wickeln sie sorgfältig ein und stecken sie dem Mann zu.«

»Hast du das alles gar schon selbst erfahren?«, fragte Herr Ekbert.

»O mitnichten, Herr Ritter! Ich habe diese Weisheiten von meiner Urahne gehört, wenn sie an bitterkalten Abenden auf der Ofenbank saß und erzählte. Sie hat auch manchmal gesagt, das seien beileibe nicht ihre eigenen Weisheiten, sondern sie stammten aus irgendwelchen Büchern. Welche das sind, weiß ich nicht. – Ihr jedenfalls, die Ihr edel seid, solltet die Dinge erproben. Dann werdet Ihr mich rühmen, wenn ich schon fort bin über alle Berge!«

Der Gesell hatte noch viele Weisheiten auf Lager; er rückte aber damit nur nach und nach heraus, um seinen Aufenthalt auf dem Kirnstein länger auszudehnen.

Er blieb noch bis ins Frühjahr hinein auf der gastlichen Veste und hätte sich – wenn's möglich gewesen wäre – dort sesshaft gemacht; denn die Rittersleut mochten ihn. Es war jedoch nicht möglich, weil Herzog Albrecht die drei Landstände, nämlich die Vertreter der Ritterschaft, der Geistlichkeit und der Städte und Märkte, zusammenrief, um ihnen dieses Jahr etwas mehr an Steuern abzuknöpfen, als es sonst üblich war. Dazu brauchte er die Zustimmung ebendieser Vertreter, und dazu zählte auch Herr Ekbert vom Kirnstein. Er musste also für ungefähr zwei Wochen fort von daheim, und es wäre ungehörig gewesen, den fahrenden Gesellen mit der jungen Herrin allein zu lassen.

So kehrten die beiden Männer gleichzeitig dem Kirnstein den Rücken – der eine zog nach Norden, der andere ins Tirol.

Frau Lucia aber lief hinunter zum Burgbauern, der seinen stattlichen Hof nahe dem steilen Aufgang zum Kirnstein hatte. Sie wusste, dass die jungen Leut auf den Feldern waren, und schlüpfte deshalb zur alten Mutter ins Austragsstüberl hinein.

»Mutter, gib mir von einem Spatzen die Liebestriebe und wickle sie sorgfältig ein!«

»Kann's verstehen, Herrin! Du willst Kinder, und er macht dir keine! – Komm auf d'Nacht wieder!«

Am Abend kam sie wieder und hatte einen Buben aus Degerndorf bei sich. Sie gab der Urmutter einen halben Gulden, das Eingewickelte aber reichte sie dem Knaben: »Geh auf die Biberburg und sag dem jungen Herrn Vettoni: ›Das schickt Euch meine Herrin von der Brombeerhecke!‹ – Wie sollst du sagen?«

Der Bub wiederholte: »Das schickt Euch meine Herrin von der Brombeerhecke!«, nahm das Eingewickelte und zwei Kreuzer für den Botengang.

Die Brombeerhecke lag auf dem Anger am Hang, gleich hinter der Burg. Frau Lucia pflegte häufig dorthin zu gehen, um den herrlichen Ausblick hinüber auf die andere Innseite zum Katzenstein und bis hinauf zum Spitzstein zu genießen.

Als sie am anderen Morgen wieder zur Brombeerhecke kam – diesmal freilich nicht des Ausblicks halber! –, saß der junge Vettoni dahinter.

Und weil sich in den Tagen um Georgi alle Blüten öffnen und die Sonne ihre Leben spendende Wärme über alles Liebende ausgießt, fanden sich Lucia und Dario nun zwei Wochen lang jeden Tag beglückt hinter der Brombeerhecke.

Herr Ekbert kehrte heim und wusste viel Neues zu berichten. Doch Frau Lucia hörte ihm nur mit halbem Ohr zu; ihr ganzes Horchen war nach innen gerichtet, sie hoffte zu hören, wonach sie sich seit sechs Jahren sehnte. Sie horchte Monat um Monat und hörte nichts und fühlte nichts und dachte sich am Ende: Die Ursache liegt also nicht bei ihm! Weil sie aber ein sonniges Herz hatte, gab sie die Hoffnung nicht auf und nahm sich vor, bei jeder günstigen Gelegenheit hinter die Hecke zu flüchten – bis der Herbst käme und das Frühjahr …

Und es kamen der Herbst und das Frühjahr – und noch ein Frühjahr, und sie horchte, doch sie hörte und fühlte nichts.

In diesem Frühjahr 1485 aber kam Herr Sontheimer dahergeritten, ein treuer Diener und ein Rat des Herzogs Christoph, und lud Herrn Ekbert und seine Waffenknechte nach Augsburg.

Und warum nach Augsburg?

Gott sei's geklagt, wegen der alten Misere!

Herzog Albrecht, der Regierende, hatte seinem ungestümen Bruder versprochen, ihn nach zehn Jahren als Mitregenten einzusetzen. Nun waren schon etwas mehr als zehn Jahre um, und Christoph pochte wieder einmal auf sein ererbtes Recht. Albrecht jedoch dachte nicht daran, sein Versprechen einzulösen. Was Wunder, dass der Herr auf Hohenpähl seine Mannen sammelte, um den wortbrüchigen Bruder zu zwingen.

Als nun der von diesen Kriegsvorbereitungen erfuhr, schwor er sich, mit der fortwährenden Bedrohung endgültig aufzuräumen und den störrischen Widersacher in die Knie zu zwingen.

Mit tausend Berittenen, drei Kanonen und viel kleinerem Geschütz rückte Albrecht am Mittwoch nach dem Weißen Sonntag im Jahr 1485 auf Pähl an und erzwang die Übergabe, wie der Chronist nicht ohne heimliche Freude berichtet. Dabei war der Hauptteil von Albrechts Heer – darunter 56 Grafen und Herren – gar nicht zum Einsatz gekommen. Er stand bei Augsburg in Bereitschaft – unter dem Kommando des Niclas von Abensberg, der dafür verantwortlich war, dass man seinerzeit Herrn Christoph im Bad überwältigt hatte.

Mit der Übergabe von Hohenpähl war natürlich jeglicher Widerstand Christophs und seiner Leute – darunter Ekbert vom Kirnstein – gebrochen. Und Herzog Albrecht schickte seinen Heerhaufen heim.

Die Rache der Geschlagenen

Auch der Oberstkommandierende, der Graf Niclas von Abensberg, glaubte ein wenig Ruhe verdient zu haben und begab sich mit den Männern seines Stabes ebenfalls auf den Heimweg, der über Freising in die Hallertau führte.

Christoph aber hatte Späher aufgestellt. Und weiter berichtet der Chronist:

Vnd der hertzog Cristoff kam gen Krantsperg vnd ließ seine 40 gesellen da eßn in der Tafern. Da sie geßen hatten, leget er vnd seine gesellen ihm harnisch an vnd ritten gen Freysing hin zu dem Ziegelstadel im Weihensteffaner veld. Da ging er selbander hinauf in Sanct Jakobs Kirchen vnd kniet nider auf ein Weißen stain vor der Kirchenthür vnd ruefft sanct Jakob an mit andacht, dass er ihm Sieg von Gott erwürb.

An derselben statt sah er sein feind einreiten. Da er sehet, zelet er sie: Wann es was ein haiter tag.

Vnd kamb wider zue seinen gesellen, sprach auch: Lieben gesellen, nun spant auf, es ist Zeit!«

Vnd ist auch hiemit zu dem Eichbaum ausgeritten und wie andere einen Ast auf seinen Sturmhut gesteckt. Da sagte hertzog Cristoff zum Trumpeter: »Nun blas auf mit Schall!«

Christoph hatte also in der Nähe von Freising den Haufen der Abensberger gesichtet und ließ zum Kampf blasen. Der Sontheimer und der Kirnsteiner aber hielten es für angezeigt, ihren Herzog vor der Überzahl der Gegner zu warnen. Er jedoch erklärte ihnen kurz, wenn sie Angst hätten, sollten sie aus der Ferne zuschauen. Dann sprengte er los, hinein in die Stadt Freising und durchs Münchner Tor wieder hinaus. Die anderen hinter ihm drein. Bei Dürnast stieß er auf den von Abensberg. Der – ahnungslos oder harmlos – begrüßte ihn schon von Weitem mit lautem Zuruf.

Da zog aber der Ritter Diesser an Christoph vorbei und rannte Herrn Niclas so hart an, dass er aus dem Sattel stürzte. Damit war nun das Gefecht in Gang gekommen. Der Fürst machte sich sogleich an Burkhard von Rohrbach und Lorenz Pogner heran; die beiden hatten ihn – gemeinsam mit dem Abensberger – in jener Nacht im Bad überwältigt und in die Neue Veste geschleift. Nach kurzem Kampf lagen beide neben ihren Rössern und gaben den Geist auf.

Inzwischen verhandelte der Diesser mit dem hingestreckten Niclas von Abensberg, der sich in seine Gefangenschaft begeben wollte und darum mühsam aufzustehen versuchte. Seifried von Fraunberg, der das sah, aber die Zusammenhänge nicht kannte, befürchtete für den Diesser eine Gefahr und tötete den angeschlagenen Grafen vollends.

Das war nun ein mörderischer Überfall gewesen – und die heimische Geistlichkeit konnte die Mörder von ihrer Sünde nicht lossprechen, weil sich dergleichen flagrante Missetaten der Papst vorbehalten hatte.

Doch der Heilige Vater zeigte sich ihnen gnädig: Christoph und seine Getreuen mussten sich zu einer Wallfahrt nach Andechs verpflichten, im Zuge derer sie die Absolution erhielten.

Auch Pähl und Weilheim wurden dem Herzog zurückgegeben, anstatt Landsberg erhielt er nun Schongau.

64 Landschaftsabgeordnete hatten dieses Übereinkommen zwischen den feindlichen Brüdern ausgehandelt und hofften auf die Hilfe Gottes, dass der leidige Streit zu Ende sei; dies umso mehr, als Herzog Christoph versichert hatte, zu Lebzeiten seines Bruders die Herrschaft nicht wieder anstreben zu wollen.

Herr Ekbert vom Kirnstein kehrte nach fast vier Monaten mit ein paar leichten Schrammen, die ihm ein Waffenknecht bei Freising beigebracht hatte, sonst jedoch wohlbehalten in sein Inntal zurück. Vier Monate sind lang für einen Mann, wenn er in der ganzen Zeit nicht mit seiner Ehefrau zusammenkommen kann; umso größer ist das Glück, sie wieder in die Arme schließen zu dürfen. Dieses Glück im Geiste schon vor den Augen, ritt er mit seinen Waffenknechten den Burgberg hinauf. Er ärgerte sich, dass der Turmwächter ihn nicht bemerkt hatte. Aber so ist es, dachte er, wenn sie alt werden! Jahrzehntelang haben sie in Treue gedient; da darf man sie jetzt nicht aus dem Haus jagen. Doch ein Kreuz ist es schon mit den Alten!

Sie klopften ans Tor. Da schaute erst einer müde durch die Luke, öffnete aber dann beflissen, und sie ritten in den kleinen Burghof. Es war ein heißer Tag, alle Fenster standen offen: Hörte Lucia denn das Klappern der Hufe nicht?

»Sag der Herrin, dass wir da sind!« Ekbert sprach es mürrisch.

»Die Herrin ist ausgegangen, Herr!«

»Allein?«

»Ja, Herr!«

Nun ja, dann ist sie sicherlich bloß hinten am Brombeeranger – um Ausschau zu halten ... Da müsste sie uns aber gesehen haben!

Er warf das schwere Rüstzeug von sich, ging wieder durchs Tor hinaus und auf dem weichen Moospfad hinauf zum Anger. Da stand er vor ihr – und vor Dario Vettoni. Im Rausch ihrer Gefühle hatten sie nichts gesehen, nichts gehört. Er packte den kleinen Mann am Genick und schlug ihn mit der Faust nieder.

Lucia schrie: »Ekbert, erschlagt ihn nicht! Es war meine Schuld!«

Da ließ er von ihm ab und stand breitspurig vor ihr: »Geh in sein Haus! Sag seinen Leuten, sie sollen ihn holen! Und bleib dort! Den Kirnstein betrittst du nicht mehr!«

Darauf wandte er sich ab und kehrte auf die Burg zurück. Er hatte das Todesurteil über seine Ehe gesprochen; jetzt brauchte er nur noch die Vollstreckung zu überwachen.

Die Vollstreckung ließ nicht lange auf sich warten. Denn wie ein Lauffeuer sprach sich's im Inntal herum, was auf dem Brombeeranger geschehen war. Noch während sie den Vettoni auf einer Bahre hinauf zur Biberburg trugen, blieb, wer immer Zeit hatte, gaffend am Wegrand stehen. Der Burgvogt blutete aus der Nase und war noch immer nicht zum Bewusstsein erwacht. Hinter ihm schritt Frau Lucia.

Wer hätte das gedacht!

Noch am gleichen Tage erfuhr es der neue Pfarrer. Er begab sich sofort auf die Biber, denn er befürchtete, dass es mit Vettoni bald zu Ende gehen könnte. Als er Frau Lucia stehen sah, empfand er zwar Mitleid mit ihr, war sich aber darüber im Klaren, dass der Fall in seinem ganzen Umfang an das fürstbischöfliche Ehegericht nach Freising gemeldet werden musste.

Er tat es. Und als Antwort erging an ihn der Auftrag, die beiden Sünder wie auch Herrn Ekbert vom Kirnstein zum Erscheinen in der Bischofsstadt aufzufordern.

Darüber wurde es Herbst, weil Dario Vettoni noch nicht früher genesen war. Schließlich aber fanden sie sich um die Mitte des Oktober beim Hohen Dom zu Freising ein. Herr Sixtus von Tannberg wies zunächst darauf hin, in welch große Seelennöte die Ehefrauen von Rittern oft gerieten, wenn sie über Monate allein zu Hause gelassen würden – Nöte, die oft das Maß des Erträglichen überstiegen.

Damit suchte er Herrn Ekbert zu bewegen, seine Frau wieder bei sich aufzunehmen. Als jedoch der Kirnsteiner ablehnte, wandte sich der Bischof an Frau Lucia: »Geliebte Tochter im Herrn, ist es Fügung des Himmels oder Zufall, dass du mit deiner Not gerade am Tage Frideswidae vor Uns stehst? Die Heilige, aus fürstlichem Hause wie du! Auch sie ist in ihrer Liebe zur Pflicht von einem Mann bedroht worden und konnte sich ihm nur dadurch entziehen, dass sie sich in der Einsamkeit ein Bethaus errichtete und fortan in Beschaulichkeit lebte. Wir raten dir: Geh hin und tu desgleichen!«

Während die zusammengeschundene und arg verhärmte Frau darauf zu weinen begann, sprach der Bischof zu Dario Vettoni: »Wir sind dir vor Jahren mit Großmut begegnet, hatten dich aber ermahnt, von deinen Nachstellungen und Verführungskünsten der Weiblichkeit gegenüber abzulassen. Du hast Unsere Mahnung in den Wind geschlagen und also jegliche Gnade verwirkt. Wir entziehen dir dein Amt und fordern dich auf, innerhalb von vier Wochen Unser Bistum zu verlassen!«

Auf dem Heimritt überlegte der Kirnsteiner hin und her, wie er in den Besitz der Kirchenvogtei von Degerndorf gelangen könnte, nachdem jetzt der Welsche ausgeschaltet war. Denn wäre er erst Vogt, könnte der Weg zur Übernahme des Biberfelsens und seiner Burg nicht mehr weit sein – vorausgesetzt natürlich, dass es ihm gelänge, den Bischof von einer zurückhaltenderen Ausbeutung des wertvollen Gesteins zu überzeugen. Der Vettoni hatte Raubbau betrieben.

Und noch ein Gedanke ließ ihn nicht los: Hatte er recht gehandelt, als er sich brüsk weigerte, seine Ehefrau wieder aufzunehmen? Denn recht betrachtet, hatte Lucia ihren Fehltritt nur aus der Not des Alleinseins heraus begangen; ihn aus schlechtem Herzen zu betrügen, war ihr gewiss ferngelegen. Doch, so fand er, kommt Zeit, kommt Rat! Es tut selten gut, Lösungen vom Zaun zu brechen!

Am Vorabend von Allerheiligen zog er wieder in sein festes Haus ein. Es ödete ihn alles an, alles, was er sah, alles, wohin er ging. Soll ich jetzt in diesem steinernen Kasten ganz allein weiterleben?, überlegte er. Nein! Ich werde einen Burgvogt einsetzen und mich wieder in die Schar der Mannen des Herrn Christoph einreihen! Wo er ist, ist Leben, Auftrieb und Kraft! Es war ein falscher Entschluss, das welsche Fräulein an mich zu binden. Er ist nicht verheiratet, er ist frei – und ich bin jetzt ebenfalls frei. Lucia war wohl eine süße Fessel, aber eben eine Fessel. Dem Himmel sei Dank: Ich bin entfesselt! Ich werde künftig gut schlafen …

Mitten in der Nacht hörten die Kirnsteiner das Sturmglöckerl vom Petersberg wimmern. Ekbert schob den Heusack vom Fenster weg – da sah er den Himmel auf Rosenheim zu rot erglühen, und immer greller wurde die Glut, und der Mönch dort droben läutete weiter und weiter. Jetzt rief der Türmer auf dem Bergfried ein lang gezogenes: »Feuerio! Ein großer Brand über Degerndorf! Vielleicht auf der Biber!«

In Windeseile raste Herr Ekbert in den Hof hinab; die Knechte hatten schon die Rösser gesattelt; die Zugbrücke ratterte nieder und wieder hoch. Jetzt waren sie unten auf dem Talweg und jagten dem Feuer entgegen. Der Türmer hatte richtig gesehen: Die ganze Biberburg stand wie in einem Kessel von Flammen, die der Talwind stoßweise emportrieb. Das knatterte und prasselte, dazwischen immer und immer wieder mächtiges Krachen und Dröhnen, als ob Geschütze abgefeuert würden.

Jetzt ritten die Kirnsteiner den Weg zum Steinbruch hinauf. Da, ein gewaltiger Donner! Astwerk, Sand und Steine, sogar Balkentrümmer kamen ihnen entgegengeflogen. Gnade Gott! Das war das hohe Gerüst, das die Steinbrecher vor der Felswand errichtet hatten, an der sie arbeiteten.

»Jetzt ist alles hin!«, sagte einer, der neben dem Weg stand. »Wir können betteln gehen!«

»Der welsche Hund hat unser Pulver in sein' Burgkeller bracht. Hört ihr's, wie die Fässer krachen?«

»Wenn er sich doch gleich selber mit in die Luft gejagt hätt!«

»Der ist doch fort! Schon gestern ist er fort! Eini ins Tirol!«

»Und wer hat des Feuer anzundn?«

»Die Welsche vom Kirnstoaner! Wer denn sonst!«

»Was redst denn für an Krampf! Die hockt doch drunt beim Pfarrer!«

»Beim Pfarrer?«

»Wird leicht beichtn wolln! Des geile Weiberts!«

Diese und ähnliche Ausbrüche von Wut des kleinen Dörflers vernahmen die Kirnsteiner, während sie sich vergeblich mühten, weiter auf die Burg voranzukommen. Das dauernde Krepieren der Pulverfässer und das brennende Gebälk machten jegliches Vordringen unmöglich.

»Was hätt's auch für einen Sinn? Da drobn is doch eh niemand mehr! Wär aber einer, dann ist er längst verkohlt! Und morgen ist Allerseelen! Herr, gib ihnen die ewige Ruh, und das ewige Licht leuchte ihnen! Herr, lass sie ruhen in Frieden! Amen!«

Drunten floss der Biberbach vorbei. Doch niemand wäre imstande gewesen, so viele Wassereimer auf den Felsen hinaufzutragen, dass man wenigstens die Werkzeuge und die schweren Seile der Steinbrecher hätte retten können. So standen sie alle da, stundenlang, bis in den trüben Morgen hinein, und schauten zu, wie das, was ihnen seit Jahrhunderten Arbeit und Brot gegeben hatte, zusammenbrach und in Schutt und Asche fiel.

Beim Pfarrer sei sie, hatte einer gesagt. Herr Ekbert überlegte und kam zu dem Schluss: Ist sie beim Pfarrer, dann ist sie vorübergehend gut aufgehoben. Alles Weitere wird sich zur guten Stunde zeigen. Und er kehrte mit seinen Leuten auf den Kirnstein zurück.

Das Feuer auf der Biber schwelte noch tagelang.

Dann brach der Winter herein. Der Wendelstein, das Kranzhorn und der Spitzstein hatten prachtvolle weiße Hauben aufgesetzt, ebenso die Kirchtürme. Auch über der Brandstätte auf der Biber lag der Schnee hingebreitet wie ein Leichentuch.

Die Steinbrecher, die »zwölf Apostel«, saßen in ihren kleinen Hütten und blickten starr vor sich hin, um nicht in die bang fragenden Augen ihrer Ehefrauen schauen zu müssen. Freilich, der Herzog Albrecht von München hatte dem Pfarrer für sie hundert Gulden geschickt; Herzog Sigmund sogar zweihundert, weil sie ihm beim Bau des Domes Unserer Lieben Frau so sachkundig zur Hand gegangen waren. Und jetzt erschien auch der Kirnsteiner am Pfarrhof und brachte ebenfalls hundert Gulden vom Herzog Christoph, der zwar selber selten Geld besaß, aber das auch nur, weil er viel verschenkte und den Weinkrügen stets wacker zusprach.

Mit diesen milden Gaben der Herzöge war zwar die äußerste Not gebannt; es würde vielleicht bis zum Frühjahr reichen. Was aber dann?

Auch der Pfarrer schaute bedenklich drein, zumal ihn noch eine Frage quälte, die die anderen nicht kannten: die Frage um die verstoßene Frau des Kirnsteiners. Jetzt stand er vor ihm, dieser Kirnsteiner, und wusste nicht, was er sagen sollte. Er wollte aber auch nicht gehen. Vielleicht müsste er, der Pfarrer, ihm auf die Sprünge helfen!

»Ekbert, Ihr wisst schon, dass Ihr mir ein großes Bündel Sorgen aufgebürdet habt!«

Der andere schwieg.

»Und dass ich mich hart tue mit Eurer Ehefrau!«

»Warum nehmt Ihr sie auf, wenn sie Euch lästig ist?«

»Herr Ekbert, sie hat sich in meine Obhut begeben. Es ist meine Aufgabe als Seelenhirt, den Schutz Suchenden zu helfen.«

»Dann helft ihr doch! Wenn Ihr aber hofft, dass ich sie wieder aufnehme, dann irrt Ihr!«

Der Pfarrer erhob abwehrend die Hände: »So ist es nicht, Ekbert vom Kirnstein! Ihr wart doch vor etlichen Wochen in Freising dabei. Da hat ihr der Bischof die heilige Frideswida als Vorbild hingestellt. Das ist ihr zu Herzen gegangen, und so bittet sie mich jetzt, ich möchte ihr auf der Biber ein Bethäuslein bauen, damit sie – wie die Heilige – ihr Alleinsein in Beschaulichkeit verbringe. Von Rückkehr in Euer Haus ist da keine Rede, Herr Ekbert!«

Der Kirnsteiner schluckte: »Ist es so bestellt, will ich das Bethäuslein bauen lassen. Und wo wird sie hausen?«

»Es gibt zwei enge Steingrotten auf der Biber; die eine führt sogar ein bescheidenes Wasserrinnsal, das aus dem Berg kommt. Lasst ihr in deren Nähe das Häuslein errichten; vielleicht kann es ihr bei rauem Himmel auch als Schlafstatt dienen.«

»Dann lassen wir ihr doch gleich eine Klause bauen ...«

Da öffnete sich die Tür der Nebenkammer, und Frau Lucia sprach mit erhobener Stimme: »Weder Klause noch Schlafstatt!« Und die Tür schloss sich wieder.

Darauf sagte der Kirnsteiner, während er sich bereits erhob: »Nachdem ich hier belauscht werde, habe ich bei Euch, Pfarrer, nichts verloren und darum auch nichts zu suchen! Falls Ihr mich braucht, wisst Ihr, wo ich zu finden bin!«

»Ich bedauere das Geschehnis, Herr! Doch ich habe es nicht gewollt!« Und der Pfarrer verneigte sich.

Dreizehn arme Seelen

Frau Lucia blieb während dieses harten Winters beim Pfarrer. Der hatte sich von Freising Weisungen erbeten, wie er wohl mit ihr verfahren solle und welche geistlichen Übungen man für sie vorsehe.

Die Antwort des Bischofs lautete, sie möge im Sommer betteln gehen, bei den Bauern das Vieh hüten, Holz hacken und Ähren lesen; im Winter solle sie allerorten, wo man sie haben wolle, die Wäsche waschen, in den Ställen ausmisten und mit den Kindern beten. Alle Nächte aber müsse sie in der Abgeschiedenheit ihrer Grotte auf dem Biberfelsen verbringen. Im Übrigen sei Beten und Fasten das oberste Gebot.

Als mit Frühlingsbeginn der Schnee auch auf der Biber geschmolzen war, wurde das ganze Ausmaß der Vernichtung, die das Feuer angerichtet hatte, erst so recht sichtbar. Auf der Burghöhe war fast kein Stein auf dem anderen geblieben. Das zusammengestürzte, zum Teil verkohlte Abbaugerüst der Steinbrecher war auf die 39 Mühlsteine gefallen, die man auf dem Innfluss nach Wasserburg und Passau hatte verfrachten wollen. Die tiefe Fahrtrinne, durch die der behauene Stein jeweils auf wuchtigen Schlitten zu Tal gebracht wurde, war von Mauertrümmern übersät, die das Pulver aus der Burg herausgebrochen und allerorts verstreut hatte. Überall ein Gräuel von Verwüstung.

Jetzt kam auch der für dieses Gebiet zuständige Pfleger von Brannenburg daher, ein Herr aus dem Hause derer von Törring. Er kam in Begleitung einer großen Schar geistreich dreinschauender Männer, die Folianten, Gesetzbücher und vor allem viel Schreibzeug im Mantelsack ihrer Diener mit sich führten. Sie beäugten den entstandenen Schaden aus gemessener Entfernung, weil sie eine Besichtigung aus der Nähe weder sich selbst noch ihren Rössern zumuten wollten.

Dann stellten sie sich im Kreis auf und gingen miteinander zurate, was Grund und Ursache, Ursache und Wirkung, Wirkung und Ausmaß des unseligen Geschehens war oder zumindest hätte gewesen sein können. Da wurden – weiß Gott! – die wildesten Ansichten laut, Ansichten, die zum Himmel stanken. Ein etwas älterer, kurzsichtiger Herr zum Beispiel stellte allen Ernstes die Frage, ob man denn überhaupt die Tatsache des Nicht-mehr-Vorhandenseins der Biberburg hinreichend untersucht habe; nicht dass man jetzt über Schäden und Wiederaufbau rede, und nachher stelle sich heraus, dass die Burg ja noch in bestem Zustande dastehe. Doch der Pfleger machte den Sprecher behutsam auf die Fadenscheinigkeit von dessen Aussage aufmerksam, worauf die anderen Männer zur Erörterung weiterer wichtiger Fragen übergingen, der Alte aber sein Ross beleidigt in den Hintergrund zog.

So berieten sie angestrengt bis zum Mittagläuten, begaben sich dann zum Axtner, der neben seiner Schmiede auch eine Wirtschaft betrieb, und aßen vom Schweinernen nicht wenig, tranken aber von Tiroler Weinen sehr viel. So viel, dass zehn von ihnen über den Tischen einschliefen und den nachmittägigen Beratungen nicht mehr beiwohnen konnten. Das brachte den Herrn Pfleger in Rage, doch tröstete er sich bald mit dem Gedanken, dass das Jahr noch viele schöne Tage haben werde, an denen man zu weiteren Beschlüssen zusammentreten könne.

Und in der Tat rangen sie sich nach sieben Zusammenkünften zum Beschluss durch, dem Ansinnen des Herrn Bischofs von Freising und dem Vorhaben des Herrn Ekbert vom Kirnstein wegen eines Bethäuschens auf der Biber stattzugeben.

Da schickte der Kirnsteiner seine Handwerker. Die errichteten eine schöne kleine Kapelle. Am 22. Juli 1486 kam dann der Pfarrer mit etlichen Ministranten, die Weihwasser und Weihrauch trugen, und weihte das Bethaus der Tagesheiligen Magdalena.

Er sprach zum versammelten Volk: »Maria Magdalena war eine schöne Frau und mit hohen Geistesgaben ausgestattet. Sie hatte sich aber einem sündhaften Leben ergeben. Schließlich folgte sie jedoch dem Rufe der Gnade und öffnete der Liebe zu Jesus ihr Herz. Sie benetzte seine Füße mit ihren Reuetränen, salbte sie mit kostbarer Narde und trocknete sie mit ihren Haaren ab. Nachdem der Heiland zu ihr das köstliche Wort gesprochen hatte: ›Deine Sünden sind dir vergeben!‹, wurde sie seine treueste Jüngerin und diente ihm bis unters Kreuz. Bald nach Christi Himmelfahrt wurde sie mit anderen Freunden des Herrn ergriffen, in ein Schiff ohne Segel und Ruder gebracht und dem Meer übergeben. Das Schiff ländete unter Gottes Schutz bei Marsilia in Frankreich an. Dort zog sich Magdalena in eine Höhle zurück und führte unter großen Abtötungen dreißig Jahre lang ein Einsiedlerleben, bis ihre Seele um das Jahr 74 von Engeln in den Himmel getragen wurde. – Liebe Gemeinde, von Stund ab wird sich eine andere Magdalena unter uns zu Gebet und Buße niederlassen. Helft ihr, dass sie ihr Vorhaben erfüllen kann, und lasst sie nicht verhungern!«

Nach diesen Worten kam Frau Lucia den Berg herauf, verbeugte sich vor dem Pfarrer und betrat die Felsengrotte, in der ein kleiner Wasserfaden niederrann.

Schweigend verließen Pfarrer und Gemeinde die geweihte Stätte.

Inzwischen hatten sich auch die Herren des herzoglichen Pflegeamtes Brannenburg auf die Notwendigkeit einigen können, die Verheerungen des Burgbrandes auf der Biber notdürftig abräumen zu lassen. Den zu dieser Tätigkeit herangezogenen »zwölf Aposteln« und einigen Fischersknechten wurde freilich eingeschärft, den Grottenbereich der Büßerin zu umgehen, außerdem das Fluchen sowie unflätige Ausdrücke zu unterlassen, damit die fromme Frau bei ihren Übungen in Andacht und Gottergebenheit nicht beeinträchtigt werde.

Bei ihrer weiteren Abräumungstätigkeit stießen sie schließlich auch auf ihre Mühlsteine. Wenn es ihnen gelänge, diese ihre wertvollen Erzeugnisse nach Wasserburg und Passau zu bringen, müsste ihnen der Pfarrer oder der Bischof einen guten Preis entrichten. Fraglich war bloß, ob die Rosenheimer Schopperstatt ihnen die erforderlichen schweren Plätten und die dazugehörenden Schiffleut stellen könnte und ob sie sich das alles würden leisten können.

Sonst hatte ja diese Dinge stets der Kirchenvogt in die Hand genommen, doch den gab's nicht mehr. Ihn hatten, wie es hieß, in den Bergen ein paar Marodebrüder aufgegriffen und über einen Felsenhang hinabgestürzt, nachdem er zuvor von der schweren Vogteikasse befreit worden war.

Die Steinbrecher wandten sich also nach Rosenheim an den Verwalter der Schopperstatt, und es gelang ihnen tatsächlich, die nötigen Plätten und Leute – freilich bei Weitem nicht die besten! – zu einem halbwegs christlichen Preis für eine Fahrt zu gewinnen. Zug um Zug schafften sie dann die Mühlsteine den Berg hinunter und hinüber zu den Heftstecken am Inn.

Zu ihrem nicht geringen Verdruss verzögerte sich jedoch die Ankunft der Plätten, und als sie endlich kamen, war es September geworden. Da gab es nicht wenige in Degerndorf, besonders den Pfarrer, die ihnen von der Fahrt abrieten: Die Herbststürme fegten über die Stoppeln und brächten wilde Regengüsse und Hochwasser mit sich; da sei eine Naufahrt am Inn ein Wagnis, wenn nicht sogar ein Irrsinn.

Doch die armen, braven Steinbrecher wollten vor Einbruch des Winters ihr Geld haben und lösten deshalb am 24. September die drei mächtigen Plätten mit ihrer überschweren Last von den Heftstecken am Ländplatz. Zügig ging die Fahrt dahin. Nur schade, dass sich hinter Rosenheim ein Gewitter zusammenbraute. Doch einer der jungen Schiffleut meinte: »'s ist längst fort, eh wir hinkommen!«

Und er hatte nicht unrecht. Denn als sie unter der Rosenheimer Brücke glücklich durch waren, erhob sich ein starker Sturm. »Der vertreibt's!«, sagte ein anderer und wuchtete sich kräftiger über sein Steuerruder, weil die Strömung von der Seite drängte.

Bei Tattenhausen merkten sie, dass da gewaltige Regengüsse niedergegangen sein mussten: die Bäche, die sich beiderseits in den Inn ergossen, waren angeschwollen wie kleine Flüsse und schwemmten Erde und Geröll mit. Der Sturm wuchs. Die Schiffleut wurden kleinlaut. Einem brach das Steuerruder. Er schleppte ein zweites herbei.

Doch ehe er's noch in der Gabel verankert hatte, war eine andere Plätte aus der Fahrtrinne herausgetrieben worden und mit dem Bug auf eine überflutete Sandbank gestoßen. Die Plätte drehte sich, die zweite fuhr auf sie auf und die dritte in die beiden hinein. Wie Ungeheuer stellten sich die Schiffe steil in die Höhe, und alle Mühlsteine und alle Männer versanken. Zwei Plätten wurden abgetrieben, schließlich auch die dritte.

Heiliger Sankt Nikolaus, heiliger Christophorus, heiliger Johann von Nepomuk, alle ihr lieben Wasserheiligen, erbarmt euch der Männer und ihrer Hinterbliebenen!

Durch das ganze Obere Bayern verbreitete sich wie ein Lauffeuer die Schreckenskunde vom Unglück, das über Degerndorf hereingebrochen war. Denn wer immer mit den Steinbrechern zu tun gehabt hatte, wusste, was der Verlust dieser Männer, Meister ihres Handwerks, bedeutete. Trauer lag über dem Dorf, Trauer über der Biber. Wer wusste, wie viele Jahrzehnte vergehen würden, ehe wieder ein Steinbrechergeschlecht ihrer Art nachgewachsen wäre! Und wer sollte die möglichen Nachfolger anlernen? Wer sie während ihrer Lehrzeit bezahlen?

Gewiss, Herr über die Biber war der Bischof. Der hatte auch Geld. Aber der saß in Freising. Er müsste einen ordentlichen Kirchenvogt einsetzen. Aber wo sollte der hausen – angesichts dessen, was sich da droben getan hatte?

Und wenn er den Kirnsteiner einsetzte? Den Kirnsteinern hatte die Biber sowieso einmal gehört, und der Ekbert bräuchte keine Burg, indem er einen so schönen und festen steinernen Kasten ganz in der Nähe hatte! – Man würde mit dem Pfarrer reden müssen. Der könnte einen sauberen Schreibebrief nach Freising schicken und die Sache dem Herrn Bischof vortragen!

Und tatsächlich haben die Degerndorfer den Pfarrer beredet, und der Pfarrer hat den Brief geschrieben. Aber Herr Sixtus von Tannberg hat abgelehnt, sogar recht unfreundlich hat er abgelehnt und hat dem Pfarrer unmissverständlich erklärt, er möge sich um seine seelsorgerlichen Aufgaben und nicht um das kümmern, was des Bischofs ist.

Hierauf blieb alles liegen, was die Biber betraf. Nur die ertrunkenen Steinbrecher, die »zwölf Apostel«, gingen um und schlichen durch die Felsen. So sagte man wenigstens.

Das kam so. Der Mesner-Sepp, der Rutengeher, war auf sie aufmerksam geworden, als er einmal spätabends vom Axtner nach Hause ging. Da hatte er auf der Biber ein Leuchten gesehen, ein flimmerndes, hupfiges, und dann waren sie dahergekommen, alle zwölf, mit ihrem Gezähe auf der Schulter. Eng hintereinander waren sie an ihm vorbeigeschritten, kein Auge nach rechts, kein Auge nach links gewandt, immer geradeaus. Dann waren sie über den Bach, und dann gestreckterlängs auf Kirnstein zu.

Sagte der Pfarrer: »Glaubt doch dem Sepp den Stiefel net! Jeder sieht Windlichter, wenn er sternhagelbesoffen ist! Und der Sepp sieht sie halt öfter!« – Der aber blieb dabei: Er hatte sie gesehen, alle zwölf!

Es ging schon in den November hinein, und viel Schnee lag auf allen Wegen. Da musste der Pfarrer mit dem Sterbesakrament nach Flintsbach zur alten Nanni. Wie er wieder herauskam von ihr, sah er doch wirklich die »zwölf Apostel« vom Kirnstein daherschreiten, mit dem Gezähe auf der Schulter, eng hintereinand! Er blieb stehen und dachte sich: Ich bin doch net besoffen! Dann fasste er Mut und nahm sich ein Herz und wollte den hintersten fragen. Aber da waren sie weg.

In sein Widum zurückgekehrt, setzte er sich in der Schreibstube ans Fenster und schaut zur Biber hinüber. Da sah nun auch er das flimmernde, hupfige Leuchten, genau so, wie's der Sepp beschrieben hatte.

Gut, sagte er zu sich, ich war einmal ihr Pfarrer und hatte mich um ihr Heil zu kümmern. Gekümmert hab ich mich wenig, und jetzt sind ihre Weiber und Kinder am Verhungern. Das ist ein Zeichen! Das sind ihre armen Seelen!

Es war Mitternacht. Er zog sich den Wolfspelz an und machte sich auf den Weg zur Biber. Er wollte die Lucia fragen von wegen dem flimmernden, hupfigen Leuchten. Mühselig stapfte er durch den vielen Schnee, bis er vor ihrer Grotte stand.

Da lag sie zusammengekauert vor ihrem Windlicht und war schon ganz blau. Und der Wasserfaden, der von der Wand niederrann, hatte sich zu einem dicken Eisklumpen ausgewachsen.

»Lucia!«, sagte er und hauchte sie an.

Sie schlug ihre schwarzen Augen auf, machte sie aber gleich wieder zu. Da zog er seinen Mantel aus und warf ihn über das Bündel Mensch, das vor ihm lag. Und rannte davon, und rannte und rannte, und kam auf den Kirnstein. »Herr, sie geht ein wie die Primel am Fensterbrett!«

Herr Ekbert zog sein Samerberger Ross heraus, ließ den Pfarrer hinten aufsitzen und ritt, so schnell es ging. Als sie zum Biberbach kamen, blieb das Ross stehen und wollte nicht weiter. Und siehe, da schritten sie wieder daher, die zwölf, mit dem Gezähe auf der Schulter, eng hintereinand. Und – o Wunder! – vor ihnen schwebte wie ein Geist Frau Lucia, die Kirnsteinerin, mit einem Windlicht, das flimmerte und hüpfte. Wie schön sie war! Wie damals, als sie – seine Braut – in der königlichen Burgkapelle zu Ofen ihr zartes Jawort gesprochen hatte!

Ekbert kniete sich in den tiefen Schnee, und der Pfarrer hob seine kalten Hände betend in die Nacht und sprach: »Dreizehn arme Seelen! Herrgott, lass sie ruhen in Frieden!«

Sie zogen das Ross hinter einen Steinblock, wo es ein wenig geschützt war, und torkelten mühsam den Bergweg hinauf. Sie keuchten, und der Mond über ihnen spielte auf der weißen Decke mit ihren Schatten. Dann standen sie vor der Grotte. Das Windlicht war erloschen, das Bündel Mensch unter dem Wolfspelz ruhte kalt in der Ecke. Ekbert hob es behutsam auf und nahm das leichte Gewicht, das er einst liebend in den Alkoven getragen hatte, auf seine Arme.

Unten am Fuß des Biberfelsens sagte er zum Pfarrer: »Nimm du den Samerberger und reit in dein Haus; ich will sie, die ich vertrieben habe, heimtragen zu mir!«

Tags darauf kam der Holzknecht vom Kirnstein mit zwei Ster Fichtenholz auf den Gottesacker gefahren, und der Totengräber zündete nahe bei der Kirchenmauer von Sankt Ägidi ein Feuer an, damit das tiefgefrorene Erdreich aufgeweicht würde; anders hätte er kein Grab schaufeln können. Da hinein versenkte Herr Ekbert seine Frau, während der Pfarrer segnend danebenstand. Die Degerndorfer aber schauten ringsum zu; nur der eine oder andere griff sich reumütig an die Brust: Wir haben die sündige Herrin verhungern lassen. Verhüte Gott, dass nicht auch wir einmal verhungern müssen!

Von da ab litt es den Kirnsteiner nicht mehr auf seiner Veste. Er setzte einen Knecht als Burgvogt ein und ritt nach Hohenpähl.

Herzog Christoph hatte von alledem, was seit ihrem Auseinandergehen auf dem Kirnstein geschehen war, nichts erfahren. Er wollte davon auch jetzt nichts wissen: »Ekbert, wir beide sind für Frauen nicht geschaffen. Du hattest auf das große Glück mit Lucia gehofft; ich hatte auf die Hand der Erzfürstin Kunigunde gehofft – ihr Perlenband von Wien trage ich immer noch an meinem Arm. Du wurdest enttäuscht, ich wurde enttäuscht; denn zu Beginn des kommenden Jahres wird sie die Frau meines Bruders Albrecht. Trotzdem, Ekbert, lassen wir uns nicht unterkriegen! Wir fahren nach Innsbruck zur Neujahrshochzeit der künftigen Herzogin von Bayern!

So geschah's auch.

Gleich nach den hochheiligen Weihnachtstagen ritten sie mit zehn Reisigen dahin und kamen am ersten Tag des neuen Jahres 1487 beim Herrn Abt Anselmus zu Wilten an. Er war seit der letzten Begegnung vor über zwanzig Jahren rundlicher geworden.

»Verbrennt Ihr immer noch Euren wildernden Bauern die Fangnetze auf dem Buckel?«, fragte der Herzog den Kirchenfürsten.

»Gott und Euch, Herzog, sei's gedankt: seit jenem Tag nie wieder! Indes, etwas anderes ist geschehen: Wir haben den Bauern von damals als Hofkutscher in Unsere Pflicht genommen. Er dient Uns redlich. Doch sei es dem Herrgott geklagt: Seine Tochter, die schöne Urschl, ist unter die Stadtmenscher geraten und verdirbt die jungen Männer. Leider steht Sigismund, unser Landesherr, hinter ihr und hält die Hand über sie, vermutlich weil sie auch ihm schon den Strohsack gewärmt hat!«

»Das ist kein Schaden nicht, Vater Abt!«, erwiderte Christoph. »Uns scheint es allweil gesünder, einen warmen Strohsack zu haben als kalte Füß'. Oder denkt Ihr anders?«

Herr Anselmus winkte lächelnd ab und redete weiter: »Freilich heißt es auch, die Urschl habe sich eine Seuche zugezogen und habe schon etliche Stadtjunker angesteckt. Sollte es an dem sein, werden unsere Magistratsväter sie eines Tages an den Pranger stellen, auspeitschen und verjagen lassen. Vielleicht wisst Ihr auch, dass die hochgepriesenen Väter des Dominikanerordens jüngst ihren ›Malleus maleficarum‹ veröffentlicht haben und dafür plädieren, dass dergleichen Weibsbilder zu den Unholdinnen gezählt werden und mit dem Tod am Holzstoß zu rechnen haben.«

»Da sei Gott vor!«, entgegnete Herr Christoph. »Ist eins krank, muss man's zum Physikus bringen, nicht auf den Scheiterhaufen! – Sagt doch Eurem Hofkutscher, dass wir Uns freuen, weil er noch lebt!«

Anderentags wurde die Hochzeit gefeiert, obwohl Kaiser Friedrich, der Brautvater, glaubte, er sei vom Bayernherzog Albrecht hinters Licht geführt worden. Dem war indes nicht so; denn der Bayer und die Österreicherin hatten sich in Liebe gefunden.

Herzog Christoph und seine Mannen schauten aus nicht zu weiter Ferne dem vorbeiziehenden Paar und seinem Gefolge zu. Als Herr Albrecht den Bruder erblickte, freute er sich. Herr Christoph aber dachte: Wären wir uns doch im Ebersberger Forst begegnet! Dann bräuchte jetzt die liebliche Erzfürstin ihre Augen vor mir nicht zu senken!

Die schöne Urschl

Als sie Anfang Februar auf dem Kirnstein ankamen, entschlossen sich die von Hohenpähl, noch etliche Faschingstage hier zu verbringen. Der Herzog sandte Boten auf die umliegenden Burgen aus und ließ die Mägdlein laden. Und wirklich kamen etliche: vom Falkenstein, von Neubeuern, von der Auerburg und sogar zwei Freiinnen Freyberg vom Burgstall Söllhuben. Selten waren auf dem Kirnstein so festliche Tage gefeiert worden – was sogar der Pfarrer von Degerndorf mit beredten Worten lobte.

Er war der Einladung des Kirnsteiners gerne gefolgt, weil er erkannt hatte, wie nahe Herrn Ekbert der Tod Lucias gegangen war – und es heißt doch: Selig, die ihr die Trauernden tröstet und den Weinenden die Tränen trocknet! Nun, er hatte getröstet, hatte auch seinen trockenen Hals reichlich benetzt, und verließ drei Tage vor den anderen Gästen die Veste. Denn er war ein ernsthafter Diener Gottes – ganz anders als sein Vorgänger, über den seit geraumer Zeit das Gerücht umging, er sei irgendwo im Fränkischen von einem Knecht erschlagen worden, weil er seine Feliciana gegen dessen gierige Gelüste verteidigt habe.

Auf dem Kirnstein war es dann wieder still geworden, als die von Hohenpähl sich verabschiedet hatten. Herr Ekbert wollte den Herzog diesmal nicht begleiten, er versuchte sich endlich mit seiner Einsamkeit abzufinden. Er beging seine Felder und Wiesen, durchstreifte das Holz und setzte sich wohl auch zur alten Mutter des Burgbauern in den Austrag hinein.

Die Alte erkannte ihn nicht, schon lange nicht mehr, sie hatte das Gedächtnis verloren. Doch sie hatte Ahnungen.

Und so sagte sie, als er wieder einmal bei ihr saß: »Vergangenes ist vergangen! Wärm's net immer wieder auf in deiner Brust!«

»Und was wird werden aus mir?«

»Der Bauer wird den Hund an die Kette legen; aber der Hund überdauert die Kette!«

»Kannst du mir's deutlicher sagen, Mutter?«

»Geh!«, erwiderte sie. »Hab keine Zeit!«

Bei der Innsbrucker Fürstenhochzeit war viel hoher und noch mehr niederer Adel zugegen gewesen. So konnte es nicht ausbleiben, dass auch ganze Fuhren »lustiger Fräulein« sich in der Stadt herumtrieben, denn die edlen Gäste wollten in jeder Hinsicht auf ihre Kosten kommen.

Als die Hochzeit vorüber war, beeilten sich die Bürgermeister und Ratsmannen von Innsbruck, das sündige Völkchen wieder aus der Stadt hinauszukriegen. So konnte es geschehen, dass sie auch die Urschl, die schöne Tochter des Hofkutschers vom Kloster Wilten, mit zusammenpackten und an die Innlände brachten; von dort sollten bewusste Fräulein auf einer Salzplätte hinausgeschifft werden ins Bayerische. Denn auch der Hochzeiter war ja ein Bayer gewesen.

Dank der Gefälligkeit zweier Schergen, die die Urschl bis Kufstein begleiten mussten, gelang es ihr, vom Vater im Klostermarstall noch kurz Abschied zu nehmen. Der leidgeprüfte Mann bedauerte unter Tränen, dass er sie nicht besser ins Gebet genommen hatte. Die Maid stopfte das Notwendigste in einen Mantelsack und verließ – Frühlingsahnungen in der Brust – den untröstlichen Vater.

In der Stadt Kufstein mussten die Schergen an Land gehen; jenseits der Grenze hatten sie nichts zu suchen.

Auch die meisten »lustigen Fräulein«verließen die Salzplätte, um in den Schifferbuden an der Lände eine Bleibe zu finden oder zumindest einen guten Rat über eine anderweitige Unterkunft.

Die schöne Urschl ging nicht an Land. Sie hatte auf der Fahrt den Salzschreiber ausgehorcht und erfahren, wo der Kirnstein lag; der Gesell hatte ihr zugesichert, sie unterhalb der Burg auszusetzen.

Und so geschah es auch.

Es war ein heller Vormittag, als die Urschl die Plätte verließ und über die feuchte Wiese auf die stattliche Veste zuschritt.

Als der Türmer von droben sah, dass sie den Burgweg einschlug, verständigte er seinen Herrn. Ekbert ging in den Hof hinab und stellte sich unter das Einlasstürl; er schaute dem merkwürdigen Gast entgegen. Langsam und keuchend stapfte die Urschl nach oben und sank vor dem Ritter erschöpft nieder.

»Wer bist du und was willst du?«, fragte er kurz.

»Lasst mich erst zu Atem kommen!«, erwiderte sie.

Da nahm er den Mantelsack, hob das zarte Mägdlein auf und geleitete sie in die Kaminstube. Er schenkte ihr einen Zinnbecher voll Glühwein ein. Sie trank hastig – den ersten warmen Schluck seit Innsbruck. Der belebte sie.

Sie erhob sich aus dem Spannstuhl: »Ihr habt gefragt, wer ich sei und was ich wolle. Ich bin die Urschl vom Hofkutscher zu Wilten.«

Da wurde dem jungen Ritter, der das Gespräch mit Abt Anselm in Innsbruck verfolgt hatte, zweierlei zumute. Es dauerte eine ganze Weile, ehe er einen brauchbaren Gedanken fand. Schließlich erwiderte er: »Erinnere ich mich recht, so haben sie zu Innsbruck von einer Seuche gesprochen, die du dir bei den Hofjunkern geholt hast!«

»So nicht, Herr! Im Gegenteil! Sie sagen, ich hätte ihnen die Seuche angehängt!«

»Und was ist wahr?«

»Überlegt doch, Herr! Wenn ich die Seuche habe, dann habe ich sie von ihnen! Von wem denn sonst? – Aber ich habe keine Seuche! Holt einen Physikus, er wird's bestätigen!«

»Und was willst du jetzt auf dem Kirnstein?«

»Leben, Herr, und Sicherheit! Denn die Ratsmannen zu Innsbruck haben darüber beraten, mich und etliche andere zu Unholdinnen zu erklären und dann zu verbrennen. Das haben sie nun zwar nicht getan; sie haben mich nur abgeschoben. Weil ich dem einen oder anderen gefällig war. Das ist ihre scheinheilige Art: Sie wollen mich loswerden, damit ich die anderen nicht anstecke; sie selber aber lassen sich gern verwöhnen!«

Herr Ekbert erkannte, dass an dem Mägdlein kein Falsch war. Er sagte: »Ich will heut Nacht darüber nachdenken, wie ich dir helfen kann. Geh jetzt in die Kuchl und hilf den Mägden! Sag ihnen auch, sie sollen dich mitnehmen in ihre Kammer!«

Die Urschl war ein wenig enttäuscht. Gleich aber sagte sie sich: Was heut nicht ist, kann morgen sein oder übermorgen!

Der junge Burgherr fand keinen Schlaf in der Nacht. Ständig sah er die Urschl vor sich. Sie war schön, gewiss! War sie deswegen eine Unholdin? Freilich, sie hatte ganz ohne Zweifel manchen ehrenwerten Bürgersmann oder Ministerialen verführt. Aber gehörten zum Verführen nicht immer zwei? Und sollte der Herr des Himmels und der Erde, indem er sie schön gemacht hat, wirklich gewollt haben, dass man sie deswegen als Unholdin verbrennt? Wäre das nicht ein grausamer, ein fürchterlicher Gott?

Da klopfte ein Knecht an die Tür: »Herr, vom Falkenstein her nähern sich drei Kienfackeln. Sind schon in unseren Burgweg eingebogen.«

»Ich komme ans Tor. Redet friedlich mit den Leuten!«

Als er mit dem Knecht hinter das Tor trat, hörte er von draußen eine würdige Stimme: »Ritter Ekbert, der Herrschaftsrichter vom Falkenstein!«

»Geduldet Euch ein wenig, Doktor Emmeram!«

Die Brücke rasselte nieder und das Tor ging auf. Der alte Richter ritt mit zwei Knechten in den Burghof ein.

Dann saßen sie in der Kaminstube – zwei Lebensalter.

»Herr Ekbert, Ihr wisst, dass wir Euch nicht nachspüren. Es ist uns jedoch gemeldet worden, dass Ihr ein sieches Weib beherbergt. Lasst euch darüber vernehmen, in Ehren vernehmen!«

»Ihr wisst, Doktor, dass ich Euer Wort achte. Redet, und ich werde Euch antworten, wie es sich ziemt!«

Emmeram setzte sich aufrecht: »Beherbergt Ihr ein solches Weib?«

»Ein zugelaufenes Weib, ja! Aber kein solches! Die Tochter des Wiltener Hofkutschers gehört zwar zu den *meretriculis,* doch siech scheint sie nicht zu sein; die sie verjagten, haben jedenfalls gern mit ihr den Alkoven geteilt.«

»Warum ist sie dann verjagt worden?«

»Wenn die Sau den Trank gefressen hat, wirft sie nicht selten den Kübel um!«

»Und Ihr, Herr Ritter, wie gedenkt Ihr's mit ihr zu halten?«

»Jedenfalls werde ich mich vor sie stellen, wenn Ihr sie als eine Unholdin den Hexenrichtern in München ausliefern solltet.«

»Ihr kennt meinen Auftrag nicht, Herr! Ich muss das Weib dem Inquisitionstribunal zu Mühldorf vorführen!«

»Dann führt auch mich mit vor!«

»Das müsste ich dann, wenn Ihr euch weigertet, das Weib herauszugeben!«

»Wir beide oder keins von beiden!«

»Dann seht zu, Herr Ritter, dass Ihr nicht unter das Rad kommt! Denn die hochwürdigsten Herren Dominikaner haben grausige Mittel für ein peinliches Verhör zur Hand, und ihre Sprüche sind meist tödlich; so tödlich wie der anderen Schwert.«

Da erhob sich Herr Ekbert und sprach: »Doktor Emmeram, lasst es mich zur guten Stunde wissen, wann Ihr nach Mühldorf aufbrechen wollt, damit wir uns bereit machen können, ich und das Weib! Denn wir wollen vor den Folterknechten, Halsabschneidern und ihren gesalbten Richtern mit Würde erscheinen.«

Traurig über den unguten Ausgang seines Besuchs stand der Herrschaftsrichter auf, verneigte sich tief, sodass ihm das graue Strähnenhaar über den Hals hereinfiel, und entgegnete: »Herr, Ihr seid Manns genug, um zu wissen, für wen Ihr Euer junges Leben da in die Waagschale werft. Der Herrgott sei mit Euch!«

Dann ging er.

Ekbert geleitete ihn bis in den Hof. Beim Tor trat der Richter zwischen seine Begleiter, die ihm auf das Ross halfen, und ritt mit ihnen davon. Der Burgherr stieg zum Turm hinauf und schaute den sachte dahinziehenden Kienfackeln lange nach.

Noch in dieser Nacht sandte er einen Reitknecht mit einem Schreibebrief nach Hohenpähl zu Herzog Christoph ...

Die Wochen gingen dahin.

Gegen Ende April dieses 1487er-Jahres legte das Falkenstein'sche Herrschaftsschiff unterm Kirnstein an und nahm Herrn Ekbert, die schöne Urschl und vier der besten Waffenknechte samt ihren Rössern auf, während der Richter und sein Adlatus bereits in der Hütte saßen.

Wie herrlich doch die Wellen des Innflusses im Morgenlicht glitzerten! Am Samerberg drüben stieg, vom Aufwind getragen, der Rauch aus den Meilerkaminen der Hohenaschauer Köhler auf. Hinter dem Neuen Beuern erhob sich schüchtern die zartblaue Rauchfahne über der Esse des Schnapsbrenners. Aus dem Mühlsteinbruch beim Alten Beuern hörte man das geschäftige Klopfen und Sägen der Werksgesellen; sie konnten sich, seitdem auf der Biber Totenstille eingetreten war, der Aufträge kaum mehr erwehren. Als das Boot an der Schopperstatt bei Altenmarkt vorbeitrieb, nahm Doktor Emmeram Herrn Ekbert mit sich zur Seite und sagte leise: »Ihr mögt recht haben, wenn Ihr meint, dass dieses zarte Mägdlein nicht krank ist; denn ich weiß, so sehen Kranke nicht aus. Aber umso größer ist die Gefahr, dass sich die Mühldorfer Folterknechte an ihr gütlich tun.«

»Wie kann man's verhindern?«, fragte der Kirnsteiner.

»Merkt Euch diesen Rat, doch sagt niemandem, dass ich ihn Euch gegeben habe! Ihr müsst darauf bestehen, dass das Kind eine *meretricula* des Innsbrucker Stadtadels war und sonst nichts. Nehmt das Wort ›Hexerei‹ ja nicht in den Mund! Denn wenn das Inquisitionsgericht in dieser Richtung Verdacht schöpft, wird sie als eine Unholdin jedem nur denkbaren peinlichen Verhör unterzogen und geschunden und geschabt, bis sie gesteht, was die hören wollen. Da hilft ihr dann kein Herrgott mehr!«

»Und wie stelle ich's an, dass sie mich überhaupt anhören?«

»Hart sein, Herr! Ihr seid ein Wittiber und habt das Recht, Euch ein Bettweib zu halten. Pocht darauf!«

Sie kamen nach Mühldorf und begaben sich ins hohe steinerne Haus des Salzburger Hexengerichts. Schon unter dem Eingangstor wollten zwei Knechte die Urschl packen. Doch Herr Ekbert schlug den einen mit der Faust nieder; den anderen warf einer seiner Waffenknechte um. Dann wurden sie in ein kahles, feuchtes Gewölbe gewiesen, in dem sie nicht einmal eine Bank vorfanden.

»Hier werden, scheint's, nicht bloß die Inquisiten, sondern auch ihre Begleiter bestraft!«, sagte Ekbert zu Doktor Emmeram.

Da ging die Tür auf, und ein Gerichtsdiener schrie herein: »Wer hier redet, kriegt eine aufs Maul!«

Drauf holte ein Kirnsteiner Waffenknecht aus und schrie ebenso: »Da hast du eine!«, und der Scherge küsste die steinernen Bodenplatten und wälzte sich darauf.

»Seid mäßig!«, sagte der Doktor. »Wir verscherzen uns sonst alle Gunst dieses Hauses.«

»Müsst mich bis in den Arsch hinein schämen, wenn ich von solcher Gunst abhängig wär!«, erwiderte Ekbert.

»Immerhin!«, entgegnete beschwichtigend der andere.

Inzwischen hatten die hochwürdigen Herren Richter wohl gespeist und ein Stündlein geruht. Denn die Tür öffnete sich wieder, und ein Dominikanerbruder bat den Doktor Emmeram und die Inquisitin mit sich. Als sich Herr Ekbert anschließen wollte, wehrte der Bruder ab.

»Dann bleibt die Urschl bei mir!«, sagte der Kirnsteiner herrisch, worauf sich der Mönch wieder allein entfernte.

Eine Stunde verging. Es verging eine zweite, und die Sonne über Mühldorf stand schon tief. Da kam der Bruder und wandte sich wieder an den Doktor: »Die Väter des Heiligen Gerichts haben entschieden, die Inquisitin allein vorführen zu lassen, auf dass geprüft werde, ob sie an ihrem Leibe Merkmale der Unholdinnen trägt!«

»Und wer prüft?«, fragte Herr Ekbert hart.

»Es prüfen die hochwürdigen Väter!«, antwortete der Mönch.

»Sie allein?«

»Gemeinsam mit ihren Dienern, Herr! Denn es wäre sündig, wenn die Hochwürdigen den Leib einer Unholdin berührten.«

»Besteht die Prüfung in der Berührung des Leibes?«

»Auch, Herr!«

»Dann sag den Hochwürdigen, dass ohne mein Beisein keine Prüfung vorgenommen wird!«

Der Mönch verbeugte sich und ging. Der Kirnsteiner wandte sich an einen seiner Waffenknechte: »Auf nach Hohenpähl! Sag dem Herzog, was du hier gehört hast, und bitt ihn, uns nicht im Stich zu lassen!«

Der Knecht entfernte sich.

Dann senkte sich die Nacht über Mühldorf.

Sagte Herr Ekbert: »Ich fühle mich wie Kaiser Heinrich im Burghof zu Canossa: Der Papst lässt uns warten. Nun bin ich aber kein Kaiser, und die Fragerichter hier sind keine Päpste! Also werde ich nicht mehr warten!« – Und zu einem anderen Knecht gewandt, sprach er: »Gesell, nimm deine Stange! Wir zertrümmern die Tür!«

Er selbst zog seinen Katzbalger und – da ging die Tür ganz ohne Gewaltanwendung auf. Ein Mönch erschien und bat den Herrschaftsrichter zum Inquisitor.

Don Angelo, der erzbischöflich salzburgische Inquisitor zu Mühldorf, saß in einem mächtigen Stuhl. Auf einem Tischchen vor ihm stand ein Kruzifix ohne den Korpus des Gekreuzigten. An den Wänden hingen schreckliche Marterwerkzeuge: Handeisen, eine Maulbirne, eine Schandmaske mit Schellen, eine eiserne Halsgeige mit Glocke, ein Henkerbeil und ein Strohkranz für gefallene Mägdlein. In einer Ecke standen die Streckbank und der Holzstock mit den Daumenschrauben; in der anderen glühte eine eiserne Esse; daneben lagen Zangen und ein Brandeisen mit dem Buchstaben B sowie ein Blasbalg zum Entfachen der Glut.

»Entsetzt Euch nicht, Doktor Emmeram, beim Anblick dieser Dinge! Wir brauchen sie – Gott sei's geklagt! – immer und immer wieder, denn die Unholdinnen sind hartnäckig, und der Satan steift ihnen das unkeusche Gemüt. – Nun aber zu Eurer Urschl, die, wie man uns gesagt hat, die ›schöne‹ heißt! Ihr Herr will sie nicht prüfen lassen; oder ist dem nicht so?«

»Prüfen schon, hochwürdiger Herr, aber nur in seiner Gegenwart!«

»Was bildet sich der Mann ein! Wir wollen die heilige Kirche Gottes vor der größten Gefahr unseres Zeitalters schützen, und da wagt einer, uns zu behindern? Wir sind die vom Papst Innocentius eingesetzten Verfechter der reinen Lehre Christi – und da will uns einer das Recht streitig machen! Welch ein Hohn im Angesicht unserer hehren Aufgabe!«

»Hochehrwürdiger Herr, Ekbert vom Kirnstein hegt berechtigte Zweifel, was die Beschuldigung des Mägdleins betrifft; sie scheint ihm nur eine simple *meretricula* zu sein, freilich eine privilegierte des Innsbrucker Stadtadels«

»Was diesem Herrn scheint, ficht uns nicht an! Wir – und nicht er – haben über Schuld oder Schand zu befinden! Sagt ihm das! Und morgen eröffnen wir das Verhör!«

»Dürften wir um eine Bank bitten? Die Steinplatten des Fußbodens strahlen Kälte aus.«

»Um Euretwillen, Doktor Emmeram, sei's gestattet!«

Zurückgekehrt ins feuchte Gewölbe, sagte der Herrschaftsrichter zu den anderen: »Morgen soll das Verhör beginnen!«

Ein paar Minuten später brachten zwei Knechte eine lange Bank, auf der alle sieben zur Not sitzen konnten, brachten auch eine dicke Linsensuppe mit dareingeschnittenen Speckbrocken. Die schmeckte nicht schlecht, sodass einer der Waffenknechte brummelte: »Bei solcher Kost ließe sich's sogar im Hause der Hexenschinder leidlich leben!«

Mit leicht warnender Hand entgegnete Doktor Emmeram: »Wir wollen unsere Zungen hüten, denn in diesen Häusern haben die Wände große Ohren.«

Nach diesem Wort setzte er sich zu Herrn Ekbert. Sie unterhielten sich flüsternd bis in die tiefe Nacht hinein. Am End sagte der Herrschaftsrichter mit einem Blick auf die an der Seite des Kirnsteiners schlafende Urschl: »Man könnte glauben, sie sei noch ein Kind ...«

Das Verhör

Am späten Morgen wurden alle sieben durch einen langen, dunklen Gang geführt, an dessen Seiten mindestens zehn grimmig dreinschauende und von Hässlichkeit gezeichnete Folterknechte standen. Dann traten sie in den Raum ein, in dem der Herrschaftsrichter am Abend zuvor dem Inquisitor Don Angelo gegenübergestellt worden war. Der Raum war finster, nur neben dem Kruzifix rauchten zwei Ölfunzeln, und in der eisernen Esse züngelten kleine Flämmchen empor. Hinter dem Tischchen saß der Fragerichter zwischen zwei anderen Mönchen. Neben ihnen war ein Knecht eben dabei, ein Rasiermesser über einen Riemen zu streichen.

Als sich die sieben entlang der Wand aufgestellt hatten, erhob sich einer der Mönche, ergriff eine Buchrolle und las mit bedrohlich klingender Stimme: »Bannbulle unseres Heiligen Vaters. Wir, Innozenz, Bischof von Rom, Diener der Diener Gottes, erklären und befehlen, wie es unsere Pflicht ist, dass jede Behinderung und jedes Hindernis, die die Arbeit der Inquisitoren beeinträchtigen mögen, zu beseitigen sind. Ferner dass den erwähnten Inquisitoren die Macht verliehen werde, zur Korrektur, Inhaftierung und Bestrafung aller der Hexerei Verdächtigen schreiten zu dürfen. Zugleich drohen Wir all denen, welche die Inquisition behindern oder belästigen, allen Rebellen jeglichen Standes – ungeachtet der Privilegien oder besonderen Freiheiten, die diese für sich in Anspruch nehmen – die Exkommunikation, die Suspension, das Interdikt oder noch schrecklichere Strafen an – wenn nötig, mit Hilfe der weltlichen Obrigkeiten. Wer dies aber dennoch wagen sollte, der wisse, dass ihn der Zorn Gottes des Allmächtigen und der gesegneten Apostel Petrus und Paulus treffen wird. – Erlassen zu Rom bei Sankt Peter, am 5. Dezember im Jahr des Herrn 1484, im ersten Jahre Unseres Pontifikats.«

Der Mönch legte die Rolle zur Seite und setzte sich nieder.

Dem Herrn von Kirnstein war nicht entgangen, dass die Lektion auf ihn gemünzt war. Es reizte ihn, zu einer herzhaften Gegenrede auszuholen, als der Inquisitor Don Angelo sich an das Mägdlein wandte: »Da hat dich der Herrschaftsrichter zu uns hergeschleppt – weißt du auch, warum?«

Die Urschl schaute auf den Kirnsteiner; der nickte. Dann antwortete sie: »Es hat geheißen, ich könnt leicht eine Unholdin sein.«

»Bist du eine?«, fragte der andere in hartem Ton.

»Herr, ich weiß ja nicht einmal, was das ist: eine Unholdin!«

»Aber wir wissen es! Und deshalb müssen wir prüfen, ob du die Merkmale und Zeichen des gottverfluchten Satans an dir trägst. Leg darum dein Gewand ab!«

»Vor geistlichen Herren hab ich mich noch nie ausgezogen!«

Da näherte sich der Knecht, der das Rasiermesser gestrichen hatte, und griff nach der Urschl. Doch Herr Ekbert stieß ihn zurück. Der Knecht langte in die Glut der Esse, nahm einen an der Spitze gelb glühenden Stecher heraus und näherte sich langsam dem Kirnsteiner. Der zog seinen Katzbalger blank und schlug den anderen derart auf die Hand, dass der Stecher bis zur Tür hinflog. Zugleich schwang einer der Mönche eine Tischglocke. Die Tür ging krachend auf, und etliche Gerichtsknechte drängten herein. Doch der erste trat auf den Stecher, schrie erbärmlich auf und fiel den nachfolgenden vor die Füße, sodass einer über ihn stolperte und ebenfalls hinstürzte. Ein dritter verhaspelte sich in den Beinen der Hingefallenen; und auch er konnte sich nicht mehr aufrecht halten.

Während dieser wenigen Augenblicke hatten sich der Kirnsteiner und seine drei Waffenknechte gefasst. Sie stießen jetzt ihre Stangen in die immer noch andrängenden Halsabschneider hinein, während Ekbert seinen Katzbalger schwang. Ein Schreien, Röcheln und Fluchen hallte durch den langen, finsteren Gang.

Dort entfaltete sich nun ein fürchterlicher Aufruhr, denn vom Eingang her hieben sich jetzt die Mannen des Herzogs Christoph durch und schonten keinen Folterknecht. Es war ein Gemetzel wie in der Arena bei den Zirkusspielen der alten Römer. Die Knechte der Inquisition waren den geübten Haudegen von Hohenpähl nicht im Entferntesten gewachsen. Die wenigen, die weder Stich noch Schramme davongetragen hatten, suchten den Ausgang zu erreichen, damit die Leute des Herzogs nicht noch die eine oder andere Erinnerung in ihre Haut ritzten.

Ihre Furcht war jedoch unbegründet, denn jetzt betraten die von Hohenpähl mit Herrn Christoph die Fragekammer, wo die drei Inquisitoren, der Herrschaftsrichter mit seinem Adlatus und die vom Kirnstein sie erwarteten. Don Angelo stand da wie im Gebet, mit ausgebreiteten Armen, seine zwei Mitbrüder daneben wie Ministranten.

»Herr«, sagte Ekbert, der am Kopf blutete, »es war höchste Zeit! Der Herrgott mag es dir und deinen Leuten vergelten!«

»'s ist kaum der Rede wert!«, erwiderte der Herzog und wandte sich der schönen Urschl zu, die bitterlich weinte: »Haben sie dir Gewalt angetan, die Glatzköpf'?«

Das Mägdlein verneinte.

Und der Herzog weiter: »Da liegt ein Rasiermesser! Hochwürdige Dominikanerbrüder, was wollt ihr mit dem Messer?«

Don Angelo erwiderte mit ehrfurchtsvoller Verbeugung: »Gnädigster Herr, wir waren soeben dabei, unserem Statut gemäß das Mägdlein zu prüfen, ob es eine Unholdin sei.«

»Prüft ihr die Weiber mit Rasiermessern?«

»Haltet zu Gnaden, hoher Herr, das Statut befiehlt, alle Erkennungsmale der Unholdinnen aufzuspüren, als da sind: Muttermale, Warzen und Hautaufschürfungen.«

»Werden diese Merkmale dann wegrasiert?«

»Nein, allergnädigster Herr! Rasiert werden nur die Haare, besonders die *circa pudenda,* denn die Satane, denen sich die Unholdinnen verschrieben haben, hausen vor allem in diesen Haaren. Sie geben den Inquisiten die Kraft des Schweigens, und dies selbst unter dem härtesten peinlichen Verhör.«

»Und wie lange verhört ihr?«

»Hoher Herr, wir verhören, bis sie gestehen. Denn unter äußersten Schmerzen gestehen sie alles – wie das Statut uns belehrt!«

Herzog Christoph strich mit der Hand übers Gesicht: »Entsetzlich! – Sagt Uns noch, von wem dieses mörderische Statut stammt!«

Don Angelo griff nach der Buchrolle: »Gnädigster Herr, hier sind die Weisungen unseres Heiligen Vaters Innocentius getreulich aufgezeichnet.«

Herzog Christoph setzte sich auf einen der Stühle der Fragerichter und bot dem Kirnsteiner einen zweiten an: »Ekbert, kannst du dich noch an die Berichte jener Lucia d'Aosta erinnern, als wir bei den noblen Mägdlein zu Neapel am Capodimonte saßen? Da erzählte sie in ihrer liebenswürdig-unschuldigen Art, der Herr Papst Innocentius halte sich ein Bettweib und habe bereits zwei Kinder von ihr; auch trinke er Ammenmilch, um sich die Kraft der Lenden zu erhalten. Und dieser Mann hat in dieser Zeit diese Bannbulle geschrieben!«

Da meldete sich Don Angelo und bat ums Wort: »Gnädigster Herzog, niemand wird die Ungereimtheiten am päpstlichen Hofe gutheißen. Bedenkt aber – ich bitt Euch! –, dass der Papst auch ein Fürst ist und nicht gut aus der Reihe der übrigen Fürsten tanzen kann. Auch er zahlt den Tribut an die Verderbtheit der Fürsten unseres Zeitalters. – Ich bitt Euch um Vergebung dieses Wortes!«

»Du brauchst dich nicht zu entschuldigen! Im Gegenteil, es ehrt dich, wenn du sogar für die Niederträchtigkeit deiner Herrschaft einstehst – außer du wärst selber niederträchtigen Herzens, was ich mir nicht vorstellen kann!«

Don Angelo verneigte sich wieder und fuhr dann fort: »Gnädigster Herzog, was ich jetzt noch zu sagen habe, fällt mir schwer!«

»Hab ich dir ein Leids getan oder auch nur angedroht?«, fragte Herr Christoph und schaute den Mönch starr an.

»Nein, Herr! Mir scheint, Ihr versteht auch die Kümmernisse eines Mönches auf dem Richterstuhl der Heiligen Inquisition. Und darum geht es jetzt!«

»Rede, Mann Gottes, und drisch kein leeres Stroh!«

»Herzog, Ihr habt uns in der Ausführung unserer Pflicht behindert. Kraft des Auftrags der päpstlichen Bannbulle und kraft des heiligen Gehorsams, den ich meinen Vorgesetzten schulde, muss ich Euer Vorgehen dem Salzburger Herrn Erzbischof melden. Verargt es mir, bitte, nicht!«

Christoph lächelte: »Wie könnte ich! Aber stell dir vor, der Salzburger würde auf deine Meldung hin gegen

Uns eine Strafanzeige nach München ergehen lassen und Wir säßen – wie Unser gottseliger Vater es gewollt hatte – gleichberechtigt neben Bruder Albrecht als Mitregent in der Hofburg – stell dir das vor und sag mir jetzt, was könnte dann geschehen? Glaubst du, der Salzburger und der hinter ihm stehende Papst Innozenz würden Mittel und Wege finden, auch Uns auf diese Streckbank dort zu bringen und auseinanderziehen zu lassen wie einen Nudelteig?«

»Niemals könnte das geschehen!«

»Wenn das also nicht geschehen könnte, was zählen dann eure Urteile und Verurteilungen? Dann sind sie doch nicht durch die Sache bestimmt, sondern vom Ansehen der Person! Ihr schlachtet die Kleinen, die Großen lasst ihr laufen – aus lauter Feigheit!«

Jetzt entstand eine lange, fast unheimliche Stille in der Fragekammer. Keiner der drei Inquisitoren sagte ein Wort. Bis Don Angelo seinen zwei Beisitzern ein Zeichen gab. Drauf zogen sie sich in eine Ecke zurück und redeten leise miteinander. Das dauerte eine ganze Weile. Don Angelo kehrte dann an den kleinen Tisch zurück und bat den Herzog, die vier Waffenknechte und die schöne Urschl vor die Tür hinauszuschicken und dort eine kurze Zeit warten zu lassen.

Das geschah.

Nun sagte der Inquisitor: »Wundert Euch nicht, gnädigster Herr, und auch ihr anderen nicht, über den Vorschlag, den wir jetzt machen. Ihn hat uns, wie wir glauben, der Heilige Geist eingegeben! – Wir bitten Euch, gemeinsam mit uns den gestrigen und den heutigen Tag aus unserem Leben zu streichen! So zu streichen, dass kein Wort davon über unsere Lippen kommt – ja nicht einmal ein Gedanke daran in unser Bewusstsein tritt – so wahr uns Gott helfe! Wir sind uns nicht begegnet, wir kennen uns nur vom Hörensagen! Wir in Mühldorf haben wohl irgendwann von einer *meretricula* auf dem Kirnstein gehört, maßen jedoch der Vernehmung keine Bedeutung bei, weil es ein Fass ohne Boden wäre, die Alkoven all der Herren unseres Landes zu durchleuchten. Wir kehren also mit Gottes Segen an den Ausgangspunkt unseres gestrigen Tages zurück und hoffen, diesen Punkt in den nächsten Tagen wieder gesund und froh zu erreichen – so, als wäre nichts geschehen.«

Alle schauten auf den Herzog. Der zögerte eine Weile und sagte dann: »Und die verbeulten Köpfe eurer Knechte?«

»Gnädigster Herr, Knechte – das wisst Ihr selbst! – tragen nicht nur Schrammen von Feindeshand an ihren Leibern; oft dürften die freundlichen die größeren sein!«

Darauf verließen sie das fürchterliche Mühldorfer Haus. Am Tor hatten sie eine Wolke böser Geister zurückgelassen …

Die Sitzengebliebene

Während Herzog Christoph mit seinen Leuten sofort den Heimweg antrat, mussten die vom Kirnstein und der Herrschaftsrichter mit seinem Adlatus auch die folgende Nacht noch in Mühldorf verbringen, weil ein flussaufwärts fahrender Schiffzug erst für den nächsten Tag angesagt war; und dem wollten sie sich anvertrauen. In der Ländhütte am Inn quartierten sie sich ein, kamen jedoch kaum zum Schlafen. Ein paar Salzflößer aus dem tirolischen Hall auf dem Weg nach Ungarn waren nämlich an die Heftstecken gegangen und waren dabei, den zu erwartenden Lohn vorzeitig in gutes bayerisches Bier umzusetzen. Deshalb war die Stimmung schon sehr gelöst, als die anderen eintraten. Besondere Begeisterung erfasste sie, als sie die schöne Urschl erblickten; der eine oder andere schien sie sogar schon zu kennen, doch sicherlich nicht aus Erfahrung. Denn mit dieser Sorte Mensch hatte sich das Dirnlein kaum abgegeben.

Wie immer auch – sie nahmen die Urschl gleich in ihre Mitte und ließen ihr den besten Fisch servieren, den der Wirt bieten konnte. Sie sprach den guten Gaben herzhaft zu, denn die Stunden im Inquisitionstribunal hatten ihr arg zugesetzt. So wurde sie bald von der Fröhlichkeit der Flößer erfasst und verbrachte die ganze Nacht mit ihnen.

Als der Morgen heraufdämmerte und die Männer zum Aufbruch rüsteten, bedankte sie sich bei Herrn Ekbert für die genossene Gastfreundschaft und erklärte, sie wolle ihr künftiges Glück in der Fremde, bei den Magyaren, suchen.

»Eine günstigere Lösung zwischen ihr und Euch«, sagte Doktor Emmeram zum Kirnsteiner, »hätte sich kaum einer ausdenken können.«

Mit einer kleinen Träne im Auge, aber trotzdem fröhlich winkend, hüpfte sie auf das Salzfloß und winkte weiter, bis das Schiff hinter der ersten Biegung des Flusses verschwand.

Ekbert wurde von Wehmut erfasst. Er dachte an Herzog Christophs Wort, das der bei ihrem Wiedersehen nach dem Tod von Lucia zu ihm gesagt hatte: Wir beide sind für Frauen nicht geschaffen!

Der Richter ahnte, was in dem Ritter vorging, und meinte in väterlichem Ton: »Herr, habt Ihr nie bedacht, dass Ihr um zwanzig Jahre älter seid als dieses Kind? Abgesehen von allem anderen Drum und Dran?«

Darauf der andere: »Wenn man mir auch widerrät – ich muss es versuchen! Wisst Ihr keine Frau für den Kirnstein?«

»Wissen schon, doch ob Ihr der gewachsen seid, möcht ich fast bezweifeln.«

»Lasst hören!«

»Es ist Klara von Freyberg auf Söllhuben, eine Sitzengebliebene, wie man sagt, zehn Jahre jünger als Ihr, nicht sonderlich begütert, aber aus einem guten Haus. Sie ist die Enkelin der Anna Kuchlerin aus dem Tirol, die sich der alte Konrad von Hohenaschau als zweite Frau nahm. Eine stattliche und, wie ich mir vorstellen kann, herzerfrischende Frau, ganz ohne Falsch, stürmisch wie die alten römischen Kriegsschiffe. Ich könnte mir denken, dass sie Euren müde gewordenen Kirnstein mit strotzendem Leben erfüllt.«

»Und Ihr glaubt, dass ich ihr gewachsen bin?«

»Wie man's nimmt, Herr Ekbert! Eines ist sicher: Das Herumstreunen mit Herzog Christoph würde sie Euch abgewöhnen, und nicht zu Unrecht! Ihr habt schon viel von Eurer Kraft, die dem Kirnstein hätte zugute kommen können, in sinnlosen und bubenhaften Unternehmungen vertan ...«

Ekbert fiel dem Richter ins Wort: »Kein Wort gegen den Herzog! Erst vor wenigen Stunden hat er uns aus den Fängen einer Hydra gerettet!«

»Wie könnte ich etwas Schlechtes über ihn sagen, wo ich doch seine körperliche und geistige Begabung schier unaufhörlich bewundere! Aber es ist ein Unterschied zwischen ihm und Euch: Für ihn und sein Fortkommen steht das Bayernland gerade, genau gesagt: der äußerst tüchtige Herzog Albrecht. An Eure Zukunft dagegen müsst Ihr selbst denken! Euch hilft nämlich niemand, wenn Ihr in Not geratet. Am wenigsten Herr Christoph; er besitzt ja nichts, und das Wenige, was er besitzt, verschleudert er in seiner Großmannssucht. Er kann sich das leisten, auch wenn der Bruder ihn wieder und wieder zur Ordnung ruft; Ihr nicht, Herr Ekbert! – Verzeiht mir, wenn ich das so offen sage! Aber ich war mit Eurem gottseligen Herrn Vater befreundet. Deswegen habe ich mir das Recht genommen, Euch auf väterliche Weise zu ermahnen. Daher auch mein Hinweis auf das Edelfräulein von Söllhuben!«

Derlei Gespräche führten die beiden dem Alter nach so verschiedenen Männer auf dem Ländsteg zu Mühldorf, bis der angekündigte Schiffzug – er war mit ungarischem Getreide beladen – anlief. Nachdem die 26 Zugrösser gefüttert und getränkt worden waren, setzte man die Bergfahrt fort.

Die sieben Herren gelangten über Gars und Wasserburg drei Tage später nach Rosenheim. Hier mieteten sie sich beim Pfleger etliche Reittiere und waren am Abend daheim.

Mit dem Knecht Jakob, der auch sein Burgvogt war – einem reifen, ernsten Mann –, ging der Kirnsteiner nun daran, eine Gesamtüberholung seiner Steinburg zu planen.

Sie brauchten keine Rechenkünstler zu sein, um nach kurzer Zeit die gähnende Leere des Schatzkastens zu erkennen. Noch größere Sorge bereitete ihnen, dass mit größeren Einnahmen nicht zu rechnen war. Denn das, was die Wälder eintrugen und die paar hörigen Bauern erwirtschafteten, reichte gerade für den Lebensunterhalt.

»Ihr müsst eine reiche Braut heimführen!«, sagte der Jakob.

»Woher nehmen und nicht stehlen!«, erwiderte ihm Herr Ekbert und zuckte mit den Achseln.

»Es steht mir zwar nicht zu, Euch Ratschläge zu geben; doch Eure Ausfahrten mit dem wilden Herzog sind ein schlechtes Mittel, wenn Ihr das Glück Eures Hauses mehren wollt! Schon der gottselige Herr Burkhard hat nicht selten tief geseufzt und Eure Gefolgschaftstreue bedauert.«

»Jakob, du schlägst in dieselbe Kerbe wie unser Herrschaftsrichter, und ich fange an, euch zu glauben. Jetzt sag auch du mir noch, ob du eine Frau für mich wüsstest!«

Der alte Mann überlegte: »Die Layminger und auch die Pienzenauer sitzen geldlich gut im Sattel und sollen auch leidlich brauchbare Töchter haben. Ihr müsstet Euch halt auf Brautschau hinaus ins Land begeben; von selber kommen die nicht daher.«

»Weißt du, was man über die Freyberger auf Söllhuben sagt?«

»Sitzt ja nur noch die Klara dort!«

»Und wie ist die?«

»Sieht gut aus, heißt es; aber sie weiß es auch! Nur, viel Mitgift ist von ihr auf keinen Fall zu erwarten. Und mit einem sauberen Goscherl könnt Ihr den Kirnstein nicht überholen.«

Freyberger, Layminger, Pienzenauer! Herr Ekbert hatte die Wahl.

Und eines warmen Julimorgens begab er sich auf die Reise. Er nahm zwei gut aussehende Lanzenreiter mit. Über Niederndorf und Sachrang erreichten sie das Tal der Prien, kamen an der mächtigen Hohenaschau vorbei und hielten dann auf Söllhuben zu. Söllhuben war ein stattlicher Burgstall und gehörte in die Erbmasse der Hohenaschauer; nach verschiedenen Irrungen hatten sich hier die Nachfahren jener bewussten Anna Kuchlerin niedergelassen.

Es ging auf den Abend zu, als die drei Reiter in die Burgtafern einkehrten, um dort die Nacht zu verbringen. Als sie sich an einen Tisch gesetzt und eine Kanne Bier bestellt hatten, raunte der Wirt den drei Altbauern in der Ecke zu: »Wieder oaner, der wo sich an Korb holn will!«

Dann aber kamen sie alle miteinander allmählich ins Gespräch, und einer der Alten meinte: »Habn tut sie nix, unsere Klara, nur einen Stolz wie a Prinzessin!« – Ein anderer fügte hinzu: »Aber einen Schwung hats' für drei: Jeden, der wo ihr net passt, schwingts' nach einer Stund über d'Bruckn, dass d' nur so schaust!«

»Aber doch net handgreiflich!«, warf einer der Reitknechte dazwischen.

»Naa, des net! Aber sie hat eine Art, dass du einfach gehn musst, wenns' dich saudumm anredt.«

»Saudumm anredt!«, wiederholte Herr Ekbert für sich und fuhr fort: »Hat wohl schon etliche davongejagt?«

Darauf der Wirt: »So drei, viere pro Jahr sind's allweil! 's ist koa Wunder net: Die hat 's Blut von der altn Kuchlerin; und die hat den Herrn Konrad seligen Angedenkens umeinandergscheucht, dass's nur so gstaubt hat. So ham's die Alten erzählt.«

»Willst leicht aa einischaun bei ihr?«, fragte einer, der schon halb erblindet war.

Da stieß ihn ein anderer an und murmelte: »'s is doch a Herr!«

»Nix für unguat!«, erwiderte der sehr kleinlaut und verkroch sich noch weiter in die Ecke – doch nur für eine Weile. Dann nahm er den Hut vom Nagel, sagte »Pfüa Gott!« und ging.

»'s is schon a Kreuz mit die alten Leut!«, meinte darauf der Wirt, der selbst wohl auch schon fast siebzig Jahre auf dem Buckel hatte. Weil er aber noch rüstig war, nahmen sie ihm diese Bemerkung ab und nickten.

Dann war es eine ganze Weile ruhig in der Gaststube, nur die Fliegen summten um die Ölfunzel am Schanktisch, und nicht wenige verbrannten sich die Flügel und stürzten in die Flamme.

Herr Ekbert fragte: »Wie ist denn das, wenn unsereiner mit dem Edelfräulein reden will? Bei wem müsste man sich da anmelden? Und gibt es sonst noch irgendwelche Zeremonien zu beachten, damit man nicht gleich hinausfliegt?«

Der Gastgeb erwiderte: »Zeremonien, glaub ich, gibt's keine. Doch ohne den alten Gerold, den Vogt, geht keine Tür auf.«

»Und wie erreicht man den?«

»In einer Stund kommt er gwiss noch auf sei' Bier!«

Auch diese Stunde verging im Schweigen oder in nichtssagender Rede. Dann kam er dahergestampft, der Gerold. Wie ein ausgedientes Schlachtross. Er grüßte bescheiden und doch voll Würde und setzte sich, wie's der Brauch war, mit an den Tisch, während der Wirt sich mit der Bierkanne beeilte.

»Sind noble Gäste da?«, fragte er mit einem kurzen Blick auf Herrn Ekbert.

»Bin der Kirnsteiner von Degerndorf draußt am Inn!«, antwortete der und rückte auf der glatt gescheuerten Ahornbank ein kleines Stück näher.

»Von Degerndorf, beim Biberfelsen! Kenn's zwar net, doch die Leut, die dort gwesen sind, reden von der Biber wie von einer Wallfahrt. Habts jetzt wieder Steinbrecher eingstellt?«

»Woher sollte man sie holen?«

»Da drüber haben wir uns erst vor Tagen mit unsrer Frau Klara unterhalten; die hat da a paar gute Gedanken ghabt. Wollt Ihr net mit ihr redn?«

»Könnt gwiss net schadn!«, entgegnete Herr Ekbert, glücklich über diese Wendung des Gesprächs.

Sie hatten sich schnell geeinigt, dass der Besuch anderentags zum Bauernmittag erfolgen sollte, weil die Frau Klara mit ihren Gästen am liebsten beim Essen rede; da werde am wenigsten gestritten …

Die Unterhaltung der beiden beim Bauernmittag hat natürlich kein Chronist aufgeschrieben. Doch nach dem zu schließen, was man beobachten konnte, müssen sich die zwei gut verstanden haben, denn das Essen – oder was es sonst noch war – dauerte ohne Unterbrechung bis in die tiefe Nacht hinein.

Als die Kirnsteiner dann am späten Vormittag aufbrachen, hatte Herr Ekbert den geplanten Besuch bei den Laymingern und Pienzenauern völlig vergessen und kehrte auf seine Burg zurück.

Einige Tage darauf besuchte er den Pfarrer von Degerndorf und verkündete ihm, er wolle, wenn nichts dazwischenkomme, die Freybergerin von Söllhuben heiraten. Der geistliche Herr begrüßte dieses Vorhaben lebhaft und sicherte ihm für die Zukunft jegliche Unterstützung zu, »denn ein Herr wie Ihr darf nicht unbeweibt bleiben, ohne in die Gefahr zu geraten, seelisch zu verludern«.

Es war keine große Hochzeit, die am Sankt Gilgentag, dem 1. September 1488, auf dem Burgstall Söllhuben stattfand. Der Kapellan von der Veste Hohenaschau nahm unter der Assistenz seines geistlichen Mitbruders von Degerndorf den liturgischen Akt in der Kapelle von Söllhuben vor. Bezeugt haben ihn der Herrschaftsrichter Doktor Emmeram, der auch den Ehevertrag aufgesetzt hatte, und Gerold, der Vogt des Hauses. Das Mahl richtete ihnen der Wirt von der Burgtafern aus. Außer den Beteiligten war niemand dazu geladen.

In seiner festlichen Ansprache an der Tafel wies der Richter schmunzelnd darauf hin, dass ja eigentlich er der Stifter dieser Ehe sei, habe er doch den Bräutigam aufgefordert, seine Brautschau auf Söllhuben zu beginnen. Jetzt sei es an der Braut, dem würdigen alten Kirnstein das Blut aufzufrischen und neue Ziele zu setzen, besonders aber, den Herrn an sein Haus zu fesseln. Denn die hoch gepriesene Zeit des Rittertums gehe zu Ende, das Streiten diesseits und jenseits der Meere habe sich seit der Erfindung des Schießpulvers weitgehend erübrigt. Heute sei man imstande, seine Gegner aus sicherer Entfernung und in größeren Mengen umzubringen. Das sei lohnender, als einem Einzelkämpfer mit Spieß und Stange zu Leibe zu rücken. Heutzutage bestehe die Aufgabe des wahren Ritters in der Bekundung von Edelsinn, Duldsamkeit und Güte, von Tugenden also, die im Zeitalter der feisten Bürger und der geschwollenen Pfeffersäcke an den Rand gedrängt würden. Und für die Gemahlin eines Ritters gelte dasselbe: Die Zeit der höfischen Minne sei vorbei; die Zeit eines gemeinsamen Wirtschaftens habe begonnen. Denn nur wenn Herr und Frau in unverbrüchlicher Tatkraft zueinander stünden, könne dem drohenden Verfall der Kultur, dem Abgleiten in die Abgründe der Barbarei Einhalt geboten werden.

Und er schloss mit den Worten: »Ihr seid beide nicht mehr die Jüngsten, vergeudet deshalb eure Kräfte nicht in kindischer Liebelei, sondern haltet euch immer wieder vor Augen, was das Land eurer Väter von euch erwartet: Strebsamkeit und Einsatz!«

Am Tag darauf fuhren die sogenannten Kammerwagen mit all den häuslichen Gütern, die die Braut in die Ehe einbrachte, auf den Kirnstein und wurden dort mit Jubel empfangen. Ekbert und Klara folgten etliche Stunden später, weil es die Sitte wollte, dass die Dienstleut und die hörigen Bauern – und vor allem deren Frauen – in Ruhe und bei guter Bewirtung die Schätze der Freybergerin bestaunten, wie sie von den Wagen sorgfältig herabgenommen wurden. Dieser altüberkommene Brauch verscheuchte den Neid und die Missgunst zwischen Herrschaft und Knechtschaft und schuf gegenseitiges Vertrauen.

»Wir dürfen nicht versäumen, dem Herrn Bischof zu Freising unsere Aufwartung zu machen. Er hat ein Recht darauf, denn er ist Herr über die Biber!«, sprach Frau Klara zu ihrem Eheherrn.

Der bewunderte sie und entgegnete: »Weiß nicht, ob das bei den Kirnsteinern bisher so gehalten wurde!«

»Sicherlich nicht!«, erwiderte sie. »Denn ihr seid allesamt viel zu maulfaul! Ihr begreift, glaube ich, eines nicht: Will man die Gunst eines Menschen gewinnen, muss man durch seine Tür das Haus betreten, um nachher durch die eigene Tür mit ihm wieder herauszukommen.«

»Was erhoffst du dir von dieser Aufwartung?«, fragte Ekbert.

»Erhoffen kann man alles, erwarten kann man viel, geschehen kann nichts! Man muss sich überraschen lassen!«

Der Oktober ließ sich wunderbar an. Am zweiten Tag dieses Monats, dem Fest der heiligen Schutzengel – so hatte es ihnen der Pfarrer geraten –, ritten sie, von vier Waffenknechten begleitet, Richtung Freising. Am Tag zuvor waren sie noch auf der Biber gewesen und hatten die Verwüstung betrachtet. Jetzt zogen sie in der warmen Herbstsonne dahin, die Herzen voller Freude und zugleich voller Erwartung. Frau Klara saß auf ihrem Rappen wie eine Fürstin. Der anfangs scharfe Ritt hatte ihr Gesicht gerötet, es strahlte wie eine taufrische Blume.

Da meinte Ekbert: »Wir werden beim Herrn Bischof kein leichtes Spiel haben. Ich habe schon einmal erfahren, dass er über die Biber kaum mit sich reden lässt.«

»Mein lieber Herr!«, erwiderte sie. »Es ist das größte Übel, schwierige Dinge nur mit halbem Herzen anzugehen; denn Zaghaftigkeit ist bereits der halbe Misserfolg. Wir haben heute das Schutzengelfest, und ich bin überzeugt, dass sich der Pfarrer etwas dabei gedacht hat, als er uns zu diesem Tag riet. Die himmlischen Mächte sind über uns und mit uns. Sie werden uns die Worte eingeben und dem Herrn Bischof die Ohren öffnen – was wollen wir mehr!«

»Du wirst deine ganze Lieblichkeit aufbieten müssen!«, schmunzelte Herr Ekbert.

»Glaubst du denn«, fragte sie da, »dass sich ein Bischof, der nicht mehr jung ist, von einem Weib beeindrucken lässt? Trotzdem werde ich nicht versäumen, wie ein Orgelspieler beim Gloria alle Register zu ziehen!« Und sie lächelte ihn an wie die Morgensonne …

Sie kamen in der Bischofsstadt an und ritten den Domberg hinan. Sixtus von Tannberg, der Bischof, war ein wohlerzogener Mann. Er war von dem Besuch der

Kirnsteiner und vor allem von dessen Grund freudig überrascht. Eine solche Aufmerksamkeit war ihm bisher bestenfalls von seinen Höflingen widerfahren, wenn von ihnen einer geheiratet hatte. Dass einer von Ferne und gar vom Gebirg her gekommen wäre, war ihm noch nie untergekommen. Darum empfing er sie auch mit ausgesuchter Höflichkeit und lud sie in seinen Privaträumen zu Tisch, eine Gunst, die sonst höchstens ein ganz hoher und verdienstvoller Geistlicher erfuhr.

Wesentlich mit dazu beigetragen hatte die feine Art der Herrin vom Kirnstein, der sehr bald die Empfänglichkeit des Bischofs für Geist und Eleganz klargeworden war. Darum geizte sie auch nicht mit ihren entsprechenden Gaben und ließ ihren Witz spielen. Dies besonders, als sie nach dem opulenten Mahl noch bei einer Schale des sündhaft teueren Kaffees beisammensaßen und die wirtschaftlichen Möglichkeiten der Herrschaft Kirnstein besprachen.

Sagte da plötzlich die junge Herrin: »Hochehrwürdiger Bischof, darf ich Euch eine fast biblische Parabel erzählen?«

Sixtus von Tannberg spitzte schalkhaft die Lippen und meinte: »Dass sich eine Edelfrau auf Biblisches versteht, ist neu, um nicht zu sagen seltsam. Wir lassen Uns aber gern überraschen!«

Frau Klara begann: »Ein reicher Mann, der im Tale Josaphat drei Steinbrüche besaß, rief deren drei Verwalter zu sich und sprach: Ich ziehe für drei Jahre in ein fremdes Land und überlasse euch die Steinbrüche zu eigen. Wirtschaftet mit ihnen, und sobald ich zurückkomme, gebt ihr mir, was recht ist!‹ – Dann reiste er ab, und die Verwalter begaben sich in die Steinbrüche. Als die drei Jahre vergangen waren, kehrte der reiche Mann zurück und ließ sich von den Verwaltern Rechnung legen. – Der erste sprach: ›Herr, ich kann dir ein Viertel des erwirtschafteten Gewinns geben, wie du aus meinen Rechnungsbüchern ersiehst. Ich habe meinen Steinbruch nach besten Kräften ausgebeutet. – Der zweite sprach: ›Herr, ich kann dir die Hälfte des erwirtschafteten Gewinns geben, wie du aus meinen Rechnungsbüchern ersiehst. Ich habe meinen Steinbruch völlig ausgebeutet, sodass da nichts mehr zu holen ist!‹ – Der dritte sprach: ›Herr, ich kann dir gar nichts geben, wie du aus meinen Kladden ersiehst. Denn ich habe von meinem Steinbruch alles überdeckende Erdreich abgeräumt und habe ihn von allem Wust befreit. Jetzt kannst du den kostbaren Stein brechen lassen zu deinem großen Gewinn!«

Frau Klara schwieg.

»Geht die Parabel nicht weiter?«, fragte der Bischof.

»Hochehrwürdiger Herr«, erwiderte die Edelfrau, »die letzten Sätze solltet Ihr sprechen!«

Nach einer verhaltenen Weile fuhr Sixtus von Tannberg in der Parabel fort und sprach: »Da sagte der reiche Mann zum Verwalter: ›Du hast deinen Steinbruch nicht ausgebeutet, sondern aufbereitet. Nimm ihn und sei ein guter Verwalter – oder eine gute Verwalterin! – auch künftighin!‹« Dabei blickte der Hohe Herr mit Genugtuung auf die Edelfrau – und Klara strahlte …

Schicksalsschläge

Noch am gleichen Tag ließ der Bischof den Vertrag ausfertigen und dem Kirnsteiner einhändigen. Ebenso erging ein Schreibebrief an den Pfarrer von Degerndorf des Inhalts, dass das Kirchenvogteiamt mit allen Rechten und Pflichten an Herrn Ekbert übergegangen sei.

Als sie dann heimwärts ritten, bewunderte Ekbert seine Ehefrau wegen der Wendigkeit, mit der sie dem Bischof begegnet war, stellte aber auch die bange Frage an sie, woher denn nun die Steinbrecher kommen sollten; denn einen Steinbruch verwalten, heiße doch, mit ihm wirtschaften.

Auf diese Frage schien Klara gewartet zu haben. Ohne nachzudenken antwortete sie: »Wir werden uns an Vetter Christoph auf Hohenaschau wenden und ihn um etliche Knappen aus seinem Bergwerk am Miesenbach bitten, die kennen sich aus am Stein und werden auch einige von unseren Leuten ausbilden.«

So geschah es. Sie ritten auf die Veste Kufstein, wo Christoph von Freyberg als Pfleger saß. Das war ein leichtlebiger Herr, den Etschländer Weinen und schönen Frauen sehr zugetan. Als er die liebe Base erblickte, die er zwar kannte, doch in den Jahren der Ehe mit einer eifersüchtigen Schwarzensteinerin nicht mehr gesehen hatte, schmolz ihm das Herz wie Wachs an der Sonne, und er erfüllte ihren Wunsch, kaum dass sie ihn geäußert hatte.

Eine Woche danach zogen sechs stramme Aschauer Bergleute auf dem Kirnstein ein; Christoph hatte sie dem schönen Bäslein für zwei Jahre umsonst überlassen.

Bis gegen Weihnachten hin mussten sie erst in mühsamer Arbeit das Gelände des Bibersteinbruchs aufräumen. Dann erkannten sie, was für eine lohnende Tätigkeit auf sie zukam, und freuten sich, der Schürferei im Berg, die sie bisher gekannt hatten, entronnen zu sein. Und weil sich der Neubeginn auf der Biber bald herumgesprochen hatte, meldeten sich nach und nach einige Werksgesellen aus den umliegenden Dörfern, sodass bereits im Frühjahr 1489 der gezielte Abbau beginnen konnte.

In diesem Frühjahr zeigte sich auch, dass Frau Klara schwanger war. Und es erwies sich, dass der Herrschaftsrichter Doktor Emmeram vom lieben Herrgott erleuchtet worden war, als er sie damals Herrn Ekbert als Ehefrau empfohlen hatte. Seitdem sie sich nämlich regelmäßig »zum Arbeiten« – wie sie sagte – in die untere Turmstube zurückzog, entfaltete sich am Kirnstein eine rege kaufmännische Betriebsamkeit: Boten ritten mit Briefen und Rechnungen aus; Boten kamen mit Aufträgen und Zahlungen ein. Der Floßmeister Riederdinger hatte sich eine feste Plätte bauen lassen, sodass er auch den Versand der Mühlsteine und anderen Gesteins flussauf, flussab mitbetreiben konnte und darum bei der Burgherrin öfter aus und ein ging. Als er aber jetzt merkte, wie's um die Edelfrau stand, wurden in ihm väterliche Gefühle wach, und er ermahnte sie: »Hohe Frau, das viele Sitzen und Rechnen ist nicht gut! Euer Körper braucht Bewegung, und Euer Geist braucht Freude! Meidet die Turmstube, sooft Ihr könnt!«

»Und wer verrichtet meine Aufgaben?«

»Ihr habt doch einen Eheherrn! Lernt ihn an! Drückt ihm einen Federkiel in die Hand!«

»Er hat genug zu tun mit den Bauern und Holzern!«

»Ja, die Bauern und die Holzer! Die werden aufmüpfig. Im Tirol drin und im Schwyzerland, da gehen Leut um, heilige Leut, Predigerleut, denen aber unsereiner zur Nachtzeit nicht begegnen möcht. Die wiegeln das Kirchenvolk auf und sagen, es gebe keine Herren und keine Knechte, sondern alle Menschen seien gleich. Außerdem sagen sie, man müsse sich noch einmal taufen lassen. Und wenn da ein Herr sei, den solle man köpfen, und sein Sach solle man aufteilen unter die Heiligen der letzten Tage, denn das Himmelreich sei nahe.«

»Gehörst du auch zu diesen Heiligen?«

»Herrin, Ihr solltet mich doch so weit kennen! Oder wollt Ihr mir eine Schmach antun?«

»Behüte Gott, Riederdinger! Aber weil du mir's so dick aufs Brot gestrichen hast!«

»Ich hab's nur gesagt, damit Euer Eheherr mit den Bauern und Holzern freundlich umgeht.«

»Ist er denn grob zu ihnen?«

»Das wohl nit! Doch niemand weiß, was im Schädel von einem solchenen Lümmel vorgeht. Und ihr seid doch alle zwoa so liabe Leut!«

Dieses Wort aus dem Munde eines Inntaler Flößers hatte mehr Wirkung als die Rede eines Pfarrers am Gottesacker. Frau Klara lächelte ihm freundlich zu und versprach, die Turmstube nach Möglichkeit zu meiden.

Hatte nun der Floßmeister bloß eine Ahnung gehabt oder war er ein Mitwisser?

In der Nacht vom 6. auf den 7. März – Herr Ekbert hatte seinen Steinbrechern auf der Biber den Lohn ausbezahlt und ritt heimwärts – wurde er in einer Kehre des steilen Burgwegs zum Kirnstein hinauf von dem Landstreicher Joseph Schrefl aus Benediktbeuern vom Ross gerissen und mit einem Messer quer über die linke Backe aufgeschlitzt. Dem Ritter war es noch möglich gewesen, so laut zu schreien, dass die Torknechte herbeieilen und die Verfolgung des Bösewichts aufnehmen konnten. Als er drauf und dran war, den Inn schwimmend zu überqueren, konnten sie seiner habhaft werden. Und sie brachten ihn auf die Burg. Inzwischen hatten zwei andere den Herrn hinaufgetragen und der unter dem Tor wartenden Frau Klara zu Füßen gelegt. Das war in höchstem Maße unüberlegt gewesen, wenn man's auch den jungen Knechten kaum verübeln konnte; denn kurz darauf erlitt die Herrin eine Fehlgeburt. Die alte Beschließerin und einige Kuchlmägde sprangen ihr zwar bei, konnten jedoch das Unglück nicht aufhalten.

Der Burgvogt Jakob jagte sofort einen schnellen Reiter nach Kufstein zum Physikus Doktor Bartholomäus Rubatscher. Gemeinsam trafen die beiden kurz vor Sonnenaufgang auf dem Kirnstein ein. Die erste Aufmerksamkeit des Doktors galt der Burgherrin. Er lobte die Beschließerin, dass sie alles das getan hatte, was er selbst nicht besser hätte tun können, gab ihr einige Weisungen über das weitere Vorgehen und kümmerte sich dann um Herrn Ekbert: »Ihr dürft unserem Herrgott danken, dass das Messer sauber war; andernfalls wär's möglicherweis Euer Tod gewesen. Aber Ihr werdet gezeichnet bleiben, und das nit schlecht!«

»Wie geht's meiner Frau, Doktor?«

»Auch hier dürft Ihr danken, und zwar der Alten, die ihr das Blut gestillt hat! Solche Leut zu haben, ist eine Gnad, Herr!«

Bald erschien auch Doktor Emmeram, der Herrschaftsrichter vom Falkenstein. Er nahm sich den Schrefl vor, um die Hintergründe des Überfalls zu erkunden. Bald wurde ihm klar, dass der Mann aus purem Hass und Vernichtungswillen gehandelt hatte. Er war allem feind, was über seinen Gesichtskreis hinausragte: Adel, Kirche, Kaufmannschaft. Ja selbst den Steinbrechern auf der

Biber neidete er den guten Lohn. Und das war letzten Endes auch der Grund gewesen, dass er sich am Kirnsteiner vergriffen hatte.

»Herr Ekbert«, sagte der Richter, »'s ist ein armer Irrer. Aber wenn wir alle Irren frei in der Gegend hantieren lassen, wie's ihnen der gestörte Sinn gerade eingibt, sind wir bald unseres friedlichen Daseins nicht mehr sicher. Ich werde ihn blenden lassen. Dann kann er sich überlegen, wie er zurande kommt.«

Darauf der Kirnsteiner: »Wenn er von Benediktbeuern stammt, dann gehört er wohl den Mönchen. Sollten wir uns nicht seine Bestrafung ersparen und ihn den Klosterbrüdern übergeben? Denn als Geblendeter fällt er uns bloß zur Last.«

Der Doktor schloss sich der Meinung Ekberts an, und der Schrefl wurde zu den Mönchen gebracht. Hier stellte sich nun freilich heraus, dass der Gesell schon allerhand am Kerbholz hatte. Er war nämlich ein Jahr zuvor mit der Agnes aus Kochel verbunden gewesen und hatte sie als Kuchldirn ins Kloster gebracht. Sie dankte es ihm aber schlecht, denn sie verführte den Bruder Gärtner. Der nahm sie zu sich in den Garten und hauste dort mit ihr. Joseph Schrefl, so gelackmeiert, war in das Gartenhaus eingedrungen, hatte den Bruder ganz, die Agnes halb erschlagen und war dann geflohen.

Jetzt aber stand er vor dem Klosterrichter. Der wollte sich nicht mit Blut beflecken und überwies ihn an den Hofoberrichter nach München. Als der die zwei Gewalttaten des Mannes vernommen hatte, machte er kurzen Prozess und übergab ihn dem Folterknecht mit der Aufforderung, den Bösewicht vor der Hinrichtung noch etliche Male über die Streckbank zu ziehen; schien ihm doch die Geschichte mit dem Klostergärtner nicht ganz geheuer. Und in der Tat sagte Joseph Schrefl unter den

Qualen der Tortur aus, dass die Agnes sich aufs Brauen von irgendwelchen Getränken verstehe, die die Männer »damisch« machten.

Daraufhin wurde die Magd nach Mühldorf vors Inquisitionsgericht geschleppt und so lange peinlich verhört, bis sie das Geheimnis ihrer Liebestränke aufgedeckt hatte: Tollkirsche, Bilsenkraut, Stechäpfel und Salbei habe sie sich aus den heimischen Wäldern beschafft; Weißwein und Mandragora habe der Mönch beigesteuert. Die Braugebete habe sie allein gesprochen; der Bruder sei nur mit dem Rauchfass im Gartenhaus herumgerannt und habe »es kaum erwarten« können. Damit schien dem Gericht ihre Hexenkunst erwiesen, und auch Agnes wurde durch Ersäufen im Inn aus der Welt geschafft.

Von alledem erfuhr der Kirnstein erst im Laufe des Sommers, als die Burgherrschaft bereits wieder auf bestem Wege der Genesung war. Der Kufsteiner Physikus Rubatscher war zwar noch ein paarmal bei ihnen aufgetaucht, hatte sich aber stets mit der Überzeugung verabschiedet, dass Leute in den besten Jahren ihres Lebens dergleichen Erschütterungen unbeschadet überstehen müssten.

Und so war es auch.

Herr Ekbert trug jetzt eine fingerdicke Narbe auf der Backe, die sein Gesicht entstellte. Seine Frau tröstete ihn jedoch mit dem Gedanken, dass es hätte viel schlimmer ausgehen könnten. Sie selbst schien um ein paar Jahre älter geworden zu sein, ließ sich aber den Kummer kaum anmerken, vor allem vor ihrem Eheherrn nicht; sie hegte die Hoffnung auf eine baldige erneute Schwangerschaft.

»Euch beide hat das Schicksal in ein und derselben Stunde hart getroffen!« Der alte Jakob sprach's, als er sie eines Abends den Hang hinauf hinter die Brombeerhecke begleitete. Hier saßen sie gern zu dritt und schauten hinab ins friedliche Inntal und hinüber zu den majestätischen Bergen.

Und der Alte fuhr in seinen weisen Betrachtungen fort: »Was ist eine wirklich friedliche Welt? Müsste sie nicht durchdrungen sein vom Erlebnis der Vergänglichkeit alles Irdischen? Von der Kurzlebigkeit alles menschlichen Hoffens, Wirkens und Planens? Weil wir aber dahinleben, als hätten wir unsere Zelte für immer und ewig auf dieser buckligen Erde aufgeschlagen, verhalten wir uns wie die Gockel auf den Misthaufen: Keiner ist zufrieden mit dem seinen; jeder will auch noch den des anderen haben und auch die Hennen darauf. Wüsst er, dass er sich morgen schon im siedenden Suppentopf wälzen wird, wäre er gelassener und zufriedener. Wir sollten jeden Tag und jede Stunde segnen um ihrer selbst willen; denn aus ihnen besteht das Leben – Stunde für Stunde!«

Der Frau waren die Augen feucht geworden. Vielleicht auch dem Herrn; doch das sah man nicht, denn er schaute zu Boden. Seit dem schlichten Hochzeitstag auf Söllhuben hatte sich Herr Ekbert gewandelt. Er war sesshafter geworden, im wörtlichen, aber auch im übertragenen Sinne, er hatte die alte Unruhe abgelegt. Auch verging kein Tag, an dem er nicht von Herzen dankbar war, Klara gefunden zu haben. Und das zeigte er ihr auch.

Um dieselbe Zeit machte auch Herzog Christoph wieder von sich reden. Ruhelos und von Hass gegen seinen Bruder Albrecht geplagt, hatte er 1487 sein Schloss Pähl verlassen und war zum Fürstentag nach Nürnberg geritten – nicht etwa deshalb, weil er dort vielleicht tiefgründige Aussagen machen oder Vorschläge zur Verbesserung der Lage im Reich hätte unterbreiten können. Nein, er wollte nur die Aufmerksamkeit der Großen auf sich lenken. Sie sollten sehen, dass ein Mann von seinen Fähigkeiten sozusagen schon von Jugend an auf dem Altenteil saß. Nur weil es einem ehrgeizigen Bruder nicht in den Kram passen wollte, dass er gemeinsam mit ihm regierte – trotz testamentarischer Verordnung des gemeinsamen Vaters.

Weil nun aber bei diesem Fürstentag kein ritterbürtiger Mann anwesend war, mit dem Herr Christoph sich im Kampf hätte messen können, verfiel er auf die Idee, den Versammelten zur Belustigung ungarische Tänze vorzuführen, wie er sie am Hof des Königs Matthias Corvinus gelernt hatte, Tänze, die seine Eleganz und körperliche Wendigkeit beweisen sollten. Da gab es viele, die ihm begeistert zujubelten, aber auch viele, die ihn bemitleideten, wenn nicht gar sich für ihn schämten.

Zu diesen gehörte auch sein Bruder Sigmund. Der lebte immer noch auf der Blutenburg und verbrachte sein Dasein im Kreis von Künstlern und schönen Frauen. Er nahm Herrn Christoph mit sich, noch ehe der Fürstentag zu Ende war; denn er befürchtete, der Bruder könnte noch andere Verrücktheiten begehen und das ohnehin schon bloßgestellte Haus Bayern auch noch lächerlich machen.

Auf der Blutenburg trieben sie's alle miteinander recht bunt, denn bei Herrn Sigmund war gut leben. Das wussten vor allem etliche noble Witwen, die auf das liebliche Schloss die reichen Gaben ihrer in Ehren verblichenen Eheherren mitgebracht hatten und so zur Verschönerung der rauschenden Festivitäten beitrugen. Wie sündig es da zuging, war weithin bekannt, doch niemanden störte es; wusste doch die ganze Christenheit, dass es am päpstlichen Hof zu Rom weitaus wildere Orgien gab.

Mitten in diesen herbstlichen Wochen geschah, was sich seit einiger Zeit angekündigt hatte: Der »Kirchenmeister bei Unserer Lieben Frau«, Jörg von Halsbach, tat am 6. Oktober seinen letzten Atemzug. Fast zwanzig

Jahre hatte er an der Münchner Domkirche gebaut; sie war fast zu Ende geführt, doch die Turmhelme fehlten noch – weil den Bürgern und auch den Herzögen das Geld fehlte. Er hatte die Türme noch glatt überdeckt, war er doch schon lange zur Überzeugung gekommen, dass sich in absehbarer Zeit kein Meister und kein Werksgesell an ihre Vollendung wagen würde.

Es herrschte große Trauer in der Hauptstadt des oberbayerischen Landes, als sie den kunstreichen Mann der Erde übergaben. Alle vier Herzöge – Sigmund, Albrecht, Christoph und Wolfgang – erwiesen dem Jörg die letzte Ehre.

Als sie sich danach noch auf der Blutenburg trafen, kam die Rede fast zwangsläufig auch auf die Mitregierung Herrn Christophs. Da zeigte es sich von Neuem, dass Herr Albrecht nichts davon wissen wollte, was Sigmund und Wolfgang sehr übel vermerkten. Der betroffene Herr Christoph aber lachte bloß und verließ lachend die Burg, denn er hatte sich einen bösen Streich gegen Albrecht ausgedacht.

Davon berichtet Ulrich Füetrer aus Landshut in seiner »Bayerischen Chronik«:

Hertzog Christoff was seiner Person der ritterlich ist und berüemt ist Fürst, der sein Zeiten lebt, und ein guetter Pärenſanger an dem Jaid; den fieng er gern.

Und so begab sich der »gute Bärenfänger auf der Jagd« von der Blutenburg weg zusammen mit einigen Gesellen in den Ebersberger Forst. Dort fingen sie zwei Bären lebend, machten sie kirre (wie, das verrät der Chronist nicht!) und luden sie auf einen Karren, auf dem ein Lattenkäfig stand. Anderentags erreichten sie kurz vor Einbruch der Nacht die Alte Hofburg. Die Kienleuchten, die vor den Toren an Ketten hingen, glommen bereits und verbreiteten einen würzigen Harzduft. Christoph schickte einen Kammerherrn zum Bruder Albrecht hinauf und ließ ihn in den Burghof bitten; inzwischen öffnete er einen Lattenverschlag des Käfigs und jagte die Bären heraus – genau in dem Moment, als Herr Albrecht aus dem Tor trat. Der sah sie, wandte sich um und verschwand. Gerade dass er noch den Mut fand, durch ein seitliches Fenster in den Hof hinauszuschauen. Herr Christoph aber lachte aus vollem Hals.

Dieser Streich förderte die brüderliche Liebe zwischen den beiden begreiflicherweise nicht und war auch nicht geeignet, Herrn Albrecht dazu zu bringen, dem Bruder die Mitregentschaft anzutragen ...

Man wird diesen Bericht des fantasievollen Chronisten mit einer gewissen Vorsicht genießen müssen, denn Füetrer hatte sich an den alten, sagenhaften Ritterepen geschult und umrahmte historische Begebenheiten gern mit freundlichen Zierblüten. Der Kern dieses Ereignisses scheint aber wahr zu sein.

Christoph jedenfalls machte sich jetzt auf und davon und schloss sich in seiner Wut den »Löwlern« an, einem Ritterbund im Straubinger Land. Diese Bundesgenossen hatten sich, gestützt auf ihre festen Burgen und weiträumigen Besitzungen, schon zwanzig Jahre vorher zum »Böcklerbund« zusammengeschlossen. Sie wollten sich »zu vill aufberffen, obrigkait an sich ziechen und vortail suechen«, wie der Chronist berichtet. Um also ihre Macht auszubauen und ihren Vorteil zu suchen, hatten sie damals auch Beziehungen zum böhmischen Adel aufgenommen.

Herzog Albrecht hatte die Gefahr, die seinem Land durch diese Vereinigung von Raubrittern drohte, erkannt, war mit großem Aufgebot gegen sie gezogen und hatte die Böckler »mit heers crafft« geschlagen.

Aber die Wiederauferstehung der einstigen Böckler als Löwler bewies, dass der Krieg umsonst gewesen war. So versuchte Albrecht es diesmal auf andere Weise. Er schloss mit Christoph – nicht zum ersten Mal! – einen Vergleich: Albrecht würde den Bruder nach Ablauf eines Jahres zur Mitregierung zulassen; inzwischen jedoch solle sich dieser beim Herzog von Burgund zum Dienst verpflichten.

Christoph roch den Braten und ging nicht nach Burgund. Und das Jahr verstrich ... Da schlug Albrecht vor, man solle den Papst als Schiedsrichter anrufen.

So reisten sie also gemeinsam nach Rom. Der Papst nahm sie als Fürsten auf; sie küssten ihm den Pantoffel; über ihren Streit aber entschied er aus diplomatischen Gründen nicht. Über Loreto kehrten sie in die Heimat zurück. Und Christoph wühlte von Neuem; Albrechts Geduld wurde auf eine harte Probe gestellt.

Doch der Münchener Herr hatte sich inzwischen an die Absonderlichkeiten des jüngeren Bruders gewöhnt. Christoph war eigenwillig wie ein verzogenes Kind, eitel wie ein Komödiant, aber trotz seiner übermenschlichen Körperkräfte gutmütig. Albrecht hatte diese Eigenschaften jahrzehntelang an ihm beobachten können.

Im Jahre 1490 bat er den störrischen Bruder, der jetzt erneut auf der Blutenburg hauste, wieder einmal zu sich:

»Viellieber Bruder, soeben hat ein schneller Reiter aus Linz die Botschaft vom Hinscheiden des ungarischen Königs Matthias Corvinus gebracht. Der hatte – wie Ihr wisst – unseren Herrn Kaiser aus Wien verjagt und sich in der Hofburg festgesetzt.«

»Weshalb sagt Ihr mir das?«, erwiderte Christoph.

»Es ist Uns bekannt gemacht worden, dass Herr Maximilian, der Kaisersohn, einen Straffeldzug gegen Ungarn unternehmen will. Er sucht wackere Kämpen. Ihr könntet Euch güldene Sporen verdienen.«

Christoph horchte auf. Ein Feldzug wäre so recht nach seinem Geschmack gewesen. Jetzt müsste er gegen die kämpfen, denen er vor Jahren noch im Türkenkrieg beigestanden hatte. Doch was sollten derlei Bedenken! Noch dazu, wo er zunächst nach Wien, die Stadt der Lebensfreude, kommen würde! Und dann gar nach Ofen, wo die herrliche Beatrice saß, die jetzt Witwe geworden war! Solche Möglichkeiten durfte man sich nicht entgehen lassen, zumal ja in München oder gar erst im Pfaffenwinkel ein fürstlicher Mann schlechtweg versauern musste!

Der Feldzug und die Pilgerfahrt

Kein Wunder also, dass es Herzog Christoph eilig hatte, zum Heerhaufen des Kaisersohnes nach Wien aufzubrechen. Glücklich über diesen Entschluss des Bruders und im Bewusstsein, dass auch die tapfersten Krieger mitunter ins Gras beißen, schenkte ihm Herr Albrecht eine noble Ausrüstung und eine stattliche Geldsumme. Dann ging's dahin.

Zusammen mit vierzig schwer bewaffneten Landsknechten fuhr er bei gutem Wasserstand – es war ja Frühjahr – auf zwei Bauholzflößen über Freising und Landshut nach Deggendorf und auf der Donau weiter bis Wien. Dort ließ der Magistrat den wackeren Bayern einen glanzvollen Empfang bereiten.

Doch Maximilian vergönnte ihnen nur wenige Tage Rast. Er war von starken Rachegelüsten getrieben, hatten doch die Ungarn große Teile der Steiermark und Niederösterreichs besetzt gehalten. Er ließ die Städte Preßburg, Raab und Gran erstürmen und zog siegreich in Ofen ein.

Königin Beatrice erschien in herrlichstem Ornat unter den Toren ihres Palastes und hieß die Eroberer willkommen, als wären es liebe Verwandte. Der »Römische König« Maximilian wurde in die königlich ungarischen Prunkgemächer eingewiesen, ebenso die anderen österreichischen Fürsten. Herzog Christoph dagegen musste die Räume neben dem Privatquartier der Königin beziehen; sie wünschte alte Erinnerungen an die bräutliche Seefahrt wiederzubeleben.

Auch hier war die Rast nur von kurzer Dauer – vielleicht deshalb, weil der Heerführer seinerseits keine Erinnerungen an eine bräutliche Seefahrt hatte. Man verabschiedete sich kurz und herzlich, so wie man sich zuvor begrüßt hatte, und griff wieder zu den Waffen. Stuhlweißenburg war das nächste Ziel.

Auch hier weiß der Chronist wieder von einer Heldentat Christophs zu berichten:

Vnd da sie dann zu Stuelweißenburg für zogen, heten sie nit maynung, die stat zu gewinnen. Het auch die stat auf sie nit Sorg, bis es hertzog Cristoffen verdroß, also müßig neben der stat zu halten; wollt aber keiner ganz voraus. – Da springt hertzog Cristoff von seinem Pfärd und zuckt ainem Lanzknecht ain Schweitzer spiess vnd schreit die fueßknechtan: »Wollauf, lieben brüeder, kumbt mir nach!« Vnd lauft hin an den graben vnd springt in ein sprung an die maur vnd auf eine leitern. Damit die fueßknecht all hin nach vnd ward ein solch Metzeln durch den graben mit den spiessen, und kumen auf die Maur. Vnd als er oben was, wurf er ganze reihen kriegsleut darnieder mit schwert vnd im ringen … Vnd da die fast wunderbarlich that geschehen, wollts der Römisch kunig lonen und thet auf hertzog Cristoffen einen Ritterschlag. – Da gewinne hertzog Cristoff vil gut vnd kleinod vnd rumbwirdigkeit seines namens. – Vnd gewunnen also die stat vnd plündreten die vnd funden vnd namen gros vnsäglich guet, das man nit maint, dass in ainer stat soviel guets solt sein. Es was ain mächtige stat, vnd viel volks war hineingeflohen.

Herzog Christoph war inzwischen 41 Jahre alt geworden. Sein Lebenskampf um die Herrschaft über einen Teil von Bayern war erfolglos geblieben. Sein Name hatte im ganzen Reich und weit darüber hinaus einen guten Klang.

Die Sehnsucht seines Herzens nach einer Frau, die ihm entsprach, war nie gestillt worden. Wo fand er da noch Sinn in seinem Leben? Sollte es noch Jahre so weitergehen? Oder sollte er, nachdem er so lange seine Körperkräfte zur Bewunderung der Umwelt gezeigt hatte, jetzt auch die Kraft seiner Seele beweisen?

In den folgenden zwei Jahren hat sich in seiner Seele ein durchgreifender Wandel vollzogen. Er zog sozusagen einen Strich unter das Gewesene und setzte einen neuen Anfang. Diesen Anfang stellte merkwürdigerweise ein Testament dar, das er in dieser Zeit machte. Von Venedig, wohin der ungarische Feldzug sie verschlagen hatte, kehrten sie, mit Ruhm und edlem Beutegut beladen, wieder nach Bayern zurück. In diesem Augenblick legte Christoph seinen letzten Willen nieder. Er hatte sich entschlossen, ins Heilige Land zu ziehen, und setzte seinen Bruder Albrecht zum Erben ein:

Von Gottes genaden Wir Cristoff, pfalltzgrawe bei Rhein, hertzog in obern und niedern Bayrn, Bekennen offendlich und thun kunt aller männiglich mit disem brief: wann Wir angesehn und betracht haben die lieb trew freuntschafft und brüderlichen willen, so Uns der hertzoge Albrecht offt und manigfelltig beweist und erzeigt hat, deßhalb wir aus fürstlicher angeborner tugend und millte widerumb mit danckperkait gewegt und genaigt seien, demselben unserm lieben bruder, hertzog Albrechten, widergelltung und ergetzung zuthun, und möchten ihme und seinen männlichen leibserben verordnet, verschriben und vermacht haben Unsern vätterlichen erbtail an fürstenthumb, landen, leuten … in obern und nidern Bairn und auf dem Nordgau …, nachdem Wir auf dem wege und willens sind, mit der hilff Gottes zu dem heiligen grabe zufarn.

Gegeben zu Venedig.

Wandlungen des Herzens! All die bisherigen Jahre seines Lebens war ihm der jüngere Bruder Wolfgang immer nahe gestanden, hatte ihn sogar damals, als er in der Neuen Veste gefangen saß, vor Kaiser und Papst durch Briefe gegen Albrecht verteidigt. Diesen Bruder zu übergehen und den anderen, den ständigen Widersacher, testamentarisch als Erben einzusetzen, zeugt in einer Zeit der wittelsbachischen Hausmachtkämpfe von diplomatischem Weitblick. Doch mag die tiefere Erklärung die sein, dass alles eine feine Geste Christophs der Schwägerin Kunigunde gegenüber darstellte.

Jetzt galt es, die Wallfahrt ins Heilige Land vorzubereiten, zu der Kurfürst Friedrich von Sachsen etliche befreundete Fürsten des Reiches eingeladen hatte. Die Würde des Einladenden verlangte es, dass seine Mitreisenden ein stattliches Gefolge aufboten, wollte man doch bei der Verehrung der heiligen Stätten den dortigen Arabern auch den Glanz deutscher Ritterschaft zeigen.

Da dachte nun Herzog Christoph auch an Herrn Ekbert vom Kirnstein, den er in den Wirren der vergangenen Jahre und bei seinem ausgelassenen Lebenswandel auf Pähl völlig aus seinem Gesichtsfeld verloren hatte. Er schickte einen reitenden Boten zu ihm und lud ihn auf die Blutenburg.

Als sie dann am Abend in der Laube zusammenkamen und der Herzog die kräftige Narbe auf Ekberts Gesicht sah, meinte er: »Hast du Händel gehabt?«

»Ein Halbirrer hat mich überfallen!«

»Und wie lebst du sonst?«

»Ich bin wieder verheiratet – mit einer Freybergerin von Hohenaschau!«

»Da hast du einen guten Griff getan. Die Freyberger sind ein tüchtiges schwäbisches Turniergeschlecht. – Habt ihr Kinder?«

»In der Nacht, als mir das passiert war, ist Klara vom Kind gekommen.«

»Dann seid ihr jetzt nicht an Haus und Herd gebunden?«

»So verstanden, nicht!«

»Ekbert, ich habe einen Anschlag auf euch beide!«

»Sprich, Herr, wir sind doch Freunde!«

»Der Kurfüst von Sachsen hat mich zu einer Pilgerfahrt nach Jerusalem eingeladen. Ich brauche würdige Begleiter.«

»Willst du auf einmal fromm werden, Herr?«

»Wirfst du mir das Gegenteil vor?«

»Wie könnte ich? Denn die Gefahr, am Weihrauch zu ersticken, bestand für dich nie!«

»Lästere nicht, Ekbert! Hat man einmal die vierzig überschritten, ist es Zeit, zumindest aus gewisser Entfernung an die letzten Dinge zu denken!«

»Nun, Herr, wie immer auch! Die Kirnsteiner ziehen mit!«

Und Ekbert kehrte wieder auf seine Veste zurück.

»Vielliebe Frau, es wird weder ein Feldzug noch ein Kreuzzug sein, sondern eine schlichte Wallfahrt an die Orte, wo unser Herr Jesus gelebt und gewirkt hat und wo er gestorben ist. Dass Herr Christoph uns um sich haben will, wollen wir als Ehre betrachten – ganz abgesehen von der Tatsache, dass wir unter den Augen eines Kurfürsten des Heiligen Römischen Reiches Deutscher Nation reisen.«

Frau Klara freute sich über diese Erklärung ihres Eheherrn. Es war eine tröstende Aussicht, ihren Kummer darüber, dass ihr immer noch kein Kind geschenkt worden war, an heiliger Stätte niederlegen zu können und – vielleicht? – auf Erhörung ihrer Gebete hoffen zu dürfen.

»Wann wird die Wallfahrt beginnen?«, fragte sie.

»Dem Vernehmen nach«, erwiderte Ekbert, »sollen sich alle Geladenen Ende Mai, wenn die großen Frühjahrsstürme abgeflaut sind, zu Venedig einfinden und einen Dreimaster besteigen, den der Doge dem Herrn Kurfürsten angeboten hat. Alles andere müssen wir dem Himmel und den erfahrenen Seeleuten überlassen. Soweit mir bekannt ist, werden sie tunlichst in Küstennähe dahinsegeln, um den hohen Fahrgast nicht zu gefährden.«

»Ich habe von Seekrankheit gehört«, bemerkte Frau Klara. »Ist die schlimm?«

»Schlimm schon, doch es gibt Schlimmeres!«

Es wurde Weihnachten, das neue Jahr 1493 begann.

Im Frühjahr lief durch das ganze Abendland die Kunde vom seemännischen Glück des Genuesen Cristoforo Colombo: Er habe im Jahr zuvor einen neuen Schifffahrtsweg nach Indien entdeckt und damit erneut bewiesen, dass die Erde eine Kugel sei, nicht aber eine Scheibe, wie's die Alten gelehrt hatten. Er habe auch neue Menschen gebracht, rothäutige, und ungeahnte Mengen von Gold, das bei ihnen einen nur sehr begrenzten Wert besaß – Glasperlen und anderes glitzeriges Zeug schätzten sie weitaus höher ein.

So setzte sich allerorten die Meinung durch, dass die Seefahrt gar nicht so gefährlich sei, wie man bisher angenommen hatte. Denn die Schiffe seien aus Holz, und Holz schwimme …

»Also, teuere Ehefrau, wir können bedenkenlos das Meer befahren! Bis ins Heilige Land ist's ja doch bloß ein Katzensprung im Verhältnis zur Seereise des Genuesen!«

Mitte Mai endlich kam Herzog Christoph mit neun seiner besten Mannen am Kirnstein vorbei, um den zehnten und dessen Frau abzuholen. Sie ritten über Kufstein und Innsbruck in die Berge hinein, berührten Lienz und Villach und gelangten über Aquileia in die stolze, reiche Stadt der Lagunen. Hier lag das stattliche Schiff des Dogen bereits vor Anker und wurde eben von geschäftigen Seeleuten beladen: Kisten, mit köstlichen Speisen gefüllt, Fässer und Krüge voll edler Weine. Eine türkische Musik ging an Bord, ein welscher Geistlicher und ein ebenfalls welscher Physikus. Am verwunderlichsten war aber, dass der Kapitän am Abend vor der Ankunft des Herrn Kurfürsten und seines dreißigköpfigen Gefolges noch ein Dutzend venezianische »lustige Fräulein« in eine stille Kammer unten im Bauch des Schiffes schleuste.

Als Frau Klara diesen Aufzug sah, schüttelte sie den Kopf und fragte den Herzog, der sich gern in ihrer Nähe aufhielt: »Sind das Wallfahrerinnen?«

Spitz lächelnd erwiderte Herr Christoph: »Es bleibt abzuwarten, ob sie an heiliger Stätte in Tränen der Buße zerfließen. Der gnädigste Herr Kurfürst Friedrich jedenfalls hat darauf bestanden, sie mitzunehmen. An uns wird es liegen, dazu eine gute Miene zu machen. Liebe, edle Frau, man merkt, dass Ihr bei den braven Nagelschmieden an der Prien aufgewachsen seid und die vielfältigen Irrungen unserer Zeit bisher nicht hautnah erfahren musstet. Dankt Gott dafür und bemüht Euch, das Treiben der anderen zu übersehen!«

Da huschte ein Hauch von Traurigkeit über die lieblichen Züge der Rittersfrau.

Dann kam der Kurfürst. Unter seinen Leuten befand sich auch der neunzehnjährige kursächsische Hofmaler Lukas Cranach mit seinen großen, strahlenden Augen.

Darnach begab es sich, dass hertzog Cristoff mit seinem Vettern, hertzogen Friedrich von Sachsen, curfürsten, über meer zoch zu dem heilligen grab.

Von Lissa aus, dem heutigen Vis an der dalmatinischen Küste, wo die Pilger an Land gegangen waren, schrieb Herzog Christoph seinen letzten Brief in den für ihn bezeichnenden keilschriftartigen Zügen, eine letzte zarte Erklärung seiner Liebe gegenüber seinen Geschwistern und Schwägern – wobei er vor allem wohl an seine Schwägerin Kunigunde dachte:

Bruederlich lyb vnd trew zu voran, lyber prüder! Ich lass ew. lyb wyßen, dass ich von den genaden gotz gesundt pyn, desgleychen verhoff Ich zw gott, ew. lyb, auch ew. gemachel, meine lybe swister, seyen auch wol mügend vnd gesundt ... Auch pyt Ich ew. lyb gar freundiglych, wellt ew. gemachel mein freundlichen Dynst sagen vnd Ich wyll gar getreulych für ew. lyb vnd mein lybe swyster gar getrulych pyten jn der Hoffnung, ew. peyder lyb wellen dagegen auch vnser zu gott nicht vergeßen, damyt Vns der allmaechtyg gott mit freyden wyder zsamhelffd myt seyner peyder lyb auch gott pevohelen ...

Geben zw lyßa anertag in der jetztygen pfynst feyer
prüder CryStoff.

Alle kehrten auf das Schiff zurück, und der Kapitän stach wieder in See. Gleich am ersten Abend trat er in die Kammer des Herzogs ein; mit ihm konnte er sich ja in seiner welschen Sprache unterhalten.

»Hoher Herr«, sagte er, »wir haben einen bayerischen Edelmann an Bord, der Euch bitten lässt, für ihn bei den Hütern des Heiligen Grabes ein gutes Wort einzulegen.«

»Wer ist der Mann? Kennen Wir ihn?«

»Ob Ihr ihn kennt, weiß ich nicht, doch er kennt Euch sehr gut, denn er hat mir viel von Euren Großtaten erzählt. Auch würde er es als Ehre empfinden, wenn Ihr ihm für ein paar Minuten Gehör schenken wolltet.«

»Lass ihn kommen!«

Als dann der Nachtwind, der von Dalmatien übers Meer herüberstrich, sich ein wenig gelegt hatte, die kursächsische Standarte vom Hauptmast schlaff herunterhing und das Schiff in ruhiger Fahrt dahinglitt, trat der Kapitän mit dem Herrn bei Christoph ein. Beide verneigten sich, der Kapitän sagte »Ich warte vor der Tür!« und ging.

»Gnädigster Herr«, begann der andere, »ich bin Jörg vom Wackerstein, Ministeriale auf der Vohburg. Mein Vater stand im Dienste des Eurigen und der schönen Agnes Bernauerin. Ich bitte um Eure gütige Vermittlung in Jerusalem.«

»Was habt Ihr verbrochen?«

»Ich bin ein Ehebrecher. Der Hofoberrichter hat mich zu dieser Bußfahrt verdammt. Doch geht es mir nicht so sehr um mich, gnädigster Herr, sondern um eine Frau Anna aus Pförring, mit der ich mich versündigt habe. Denn Ihr müsst wissen, sie soll lebendig eingemauert werden und ich soll den ersten Stein an ihr Grab legen, sobald ich wieder daheim auf Wackerstein bin. Und nur wenn ich nicht mehr zurückkäme, wäre ihr der schreckliche Tod erspart. Soll ich mich nun selbst richten? Oder könntet Ihr, gnädigster Herr, beim Heiligen Grab auch für sie eine Absolution erwirken? Was soll ich tun?«

Der Herzog überlegte eine Weile, dann grinste er den Wackersteiner an: »Ihr seid ein Spaßvogel, Herr! Oder glaubt Ihr, dass es eine Absolution auf Distanz gibt? Die wir uns in Jerusalem in die Satteltasche packen lassen, um sie dann geruhsam mit nach Hause nehmen und in Pförring Eurer Betthäsin überreichen zu können? Wie stellt Ihr Euch das vor?«

»Ach Gott, Herzog Christoph, ich habe mir drunten in meinem Verlies bei der Kielkammer schon so viel vorgestellt, dass ich sachte dabei bin, meinen Verstand zu verlieren! Gebt doch Ihr mir, ich bitt Euch, einen Rat!«

»Jörg vom Wackerstein, ich glaube, dass es immer noch einen Herrgott gibt, der das Krumme geradebiegen kann. Vertraut Euch ihm an, und auch Wir werden das Mögliche tun! Sonst können Wir Euch nichts raten.«

Der Wackersteiner bedankte sich und wurde vom Kapitän wieder in den Bauch des Schiffes hinabgeleitet.

Darauf rief der Herzog seinen Freund Ekbert zu sich und berichtete ihm alles, fragte ihn auch nach seiner Meinung.

Den Kirnsteiner hatte seine Lebenserfahrung reif und milde gemacht – anders als das bei Christoph der Fall war. Er meinte: »Der Mensch braucht gemeinhin mehr Liebe, als er verdient. Weil diese Regel häufig nicht beachtet wird, werden aus Eheleuten manchmal Kaufleute, und das Sakrament wird zum Handelsvertrag. Man müsste beiden – Herrn Jörg und seiner Ehefrau – zu einer Korrektur ihres Zusammenlebens raten. Wallfahrten und die Gespielin einmauern dient zu nichts!«

»Ein kluges Urteil! Und die Hüter des Heiligen Grabes, wie werden die urteilen?«

»Ich fürchte, sie werden die Liebe an den Buchstaben und ans Gesetz verraten ...«

Das Meer und der Wind waren den Seefahrern günstig. Nahe der Insel Kephalonia setzte der Kapitän ein Versorgungsboot aus, um Trinkwasser und Wein einzuholen. Denn die hochrangigen Wallfahrer sprachen den an der Mittelmeerküste gereiften Weinen so stark zu, dass der eiserne Vorrat angegriffen werden musste. Herr Ekbert und Frau Klara fragten sich, welchen religiösen Sinn denn eine Wallfahrt ins Heilige Land habe, wenn man unterwegs nicht nur nicht bete, sondern sich dem Saufen und sogar noch ganz anderen Dingen hingab. Im Bauch des Schiffes nämlich kamen die kursächsischen Herren mit den fast ganz entblößten lustigen Fräulein zu Tanz und Gelage zusammen, und all das dauerte mit großer Regelmäßigkeit bis in den frühen Morgen hinein.

Dabei fiel dem jungen Hofmaler Lukas Cranach die Aufgabe zu, die prickelndsten Szenen in schönen Skizzen festzuhalten. Als Frau Klara ihn einmal am Mittag auf dem Verdeck traf, wollte sie wissen, wie denn er diese Gelage beurteile. Da überreichte er ihr eine Skizze, die den biblischen Sündenfall darstellte, und erwiderte hinter vorgehaltener Hand: »Ich versuche, mir das Treiben zunutze zu machen, obwohl's mich anekelt.«

Eine ähnliche Frage stellte sie dem Geistlichen, der an Bord war. Der zuckte nur mit den Achseln und meinte, das sei bei Wallfahrten der besseren Leute nach Jerusalem so der Brauch; denn mit einer solchen Wallfahrt sei laut Dekret des Heiligen Stuhles der Nachlass aller Sünden und Sündenstrafen verbunden, sodass man keinen Grund sehe, sich schon auf der Hinreise Schranken aufzuerlegen …

An Kandia auf Kreta vorbei segelte das venezianische Schiff nach Famagusta auf Zypern. Ein hell beleuchtetes Boot blockierte den Zugang zum Hafen: Die Einfahrt wurde nicht erlaubt, denn zu oft schon hatten große Schiffe das Hafentor beschädigt, weil die Steuerleute betrunken waren. Der Kapitän ließ daraufhin die Anker auswerfen und ringsum Töpfe mit »griechischem Feuer« aufs Wasser setzen, einem Brandmittel, das hier dazu dienen sollte, Diebe abzuhalten. Die Cyprioten nämlich – so hieß es – scheuten sich nicht, nachts an fremden Schiffen emporzuklettern und Beute zu machen.

Dann neigte sich die Seereise ihrem Ende entgegen. Die Landung in Jaffa stand bevor.

Das Pfand des Herzogs

Die Venezianer, denen Jaffa gehörte, hatten aus Sicherheitsgründen die Landestellen im Hafen in miserablem Zustand belassen, sodass es hafenfremden Seefahrern fast unmöglich war, irgendein Schiff zu entladen. Deshalb und wegen des hohen Seegangs war der mächtige Dreimaster schon weit vor dem Hafentor vor Anker gegangen und wartete nun auf die seldschukischen Bootsleute, um die hohen Gäste an Land zu setzen. Der Kapitän kannte diese rüden Gesellen und winkte ihnen, und sie kamen herangerudert.

Das Verlassen des Schiffes und das Besteigen der Boote vollzog sich geordnet; weniger geordnet das Aussteigen an der hohen Strandmauer – ja, es war eher halsbrecherisch! Jeder Gast musste auf den Bootsrand steigen und die Arme hochheben. Dann langten zwei robuste Araber von den Mauern herab, rissen ihn in die Höhe und ließen ihn dann auf den Boden des Heiligen Landes, der mit Kamelmist dick bepflastert war, unsanft niederfallen.

Das war – dem Himmel sei's geklagt! – ein trostloser Empfang. Die Welt bekam erst ein freundlicheres Gesicht, als etliche Franziskanerbrüder herbeikamen und die große Pilgerschar in ihr nahes Kloster führten. Herzog Christoph hatte darauf bestanden, dass auch der Büßer Jörg vom Wackerstein mit ausgebootet wurde, denn er traute dem Kapitän nicht.

Mit dem Wackersteiner waren es zusammen 33 deutsche Pilger, die jetzt von einem Mönch gastfreundlich aufgenommen wurden. »33!«, meinte er. »Die Zahl der Lebensjahre unseres Herrn!«

Noch während der folgenden Nacht brachten die Söhne des heiligen Franziskus aus der Umgebung Reittiere herbei, sodass am anderen Morgen die Reise nach Jerusalem beginnen konnte.

Der Mönch, der die Schar der Pilger führte, erklärte noch, dass man bis zur Heiligen Stadt zwar nur vierzehn Wegstunden brauche; weil aber in den judäischen Bergen Räuber hausten, tue man gut daran, vor der einbrechenden Dunkelheit feste Häuser aufzusuchen. Ein solches Haus sei das Franziskanerkloster in Arimathäa, dem Ort, aus dem der mit Jesus befreundete Gesetzeslehrer Joseph gekommen war. Hier blieben sie über Nacht.

In den Nachmittagsstunden des folgenden Tages zogen sie durch das Jaffa-Tor in die Stadt Jerusalem ein, die hinter einem Mauergürtel von vierzig Fuß Höhe lag. Sie erhielten dort einen Ausweis, einen sogenannten Ferman, der alle Mönchsorden aufforderte, den deutschen Pilgern mit Umsicht und Freundlichkeit zu begegnen. Darauf wurden sie in das geräumige Pilgerhaus unterhalb des Tempelberges eingewiesen und begaben sich dann in zwei Gruppen in den Palast des Großmeisters der Johanniter, um ihm ihre Aufwartung zu machen.

Bei der Gruppe des Herzogs von Bayern schritt auch der Wackersteiner mit. Als dann jeder Ritter dem Großmeister seine Ergebenheit bekundete und die Reihe an den Büßer Jörg kam, legte Herr Christoph dessen Geschichte im Einzelnen dar und bat um Milderung des hofoberrichterlichen Urteils gegen die Geliebte des Ritters. Nun war der Großmeister, Graf Georg von Werdenberg, der leibliche Bruder der Ehefrau jenes Herrn Niclas von Abensberg, die Herzog Christoph bei Dürnast, nicht weit von Freising, zur Witwe gemacht hatte. Der ritterliche Mönch erwähnte das jedoch in keiner Weise, sondern ließ einen Brief an den bayerischen Herzog Albrecht schreiben, in dem er um die Zurücknahme des angesprochenen Urteils bat, angesichts der Bußwallfahrt des Ehebrechers und der Vermittlung des Herrn Christoph und »indem dass« – wie sich der hohe Mönch ausdrückte – »wir alle sündige Menschen seyn«.

Die Pilger besuchten während drei Wochen nach frommer Christenart die heiligen Stätten in und um Jerusalem: die Grabeskirche und den Berg Golgotha. Sie bestiegen den Tempelberg Moriah und stellten zu ihrem großen Erstaunen fest, dass der heilige Bezirk ein Ausmaß von 42 bayerischen Tagwerk hatte. Sie wollten auch die Burg Antonia besuchen, die der Pascha von Jerusalem mit seinem Harem bewohnte, wurden aber nicht vorgelassen.

Schrecklich waren die Nächte. In Jerusalem wurden nämlich alle Tiere – Esel, Hühner, Katzen, Hunde –, die in der Stadt gestorben waren, kurzerhand auf die Gasse geworfen. Da blieben sie liegen, bis sie von streunenden Hunden aufgefressen wurden. Diese Hunde, wolfsartige, struppige Köter, waren die ganze Nacht heulend und streitend tätig, um für die Sauberkeit der Stadt zu sorgen, störten freilich auch durch ihr ständiges Gebelfer den Schlaf der Bewohner an der Gassenseite. Jedem Fremdling im Pilgerhaus war aus Selbsterhaltungsgründen untersagt, bei Nacht die Gassen zu betreten; zu groß war die Gefahr, von Arabern überfallen oder von Hunden gebissen zu werden, wenn man nicht gar einer Horde von Aussätzigen begegnete.

Nachdem sich die deutschen Pilger in den zahlreichen Gotteshäusern und Klöstern um ihre Reinigung von Schuld und Sünde bemüht hatten, schlug die Stunde der Heimkehr. Sie nahmen den gleichen Weg, auf dem sie gekommen waren, nur trennten sie sich in zwei

Gruppen – Sachsen und Bayern –, um nicht durch ihre große Zahl die in den Bergen versteckten Räuber umso mehr zu reizen. Doch das stellte sich als Fehler heraus. Der Kapitän, ein zwielichtiger Gesell, hatte nämlich dem Raubgesindel verraten, dass Wallfahrer von hohem Rang unterwegs waren.

Die Gruppe um den Kurfürsten trat den Heimweg früher an und erreichte auch unbehelligt Jaffa, wo man auf dem Schiff die Bayern erwarten wollte.

Diese waren zu dem Zeitpunkt auch noch guter Dinge, wenn auch durch den Nacht um Nacht gestörten Schlaf ein wenig zermürbt. Sie zogen gerade die siebzehn Straßenwindungen zum hoch gelegenen »Weintraubendorf« hinauf; hier wollten sie die Nacht verbringen. Als sie aber den Gipfel des Berges erreicht hatten und sie die herrlich weite Ebene von Scharon überblickten, gewahrten einige am Hang unter alten Olivenbäumen einen Brunnen, der in ein Becken von schweren Steinen gefasst war. Obwohl der Franziskanerbruder zur Wachsamkeit riet, stürmten sie – ausgedörrt von der Hitze des staubigen Tages – den Steilhang hinab.

Da schossen hinter einigen mächtigen Felsblöcken mit fürchterlichem Geschrei und erhobenen Krummsäbeln etwa zwanzig Seldschuken hervor. Herzog Christoph und die Seinen zückten ihre kleinen Katzbalger, und schon war der Kampf entbrannt. Der braune Mönch und Frau Klara schlichen seitlich hinter die Ölbäume und dann hinunter zum Brunnen.

Inzwischen hatten die Bayern unter den Räubern ordentlich aufgeräumt. Herr Christoph, den einer am Arm verwundet hatte, rannte nun auf den Brunnen zu und schöpfte daraus mit der hohlen Hand. Doch da schrie der Franziskaner: »Um Gottes willen, Herr, lasst das! Die Zisterne könnte verseucht sein!« Indes, der Herzog hatte bereits getrunken und ging daran, sich die Wunde zu waschen. Dem kam jedoch der brave Bruder zuvor und hielt ihn davon ab. Es folgte ein erregter Wortwechsel zwischen den beiden, bis Herr Ekbert den Freund zur Seite nahm und seinen Arm mit etwas Wein beträufelte, den er in einem Ziegenschlauch am Sattel trug.

Dann brach schnell die Nacht herein, doch wurde die satte Finsternis durch einen zaghaften Mondenschein schwach erhellt, sodass sich alle unter die dunklen Ölbäume zurückziehen konnten.

Es wurde eine böse Nacht.

Kaum hatte sich der Herzog zur Ruhe gelegt, da erschütterten ihn starke Konvulsionen und Fieberschauer. Im schwachen Schein eines griechischen Lichts rieb Ekbert den Freund mit Wein ab und goss Öl in seine Wunde, während der Mönch danebensaß und betete. Frau Klara und Herrn Christophs Mannen suchten sich im Schatten der Felsblöcke und düsteren Bäume wachzuhalten. Denn wer wollte schon den Arabern in den Bergen trauen!

Und tatsächlich: Im klar aufziehenden Morgen, als sich die Spitzen der Berge mit einem lichten Schimmer überzogen, stiegen sie leise wie die Schakale der Wüste aus diesen Bergen nieder; denn sie wollten solche Pilger – einen Herzog mit erlesenem Gefolge – nicht entwischen lassen. Man konnte für sie beachtliche Lösegelder fordern. Andernfalls würde man sie auf dem Sklavenmarkt zu Cäsarea in bare Münze umsetzen; es waren ja harte, kräftige Gesellen – und Christenhunde obendrein.

Die jungen bayerischen Herren – einer von Maxlrain, einer von Hohenburg, einer von Kranzberg, einer von Hohenkammer, dazu Wilhelm von Preysing sowie der Wackersteiner und Ekbert vom Kirnstein – trugen den Herzog ein Stück den Berg hinab und legten ihn in ein ausgetrocknetes Bachbett; der Franziskaner und Frau

Klara setzten sich zu ihm. Die Männer kehrten wieder hinter ihre Felsen zurück. Und warteten und lurten nach allen Seiten.

Mit einem Mal flüsterte der Kranzberger: »Drunten ziehen Fackeln über die Ebene her. Ob's unsere Sachsen sind?«

Erwiderte Ekbert: »Feinde sind's nicht; die trügen kein offenes Licht!«

In dem Maß nun, wie die Bayern wieder Mut fassten, verloren ihn die Räuber und zogen sich erneut in ihre Berghöhlen zurück, denn auch sie hatten die Fackelträger in der Ebene gesehen.

Nach einer knappen Stunde trafen die Sachsen ein: sechzehn prächtige Junker. Sogleich richteten sie zwischen zwei Mauleseln eine Sänfte und legten den bayerischen Herzog hinein. Zu Mittag waren sie in Jaffa und betraten das Schiff. Der Physikus an Bord stellte – was alle vermutet hatten – eine innere Vergiftung fest und machte ein besorgtes Gesicht. Darauf wandte er sich an den Kurfürsten und bat ihn, er solle unverzüglich befehlen, die Segel zu setzen, die Anker lichten und den Hafen von Rhodos anzulaufen. Wenn noch irgendwo Rettung zu erwarten sei, dann nur auf der Burg der Johanniter über der Stadt. Die dortigen Rittermönche besäßen treffliche Ärzte und – was fast noch mehr zähle – geheime morgenländische Heilmittel von bedeutender Wirkung.

Der Kapitän setzte also die Segel vor den Wind, obgleich ihm dabei nicht ganz wohl war, weil die Rhodiser um die niederträchtigen Praktiken der venezianischen Seefahrer und ihr Zusammenspiel mit den seldschukischen Räubern in den Bergen Judäas wussten. Als dann die Insel Rhodos in Sicht kam, erklärte er, er könne wegen des unruhigen Seegangs nicht in den Hafen einfahren, sondern werde ein Boot ablassen. Dagegen wehrten sich aber die Herren aus Bayern, weil sie ihren Herzog begleiten und sämtlich an Land gehen wollten. Sie setzten sich durch.

Die Johanniter nahmen sich des Fürsten liebevoll an. Sie waren vom Meister ihres Ordens, dem Grafen Georg von Werdenberg, aufgefordert worden, den bayerischen Pilgern, falls sie auf der Insel einkehren sollten, alle Obsorge zuteil werden zu lassen.

Doch ihre Bemühungen waren vergeblich.

Als der Herzog spürte, dass es mit ihm zu Ende ging, rief er seinen Getreuen Ekbert zu sich und schickte die frommen Brüder vor die Tür seiner Kammer.

Dann übergab er dem Kirnsteiner ein mit Perlen verziertes Band.

Der brauchte einen Moment, um es zu erkennen: Es war das Band, das damals die Kaiserstochter Kunigunde beim Turnier in Wien als Siegespreis ausgesetzt hatte. Christoph hatte es seitdem heimlich immer bei sich getragen … Es brauchte keiner Worte, damit Ekbert verstand, was er zu tun hatte.

Das war am 8. August des Jahres 1493.

Die Heimkehr

Von jetzt an betrachteten alle bayerischen Herren den Kirnsteiner als ihren Leiter und Gebieter auf der Heimfahrt; trug er doch den wichtigsten Nachlass ihres Herzogs Christoph bei sich, den er in München in die Hände einer geliebten, doch unerreichten Frau legen würde. Ein Stück, das mit der Erinnerung an Christophs Kraft ebenso verflochten war wie mit der Erinnerung an ihre einstige Verehrung – wenn nicht sogar Liebe.

Weil bereits die Herbststürme über das Ägäische Meer tobten, ging für längere Zeit kein Venezianer mehr in Rhodos vor Anker. So vertrauten sich die Bayern einem griechischen Seefahrer an, obwohl sie wussten, dass sie von diesem genauso betrogen und übers Ohr gehauen werden würden wie von dem anderen, wenn sie nicht äußerst vorsichtig wären.

Das erwies sich bereits zwei Tage nach dem Verlassen des Hafens. Da erklärte nämlich der Kapitän Hermes ganz kaltschnäuzig, er könne sich leider nicht an den auf Rhodos vereinbarten Preis für die Überfahrt halten, weil er zunächst Byzanz anlaufen müsse: sein Schiff weise einige schwerwiegende Schäden auf und könne seine Fahrt erst nach einer vierwöchigen Überholung fortsetzen. Für diese vier Wochen aber müsse er die Verpflegung berechnen.

Nun waren die bayerischen Herren zwar keine armen Leute, doch diese offensichtliche Unverfrorenheit ging ihnen zu weit. Sie setzten sich zusammen und berieten.

Und sie kamen überein, mit den Schiffleuten unauffällig über den Zustand der Karavelle, über den Kapitän Hermes und überhaupt über ihre Fahrten und das Klima an Bord zu reden.

Das tat vor allem Herr Wilhelm von Preysing, der seine Jugendjahre im Welschland verlebt hatte: Wann immer er einem auf Deck begegnete, redete er ihn leutselig an, und die meisten verstanden sein Venezianisch. Bald steckte er auch dem und jenem eine Münze zu und erfuhr so Zug um Zug allerhand Merkwürdiges – mehr, als ihm lieb war. Dann setzten sie sich immer wieder zusammen und arbeiteten für den nächsten Tag neue Fragen und Erkundungen aus.

Nach einer guten Woche gelangten sie zu der Überzeugung, in die Hände eines besseren Seeräubers geraten zu sein. Denn zum einen war das Schiff soeben erst in Rhodos überholt worden; zum anderen dachte Hermes mit Sicherheit nicht daran, Byzanz anzulaufen, weil er dort schon seit Jahren wegen dunkler Machenschaften gesucht wurde. Freilich wusste niemand, was er im Schilde führte, doch es war möglich, dass er sich irgendwo an der ionischen Steilküste mit Handelspartnern – das waren zumeist Aufkäufer von Sklaven – treffen würde.

Diese schicksalhafte Lage zwang die bayerischen Pilger zu einem raschen Gegenzug. Zunächst gewannen sie das Vertrauen jener Männer der Besatzung, die die niedrigsten Dienste zu verrichten hatten und darum von den anderen gepeinigt wurden – nicht selten sogar mit der Peitsche. Dann untersuchte der Wackersteiner die Kielkammern des Schiffes und fand durch dort lagernde Ketten und Wandringe bestätigt, dass sie für die Aufnahme von Sklaven gedacht waren; zurzeit waren dort etliche Pulverfässer untergebracht. Vorne am Bug hingen beidseits der Galionsfigur zwei Boote, ausgestattet mit neuen

Öldecken; über ihnen leuchteten bei Nacht die beiden mächtigen Positionslampen.

Der Preysing hielt sich stundenlang beim Steuermann auf, einem alten Inselfischer. Er war ein kluger Mann, mit den Tücken der Ägäis vertraut. Der Kapitän hütete sich, ihm viel dreinzureden, wohl wissend, dass er ihm an Erfahrung das Wasser nicht reichen konnte. Der Preysing verstand in geschickter Weise, diesem alten Seebären persönliche Gepflogenheiten des Kapitäns zu entlocken.

Dabei erfuhr er, dass die Karavelle in den nächsten Tagen auf der Höhe des alten Ilion vor Anker gehen werde, weil Hermes Freunde an Land besuchen wolle.

Und nun folgten rätselhafte Worte, die sich aber Preysing durchaus ausdeutschen konnte: Bei solchen Besuchen lade der Kapitän seine Gäste mit ein. Er, Steuermann, wolle nichts gesagt haben, doch er halte es für angezeigt, die hohen Herrschaften von diesem bevorstehenden freudigen Ereignis in gebotener Verschwiegenheit zu unterrichten. Vor der Ausbootung werde gewöhnlich ein kleines Fest gefeiert, bei dem Hermes allen an Bord – Gästen und Mannschaften – ein erlesenes Gelage biete.

Als der Preysing seinen Freunden dieses Gespräch am Abend mitteilte, waren sie überzeugt, dass nunmehr der Ernstfall bevorstand. Hermes würde seine Gäste und seine Mannschaft – ausgenommen ein paar Bootsleute – bis zur Bewusstlosigkeit betrunken machen. Daher war oberstes Gebot, bei dem Gelage Vorsicht und Enthaltsamkeit walten zu lassen. Erst wenn die Besatzung ihrer Sinne nicht mehr mächtig wäre, wollten sie sich unauffällig Mann für Mann von der Tafel lösen.

Ein lauer Abend senkte sich über das Mittelmeer, dem Kalender nach schier zu freundlich und zu mild. Die Karavelle war zwischen bedrohliche Klippen hineingefahren und hatte dort Anker geworfen. Auf der Plattform inmitten des Schiffes deckten junge Seeleute eine weitgedehnte Tafel. Sie waren freudig erregt.

In prächtigem venezianischen Gewand trat Kapitän Hermes in die große Kammer der bayerischen Herren: »Hohe Gäste! Es ist an der Zeit, dass wir uns endlich in brüderlicher Geselligkeit begegnen, so wie es auf Karavellen der Brauch ist. Lasst also alle Hemmungen üblicher Gehörigkeit fahren und bedient Euch mit Speise und Trank, die ganze Nacht! Morgen Früh oder am Mittag werden wir zur Aufheiterung der Gemüter an Land gehen und versuchen, ein paar süße Penelopeias zu genießen!«

Ihm erwiderte der Kirnsteiner: »Kapitän, wir kommen zwar vom Heiligen Land, wollen aber keine Spaßverderber sein!«

Darauf begann das Festmahl. Der Koch servierte erlesene Gerichte, ein anderer schenkte gute Weine aus tönernen Krügen ein, und der Kapitän schritt aufmunternd von Gast zu Gast und nötigte schier jeden einzelnen. Die Männer der Besatzung brauchte er nicht zu nötigen, weil die meisten in vorgerückter Nachtstunde ihrer Sinne schon nicht mehr ganz mächtig waren und untereinander sowie mit Hermes zu hadern und zu streiten begannen. Die Bayern ergötzten sich zwei Stunden an diesem wüsten Durcheinander und taten dabei so, als ob auch sie schon bald unter den Tischbeinen landen würden. Dabei beobachteten sie den Kapitän genau.

Der verschwand plötzlich in seiner Kajüte, kehrte aber bald mit einem kleinen Ziegenschlauch, den er im Ärmel versteckt hatte, ins Mittelschiff zurück. Er ließ die Krüge erneut füllen, schaute forschend in jeden hinein und ließ dann die wertvolleren zu den Gästen tragen. Wie der Herr von Hohenkammer beobachten konnte, spritzte er bei der »Prüfung« der Krüge in jeden einen guten Schuss aus seinem Ärmel hinein. Diese Beobachtung teilte der bayerische Edelmann Herrn Ekbert mit.

Der erhob sich von der Tafel, henkelte sich bei Hermes in den Arm und zerrte ihn mit feuchtfröhlichem Getue an seinen Platz zurück. Und er rief laut: »Lasst uns jetzt unseren generösen Kapitän feiern! Einen ganzen Krug auf sein Wohl!«

Die Becher wurden gefüllt, der größte für Hermes. Sie umringten den Mann, dessen Augen ängstlich zu flackern begannen, und zwangen ihn mit sanfter Gewalt, den Pokal zu leeren. Weil Hermes den Wein jedoch nicht schluckte, rann alles über seine Backen in die kostbare spanische Halskrause hinein.

»Gilt nicht! Gilt nicht!«, schrien einige und langten nun richtig zu. Einer trat ihm in die Seite, ein anderer verdrehte ihm hinterrücks den Arm, ein dritter beugte ihn über die Tafel nach hinten, und wieder einer flößte ihm in genüsslicher Ruhe, ohne dass auch nur ein Tropfen danebengeronnen wäre, den ganzen Pokal ein – zum Hallo der johlenden Besatzungsmannschaft.

Dann nötigten sie ihn, sich in ihre Mitte zu setzen. Er schüttelte sich zwar, konnte jedoch ihren unauffälligen, aber harten Zugriffen nicht standhalten. Nach kaum einer Stunde zeigte sich an ihm die lähmende Wirkung des gefälschten Trankes: Er wurde müde und sackte im Sessel zusammen wie ein nasses Tuch.

Ekbert vom Kirnstein wandte sich jetzt an den Steuermann und zwei andere, die an dessen Seite saßen: »Ihr seht, was er uns zugedacht hatte. Von Stund an bestimmen wir den Kurs! Wir laufen zunächst Byzanz an und übergeben den Kapitän Hermes dem dortigen Seeamt. Sollte unter euch einer sein, der uns zuwiderhandelt, hat auch er das Schicksal dieses Mannes zu gewärtigen. – Schüttet jetzt den Inhalt der Krüge über Bord! Das Fest ist zu Ende!«

Sie fuhren am Goldenen Horn in den Hafen Bukoleon ein und übergaben den dort gesuchten Kapitän Hermes dem Seegericht, nicht ohne zu versichern, dass sich die Schiffsmannschaft ihnen gegenüber äußerst korrekt verhalten habe.

Die Richter ließen sich das Abenteuer seiner Gefangennahme eingehend erzählen und verfügten dann, dass die Karavelle vorerst nicht mehr auslaufen dürfe. Sie versicherten auch den bayerischen Fahrgästen, es werde in spätestens einer Woche ein venezianischer Dreimaster vorbeikommen und sie auf Gerichtskosten in die Lagunenstadt mitnehmen, denn der Doge würde froh sein, den räuberischen Seemann so ganz ohne Aufwand geschnappt zu haben.

Inzwischen kündigten wilde Stürme über der aufgewühlten Ägäis den langsamen Abschied des Jahres 1493 an, eines Jahres, das für den Kirnsteiner und den Wackersteiner reich an Erlebnissen gewesen war. Oft standen sie an der hohen Reling des mächtigen Dreimasters und schauten den Wogen entgegen, die sich wie Buckel gewaltiger Meeresungeheuer an den Bug heranwälzten und sich, während sie von ihm zerschnitten wurden, schäumend aufbäumten, als wollten sie sich für diese Behandlung rächen. So war es wohl auch dem alten griechischen Helden Odysseus ergangen, wenn er auf dem Schiff stand und nach der Heimat ausschaute, die ihm ein rächender Meergott missgönnte.

»Was werde ich daheim an der Donau zu erwarten haben?« Es war eine bange Frage, die da Herr Jörg dem anderen stellte.

Ekbert erwiderte: »Mit dem Erwarten ist es merkwürdig: Man erwartet immer das Beste und befürchtet doch zugleich stets das Schlechteste. Glücklich der, welcher seine Fragen an die Zukunft seelenruhig in die Hand des

Herrgotts legt! Der Himmel wird es schon lenken und richten, auch wenn er stürmt und tost.«

»Seid Ihr ein Pfaffe, dass Ihr so redet?«

»Nein, das bin ich nicht! Mich hat jedoch das Leben schon recht gebeutelt. Da lernt man sich bescheiden, lernt sich selbst zurückzustellen. In den Jahren unseres jugendlichen Aufbäumens gegen alles und alle haben wir uns hingestellt, als hätten wir die Welt um einen billigen Zinsgroschen gepachtet. So hat sich unser Herzog Christoph benommen! Er war ein herrlicher Mann, er hat das halbe Abendland in seinen Bann geschlagen – und jetzt ruht er auf einer verlorenen Insel, und übers Jahr hat man ihn vergessen ...«

Der Wackersteiner schaute stumm an seiner Nase nieder. Auch er war ein solcher Welteroberer, ein aufgeblasener Windbeutel! Weil sich die Pförringerin in den Hüften gewiegt und ihm Lockaugen gemacht hatte, hatte er das Herz seiner Ehefrau mit Füßen getreten, hatte sogar seine beiden kleinen Töchter vergessen ...

»Herr Ekbert, wie müsste ich's anstellen, um Weib und Kinder wiederzugewinnen?«

»Ihr dürft nichts überstürzen! Kommt Zeit, kommt Rat! Zuerst müsst Ihr das schwere Bündel loswerden, das Ihr Euch mit der Gespielin aufgebürdet habt. Denn noch steht das Urteil des Hofoberrichters. Der Brief des Großmeisters der Johanniter wird es – vielleicht? – entkräften. Wenn jedoch Ihr selbst keine Reue zeigt, könnte früher oder später die alte Treulosigkeit wieder um sich greifen, und die Forderung nach dem Grab in der Mauer müsste sich wiederholen. Das wäre Euer ureigenes Verbrechen! Bedenkt das! – Erst wenn alle Brücken zwischen Euch und diesem Weibe abgeworfen sind, könnt Ihr versuchen, als ein Bettelmann vor das Angesicht Eurer Familie zu treten; ich wiederhole: als Bettelmann!«

Zaghaft fragte der Wackersteiner: »Herr, könnt Ihr mir helfen bei alledem, was auf mich jetzt zukommt?«

Darauf Ekbert: »Solange ich das Schreiben des Großmeisters im Vermächtnis meines Herzogs bei mir trage, bin ich an Euer Schicksal gekettet, und nur Ihr selbst könntet mich entbinden ...«

Weil der hohe Seegang inzwischen stärker geworden war und der Sturm in gewaltigen Böen um die Masten pfiff, trat ein Seemann zu ihnen und bat sie, sich in das Innere des Schiffes zu begeben. Herr Jörg dankte dem Kirnsteiner mit feuchten Augen, und beide verließen die Reling; der eine begab sich in die große Gemeinschaftskammer, Ekbert in die kleine Kajüte, die er mit Frau Klara bewohnte. Als er vor seiner Türe stand, wurde ihm mit Schrecken bewusst, wie wenig er sich in all den Wochen dieser Pilgerfahrt um seine Frau gekümmert hatte; die Sache des Herzogs, die Sache des Wackersteiners und die Sache des räuberischen Kapitäns waren ihm vorrangig gewesen.

Er trat bei Frau Klara ein. Da sah er sie auf den Knien liegen. Sie betete den Rosenkranz. Und schaute traurig drein.

»Warum weinst du?«, fragte er bestürzt.

»All die Wochen her hatte ich gehofft, der Himmel möchte uns ein Kind schenken. An allen heiligen Stätten Jerusalems habe ich darum gebetet – vergebens!«

Er nahm sie in die Arme: »Klara, habe ich dir deswegen je einen Vorwurf gemacht? Habe ich dir nicht immer wieder erklärt, dass wir der heilenden Zeit ihr Recht lassen müssen? Denk doch, du bist noch jung genug! Vorab müssen wir darauf bedacht sein, heil auf unseren Kirnstein zu kommen.«

»Hast du Bedenken, dieses höllische Wetter könnte uns zugrunde richten?«

»Bedenken nicht, Klara! Wir wären aber nicht die Ersten, die ihr Grab auf dem Meer finden. Ich glaube, du hast das einzig Richtige getan. Ich will dir helfen!« Er kniete sich neben die Frau an die gemeinsame Pritsche hin, und sie beteten weiter: »... der für uns das schwere Kreuz getragen hat ...«

Als sie sich darauf erhoben, meinte er: »Wenn wir unser Kreuz gemeinsam tragen, trägt jeder die Hälfte ...«

Es war eine irre Fahrt gewesen, und es war kein Zufall, wie oft sie sich auf dem Dreimaster mit Reue und Leid ihrer Sünden bewusst wurden. Doch dann gingen sie am Allerseelentag bei Venedig vor Anker. Der Doge empfing sie, bestellte ihnen die Grüße der Sachsen, die schon vierzehn Tage zuvor angekommen waren, und bekundete ihnen sein Mitgefühl über den Tod ihres Herzogs. Er rüstete sie auch mit Rössern und einer Maultiersänfte für Frau Klara aus. Doch als er sie zu einem längeren Aufenthalt einlud, baten sie, den Rückweg rasch antreten zu dürfen.

Sie nahmen denselben Weg, auf dem sie gekommen waren. Achtzehn volle Tage mussten sie sich über die Alpen durch Eis und Schnee quälen, ehe sie, vom Brenner kommend, das Kloster Wilten erreichten. Man nahm sie auf, wie man jeden Fahrenden aufnahm, denn da war niemand mehr, der sich an jene jungen Heißsporne erinnert hätte, die vormals nach Pavia gezogen waren. Gerade dass noch einem Stallknecht einfiel, wie damals ein junger Bayernfürst dem Wilderer die brennende Hirschdecke vom nackten Rücken heruntergeschleudert hatte.

In Hall mieteten sie zwei Plätten und ließen sich – bisweilen zwischen dahingleitenden Eisschollen – den Inn hinab treiben. Als sie bei Erl am Mühlgraben vorbeikamen, der von der blauen Quelle gespeist wird, und um die alte Rieder-Scheune bogen – da stockte Herrn Ekbert der Atem. Vor ihm, da, wo er seinen Kirnstein zu sehen gehofft hatte, ragten geschwärzte Brandmauern in den Himmel, und die zwei hohlen Fenster des Turmes kamen ihm vor wie weinende Augen. Frau Klara warf sich ihm an die Brust. So standen sie und schauten, reglos wie marmorne Gestalten, unfähig zu reden, unfähig zu weinen. Es dauerte eine Weile, ehe die anderen Herren auf der Plätte erfasst hatten, was da über die Kirnsteiner hereingebrochen war. Dann aber versicherten sie ihnen Schutz und Hilfe.

Als sie darauf an ihrer Wiese anländeten und mit Jörg vom Wackerstein das Gefährt verließen, bat Ekbert den von Preysing, dem Herzog Albrecht in München zu sagen, er werde mit Christophs Vermächtnis in den nächsten Tagen bei ihm ankommen; er wolle nur noch zusehen, wohin er in der kommenden Zeit sein Haupt legen und unter welchen Mannes Tisch er seine Beine strecken dürfe.

Das war ein trauriges Scheiden.

Drüben beim Bauern unter der Burg saß der alte Jakob, den Ekbert als seinen Vogt bestellt hatte. Trotz des vielen Schnees, der die Wiese bedeckte, stapfte er mühsam der jungen Herrschaft entgegen.

»Herr«, sagte er und fiel auf die Knie, »der Himmel hat es so gewollt; ein Blitzstrahl hat in Schutt und Asche gelegt, was Euer und Eurer Väter Schutz und Schirm war. Wir alle haben in jener Gewitternacht im August zu retten versucht, was nur möglich war – aber es war nichts möglich, gar nichts. Die Hitze des Sommers hatte Balken und Schindeln ausgedörrt, die Flammen flogen von Dach zu Dach, und kein Regentropfen fiel. Wir haben zur Muttergottes im Kirchwald geschrien, doch auch sie konnte uns nicht mehr helfen.«

Ekbert streichelte dem greisen Mann übers strähnige Haar: »Jakob, um so fester müssen wir jetzt zusammenhalten!«

»Leider, lieber Herr, stehen nicht alle Bauern zu Euch. Es sind unter ihnen Stimmen laut geworden, die besagen, die Zeit sei reif, allen Herren den Bundschuh aufs Genick zu setzen. Gott sei's geklagt!«

Sie kamen ins Gehöft des Burgbauern. Thilde, die Bäuerin, begrüßte sie unter der Haustür: »Der Herrgott segne Euren Eingang! Wir haben Euch die Brautkammer und 's Kammerl gerichtet. In den Betten hat noch niemand geschlafen. Und der Bauer wird morgen schlachten.«

So war sie, die brave Thilde! Das leibliche Wohl hatte in ihren Augen den Vorrang vor allem anderen. Daher galt sie auch in der ganzen Brannenburger Pflegschaft als eine der geschicktesten Bäuerinnen. Es war nicht zuletzt ihr Verdienst, dass das Kirnsteiner Burggut den anderen Bauern als Muster vorgestellt wurde.

Frau Klara hatte die gesunde, zupackende Art der Bäuerin schon immer geschätzt, und so überwanden sie in gemeinsamer Freundlichkeit die ersten harten Tage des neu zu beginnenden Lebens.

Kaum dass sie sich von den überstandenen Mühsalen des Alpenübergangs erholt hatten, begaben sich Ekbert und der Wackersteiner an den Hof nach München. Herzog Albrecht empfing sie mit ausgesuchter Liebenswürdigkeit, wies ihnen in der Neuen Veste eine Gastkammer an und lud sie mehrere Tage hindurch an die fürstliche Tafel.

Bei dieser Gelegenheit überreichte der Kirnsteiner der Herzogin Kunigunde das Kleinod, das Herr Christoph seit jenem Turniertag in Wien viele Jahre hindurch an seinem Arm getragen hatte. Die edle Frau konnte daraufhin die Tränen nicht unterdrücken.

Der Herzog seinerseits war vom Schreiben des Grafen von Werdenberg, Herrn Jörg betreffend, so angetan, dass er den Oberrichter holen ließ und erklärte: »Es würde Uns tief bedrücken, wenn Wir um der Sünde eines Mannes willen, der gebüßt hat, das Weib, das seine Gespielin war, einem schmählichen Tode überantworten müssten«, und er fügte ein Wort des Großmeisters aus dem Brief hinzu: »... indem dass wir alle sündige Menschen seyn!«

Herr Jörg, dem ein mächtiger Stein vom Herzen gefallen war, fiel Herrn Ekbert um den Hals und erklärte vor dem Herzog und seinem Hofoberrichter: »Nun, da mir dieser Stein vom Herzen gefallen ist – kommt zu mir, Ekbert, auf meine Burg und bleibt da, bis sich Euch die Tür einer eigenen Behausung auftun wird!«

Da war viel Freude unter allen, und Herzog Albrecht lächelte still in sich hinein.

Die beiden Ritter begaben sich wieder in die Neue Veste und blieben dort noch den Tag über und die ganze Nacht. Ekbert dachte über das Angebot des Wackersteiners nach. Es war großherzig, aber barg doch Schwierigkeiten. Würde die kleine Burg an der Donau zwei Familien genügen? Außerdem musste er sich um den Wiederaufbau seines Kirnsteins kümmern; durfte er sich da an einem so weit entfernten Ort wohnlich niederlassen? Und nicht zuletzt hatte er doch am Inn eine Aufgabe wahrzunehmen: Er war Kirchenvogt von Degerndorf, somit dem Fürstbischof von Freising verpflichtet. Den wollte er sich nicht vergrämen, lebte er doch zum Teil von ihm.

So erklärte er Herrn Jörg, er wolle über das freundliche Anerbieten noch nachdenken und es mit Frau Klara besprechen. Darauf brach der andere auf und ritt Richtung Norden; Ekbert aber kehrte an den Inn zurück.

Der Landrichter

Herzog Albrecht IV. schrieb an den Johannitermeister nach Rhodos, er möchte gegen volle Kostenerstattung dafür Sorge tragen, dass der Bruder Christoph ein würdiges Grabmal erhalte. Er erhielt zur Antwort, das sei bereits geschehen, dazu eine Federzeichnung des Epitaphs bei Sankt Anton. Der Landshuter Zeitgenosse aber schrieb in seine Chronik:

Da ligt er; got habe die seele! Er was ain turstiger, kecker fürst, von leib ghrad und aller glegenhait gantz wol geschickt, holdsälig, wol erpiettend, seiner handt milt, gesellig; mit ringen, springen, stechen, rennen und im veld ritterlichem gestatten vor andern künedt, geschikt und gepreisst.

Sein geleich von ainem fürsten ist die zeit weder in Teutschen noch wälischen landen gewesen.

Das geschah nach Neujahr 1494.

Zur gleichen Zeit nahm Herzog Albrecht, genannt der Weise, die Herrschaft Hohenpähl mit allem, was dazugehörte, wieder an sich und machte sich Gedanken, wie er ihr die ursprüngliche wirtschaftliche Gesundheit wiedergeben könnte. Der im Herrn heimgegangene Bruder hatte sie mit Schulden arg belastet.

Albrecht ging mit seiner Ehefrau, der Herzogin Kunigunde, zurate – was er vor schwerwiegenden Entscheidungen gerne tat – und erhielt von der klugen Habsburgerin eine kluge Antwort: »Wenn unter unseren Herren je einer ist, den man als Landvogt oder Pfleger einsetzen könnte, bei dem man auch die Gewähr hätte, dass er sich mit seiner ganzen Kraft dieser Aufgabe widmen würde, dann ist es Ekbert vom Kirnstein. Abgebrannt und kinderlos, mit einer tatkräftigen Frau gesegnet, geachtet unter seinesgleichen, dazu Christophs bevorzugter Freund und sein ritterlicher Gesell, müsste er sich's zur Ehre anrechnen, die Flecken auf dessen Wams zu tilgen.«

Albrechts Züge heiterten sich merklich auf: »Edle Gattin, könnt Ihr Gedanken lesen? Als im vergangenen Spätherbst der Kirnsteiner nach seiner Meerfahrt sich hier bei Uns für den vom Wackerstein einsetzte – für den Ehebrecher, Ihr erinnert Euch! – da ging es mir auf wie der Dreikönigsstern: der und kein anderer!«

Wir, Albrecht, Herzog von Bayern, haben angesehen deine jahrelangen Dienste, die du von Kindsbeinen an in der Gefolgschaft Unseres im Herrn entschlafenen Bruders Herzogen Christophs verrichtet hast, insonderheit bei dem Gott wohlgefälligen Werk seiner ins Heilige Land vollzogenen Pilgerfahrt – haben auch angesehen den herben Schicksalsschlag, durch den dir Haus und Herd abgebrunnen sind, dergestalt, dass du mit der vieledlen Gesponsin bei einem Bauern zugeflohen bist – sind Wir darob aus besonderen Gnaden willens, dich als Landrichter, Pfleger und Kastner auf Unser festes Schloss Pähl zu erhöhen und zu setzen. Du bist gehalten, dir über Umfang, Rechte und Pflichten deiner Berufung bei Unserem Hofmarschall Rats zu erholen und ohne Umschweifung deinen Sitz auf obgenanntem Schlosse aufzuschlagen!

Aus Unserem Alten Hofe an Dominica tertia post Epiphaniam anni MCCCCXCIV p. Chr. n.

Albrecht, dux Bavariae.

Es war ein bitterkalter Faschingstag, als Ekbert vom Kirnstein nach München ritt. Doch seine selige Freude ließ ihn die unangenehme Witterung nicht fühlen. Er empfand die Gnade des Herzogs auch als eine Gnade des Himmels, vor allem wegen seiner Frau, die außer unter der Kinderlosigkeit jetzt auch unter der Heimatlosigkeit litt.

München war – wie die Leute selbst zugaben – um diese Zeit »narrisch«. Da verkaufte mancher sein letztes Hemd, um zu einem Saufgeld zu kommen; ja, einer soll sogar einmal seine Ehefrau verschachert haben.

Über die Faschingsnarretei der Münchner entrüstete sich auch der Herr Hofmarschall, der Graf von Ortenburg, als Ekbert bei ihm vorgelassen wurde: »Haben sie Euch nicht vom Ross gezerrt, die besoffenen Deppen?«

Darauf musste sich der Kirnsteiner erst lang und breit die Niederträchtigkeiten anhören, die der Graf über die Münchner berichtete.

Er stammte nämlich aus dem Niedern Bayern und war ein reichsfreier Herr. Dem Herzog Albrecht diente er, weil er ihn mochte und weil der vor Jahren die Burgen der Böckler geschleift hatte. Da waren auch etliche seiner Widersacher gedengelt worden, deren Bauern er dann um ein Spottgeld hatte kaufen können.

»Also, mein lieber Kirnsteiner, da habt Ihr geschnappt wie ein Karpfen, als Euch der Herzog den Pfaffenwinkel angeboten hat!«

»Gnädiger Herr, in meiner gegenwärtigen Notlage ist das geradezu ein Segen von oben!«

»Wir erwarten natürlich, dass Ihr Euch dieses Segens würdig erweist. Ihr werdet sparsam wirtschaften müssen, denn Euer gottseliger Vorgänger hatte nicht nur eine, sondern zwei Spenderhände – wobei er ja auch sich selber reichlich bespendet hat. Doch das sei ihm verziehen! Einen solchen Bayern gibt's nie wieder!«

Der Marschall wandte sich weg, zog sich in eine Fensternische zurück, wo ein Betschemel stand, und kniete sich nieder. Er schlug ein Kreuzzeichen, kehrte in die Mitte des Saales zurück und fuhr fort, indem er ein Pergament vom Tisch aufhob: »Euer Landgericht wird sich erstrecken über die Schlösser und Städte Pähl, Weilheim, Schongau und Rauhenlechsberg. Ihr sollt besagte Schlösser und Städte mit allen und jeglichen Gülten, Nutzungen, Gerichten, Wildbann und Zugehörungen innehaben, mitbesetzen und entsetzen. Euer Gerichtsort wird die Stadt Murnau sein. Als ein rechtskundiger Mann wird Euch der Jakob Tuchsenhauser aus Peißenberg beigegeben werden. *Actum et perfectum!*«

Es schien, als ob der Kirnsteiner während der Verlesung dieses Dokuments an Würde und Selbstachtung beträchtlich gewachsen wäre. Er verneigte sich in gebührender Hochachtung vor dem Reichsgrafen von Ortenburg, brachte aber dann vor, dass er – Ekbert – schon Kirchenvogt von Degerndorf und somit dem Herrn Bischof von Freising verpflichtet sei.

»Diese Verpflichtung werden wir in die Hände des Bischofs zurücklegen, da der noch viele Ministerialen hat, die eines solchen Amtes würdig sind und es gerne ausüben. Ansonsten sollt Ihr versichert sein, dass wir Eurem Nachfolger in Degerndorf ans Herz legen werden, Eure Bauern und Holzer zu Eifer und Redlichkeit anzuhalten.«

Ekbert überlegte kurz: »Gnädiger Herr, wird es je sich lohnen, den Kirnstein wieder aufzubauen?«

»Auch ich habe Euch diese Frage schon stellen wollen, bin aber davon abgekommen angesichts Eurer Jugend und Eurer noch viel jüngeren Ehefrau. Ihr seid kinderlos, wie ich gehört habe?«

»Gott sei's geklagt! Und ich muss befürchten, dass uns auch künftighin Nachkommen versagt bleiben: Meine

Ehefrau ist unter schlimmen Umständen von einem Kind gekommen; jetzt fehlt ihr der Glaube an sich selbst.«

»Grüßt sie von mir und muntert sie auf zur guten Stunde! – Euch beiden wünsche ich – auch im Namen unseres Herzogs – Glück und des Herrgotts Schutz auf Hohenpähl! Vor allem aber Geduld und nochmals Geduld – bei unerschrockenem Mut – in der Bewältigung Eurer Aufgabe! Und was den Wiederaufbau des Kirnsteins angeht, so überlasst das vorderhand dem Herrgott!«

Von den seit 1253 auf Hohenpähl amtierenden Landrichtern dürfte wohl keiner das feste Schloss so armselig betreten haben wie Herr Ekbert vom Kirnstein mit seiner Ehefrau Klara in der Karwoche des Jahres 1494. Der Mann, zu dessen Aufgabenkreis die Aufsicht über die Burg, die Land- und Kirchenpolizei, die Steuern gehörten und die Pflicht, zum Heeresaufgebot des Herzogs zu erscheinen, kam auf einem Ross, einem einzigen, dahergeritten, und seine Frau saß hintenauf; ein alter Maulesel, der einen Mantelsack trug, schleppte sich hinterdrein.

Guter Herzog von Bayern, bist du schon so notig beisammen, dass du keinen ansehnlicheren Mann finden konntest, der im Rang eines Feldhauptmanns steht und deine hoheitliche Gewalt wahrnimmt, als diesen Gesellen?

Das dachten sich wohl manche, die diesen Aufzug sahen. Das dachte sich auch der jurisprudente Tuchsenhauser, der auf der Brücke des Hochschlosses das junge Paar begrüßte. Dann dachte er freilich weiter: Was hätten sie auch mitbringen können, was nicht bereits vorhanden war, vorhanden in fürstlicher Art und Eleganz?

Denn Herzog Christoph hatte jahrelang das wehrhafte Schloss bewohnt, und er war ein Herr von erlesenem Kunstsinn und Geschmack gewesen. Darum hatte er an der Einrichtung – an gediegenen Möbeln, Vorhängen,

Teppichen und fein geschmiedeten Kienleuchten – nicht gespart, erst recht nicht an den morgenländischen Tuchen und Waffen, die venezianische Kauffahrer seit den Kreuzzügen immer wieder über die Alpen brachten.

Allerdings war das alles während der letzten Jahre arg heruntergewirtschaftet worden, weil sich der Herzog mehr und mehr den Freuden weinseliger Geselligkeit hingegeben hatte – und weil keine ordnende weibliche Hand da gewesen war, sah man von den zahlreichen Mägden ab.

Während sich so für Frau Klara ein großes Betätigungsfeld auftat, ließ sich Herr Ekbert von Jakob Tuchsenhauser an die Brennpunkte seines Gerichtsbezirks begleiten, besuchte die Ortsvorsteher und die Bürgermeister und die Schergen; denn nur wenn er mit all diesen Leuten Hand in Hand arbeitete, konnte der Herrschaftsbezirk blühen. Alle waren sie von seiner bescheidenen Art angetan; von ihm würden sie nicht befürchten müssen, dass er sie plötzlich und wie aus heiterem Himmel mit ungebührlichen Abgaben schröpfte. Als sie dann gar noch erfuhren, dass die Burg seiner Väter durch einen Blitzstrahl eingeäschert worden war, empfanden sie Mitleid und nahmen sich vor, ihm seine Aufgabe nicht unnütz zu erschweren.

Am Gerichtssitz auf der Burg zu Murnau, der auch Dienstort des Jakob Tuchsenhauser war, lagen alle den Bezirk betreffenden Akten; zwei Schreiber führten Listen und Kladden und registrierten das steuerliche Aufkommen der Bürger und Bauern. Auch sie waren froh, in Herrn Ekbert einen handsamen Gerichtsherrn gefunden zu haben – im Gegensatz zum verstorbenen Herzog, der sich zwar um sie nicht viel geschert hatte, doch wie ein Sturmwind unter sie gefahren war, wenn er irgendwo in Geldnöten war oder einfach zu viel des süßen Weins genossen hatte.

Es tat sich ja in dem ländlichen Gerichtswesen nichts Aufsehenerregendes. Die Streitigkeiten unter den Bauernburschen wurden meist auf der Prügelbank bereinigt, die im Burgkeller vor den Türen der sieben Gefangenenzellen stand. Unter den finsteren Bögen der Marktplätze mussten in bestimmter Wiederkehr die Schlupfwinkel vagierender Dirnlein ausgehoben und diese »Bübinnen« mit dem Lasterstein dreimal durch die Straßen geführt werden. Andere Mägdlein dieser Art behängte man mit dem »Bocktaferl« und paukte sie zum Stadttor hinaus. Im Wiederholungsfall geschah es auch, dass der Tuchsenhauser sie auf den hölzernen Geisbock setzen ließ; der lief auf Rädern und wurde zur Begeisterung der Menge von Kirchplatz zu Kirchplatz gezogen.

Rumorer und Landstreicher, die sich ab und zu einschlichen, ließ man mit Ketten an den Füßen die Hauptstraßen und öffentlichen Plätze kehren, ehe man sie mit Ruten »einstrich« und aus der Stadt verjagte. Den Taschendieben, den »Beutelschneidern«, die zumeist aus dem Böhmischen kamen, schnitt man kurzerhand die Ohren ab oder brandmarkte sie auf der Stirn; so waren sie stets leicht zu erkennen, wenn sie sich wieder in den Burgfrieden der Städte wagten. Mit solchen und ähnlichen Fällen hatte sich das Landgericht zu befassen.

Und so vergingen dem Herrn Ekbert zwei ruhige Jahre auf Hohenpähl – bis eines heißen Tages in der Osterwoche die Stadtschergen von Murnau den Martin Bentenrieder, einen jungen Gesellen aus dem Salzburgischen, daherzerrten und des Kirchenraubs bezichtigten. Ehe sie ihn auf der Veste Murnau dingfest machen konnten, mussten sie ihm Mannskleider verpassen, denn er ging im Frauenkittel. Dadurch war es ihm auch leichter möglich gewesen, sich in die große Kirche einzuschleichen; er war nämlich mit den Mägden hineingekommen, die das Gotteshaus reinigten, und war am Abend in einem Beichtstuhl verschwunden und auf diese Weise eingeschlossen worden.

»Und wie ging's dann weiter in der Nacht?«, fragte der Tuchsenhauser, während der Landrichter mit strenger Miene danebensaß.

»Da bin i raus aus dem gstinkerten Kasten und vor zum Hochaltar. Und weil i alleins war und das ewige Licht so gwunken hat, bin i 'nauf zum Tabernakel, hab den Kelch außa und hab mir gesagt: ›Martin, wann du die Hostien isst, nacher vergeht dir für immer der Hunger!‹ Und dann hab i s' gessen!«

»Dass aber die Hostien der Leib des Herrn sind, das hast du nit bedacht!« Der Tuchsenhauser wurde laut.

»Gnädiger Herr, woher soll i's wissen? I hab allweil an das Wort in der Gründonnerstagspredigt vom Herrn Pfarrer denkt: ›Wer von diesem Brot ist, wird ewig leben!‹ So hat er gsagt, der Herr Pfarrer; aber mir scheint, er hat sich täuscht, denn i hab schon wieder Hunger!«

Der Fragerichter schaute mit einem Blick der Ohnmacht auf Herrn Ekbert. Der ließ den Bentenrieder zurückführen in die Zelle und meinte: »Ist's Kindlichkeit, ist's Dummheit? Was haltet Ihr von dem Milchgesicht?«

Der Tuchsenhauser erwiderte: »Augen macht er wie ein Dreijähriges, wenn's ihm in die Windeln gangen ist. Doch auf Kirchenraub steht nun einmal der Galgen!«

Darauf der Kirnsteiner: »Ja, war's denn überhaupt Kirchenraub?«

»Herr, ich glaub's so wenig wie Ihr! Wenn wir ihn aber dem Galgen nicht überliefern und der Herr Hofoberrichter erfährt's, dann wird's heißen, wir hätten gegen das Strafgesetz verstoßen. Wir könnten zwar den Gesellen noch mit Daumenschrauben und spanischen Stiefeln befragen; doch was kommt da schon heraus? Herauskommen wird immer das, was wir hören wollen!«

»Sollen wir ihn dann also so lange quälen, bis er galgenreif ist?«

»Müssten wir!«, entgegnete der Tuchsenhauser und zuckte mit den Achseln.

Herr Ekbert erhob sich und ging in großen Schritten durch die Amtsstube. Dann blieb er ruckartig stehen und sagte: »Ein römischer Richter hätte hier geurteilt: *In dubio – pro reo!* Im Zweifelsfall – für den Angeklagten!«

»Gott sei Dank, Herr, dass Ihr Euch dieses Wort zu eigen gemacht habt! Ich hätte sonst nachts kein Auge mehr zugetan!«

»Was aber jetzt?«, fragte der Kirnsteiner.

»Mir scheint«, antwortete der Jakob, »dass wir dem jungen Springer sogar eine Wohltat erweisen – ich meine, seinem Charakter! –, wenn wir ihn ›auf drei Jahre zur Meerfahrt der Galeeren‹ verurteilen. Da gerät er unter raue Gesellen; die werden ihm das weibische Getue verleiden; und wenn er die drei Jahre durchsteht, kann er noch ein ganz brauchbarer Jungmann werden. Schafft er's aber nicht, so ist es seine ureigene Sach und Sorge. An unseren Händen klebt dann kein Blut.«

»Jakob, Ihr seid ein kluger Mann!« Herr Ekbert sprach's, reichte dem anderen die Hand und ritt auf Hohenpähl zurück.

Das Verfahren nahm unter dem Tuchsenhauser seinen weiteren Verlauf, ganz im Sinne seines Vorschlags.

Weil die Verurteilung zum Rudern auf der Galeere damals eine gängige Strafe war und zwischen Bayern und verschiedenen Seestädten sogar Verträge über Auslieferung solcher Sträflinge bestanden, schickte der Landrichter den Bentenrieder durch zwei Schergen nach München, das eine Sammelstelle für derartige Verurteilte war. Die Schergen übergaben den Mann mit dem schriftlich abgefassten Urteil beim Hofgericht.

Als der Hofoberrichter das Dokument pflichtgemäß überprüfte, fiel ihm etwas auf: Dieser Landrichter auf Hohenpähl war jener Begleiter des Herzogs Christoph, der Herrn Albrecht mittels eines Schreibens aus Jerusalem bewogen hatte, das hofrichterliche Urteil – also seines! – gegen die Gespielin des Wackersteiners für null und nichtig zu erklären. Das hatte ihn damals so aufgebracht, dass er am liebsten von seinem Amt zurückgetreten wäre. Und jetzt erdreistete sich dieser kümmerliche Aufpasser vom Land, die Strafgesetzordnung des Herzogtums, die für einen Kirchenräuber den Galgen vorsah, aus engstirniger Willkür heraus abzuändern, ja, besaß sogar noch die Kühnheit, dieses schmähliche Dokument einem Hofoberrichter unter die Nase zu halten!

So als wären die Rachegöttinnen hinter ihm drein, begab er sich zu Herrn Albrecht, setzte ihm den Fall des Martin Bentenrieder haarscharf auseinander und versäumte nicht, dem Herrn vom Kirnstein und seinem jurisprudenten Tuchsenhauser eine himmelschreiende Unfähigkeit in der Amtsführung zu bescheinigen. In seiner verletzten Eitelkeit ging er sogar so weit, am Ende seiner vernichtenden Beurteilung der beiden Männer den Herzog zu bitten, im Interesse der Wahrung des Ansehens der bayerischen Rechtsprechung beide auf Knall und Fall abzulösen.

Da war nun Herzog Albrecht zwischen zwei Feuer geraten: Auf der einen Seite wollte er sich den harten Auslassungen seines Richters nicht verschließen, auf der anderen aber war er sowohl dem Kirnsteiner wie auch dem Tuchsenhauser zu Dank verpflichtet: dem Kirnsteiner wegen seines Bruders Christoph, dem anderen wegen einiger Schenkungen. Der Tuchsenhauser hatte nämlich verbriefte Anteile am Peißenberg besessen; und weil Herr

Albrecht ein starkes Interesse für diese bekundet hatte, ließ er sie auf ihn überschreiben. Und nicht nur das; er hatte ihm sogar den Betrag von mehreren Tausend Gulden geschenkt, mit dem der verstorbene Herr Christoph noch bei ihm in der Kreide stand. – Wie sollte er sich hier aus der Schlinge ziehen?

Nun, Albrecht wäre nicht »der Weise« gewesen, wenn ihm da nichts Rettendes eingefallen wäre! Er beorderte Herrn Ekbert und seinen Rechtsberater in die Landeshauptstadt. In Gegenwart des Hofoberrichters wollte er den Murnauer Prozess noch einmal aufrollen und die Gründe erfahren, weshalb die beiden Landgerichtsherren die bayerische Strafgerichtsordnung umgangen hatten.

Zuerst wurde der Tuchsenhauser vom Oberrichter ins Gebet genommen. Er verschanzte sich hinter der Bemerkung, er habe seinem Vorgesetzten erklärt, dass auf Kirchenraub der Galgen stehe. Jedoch habe er klein beigegeben, als der Herr vom Kirnstein den altrömischen Rechtsgrundsatz »Im Zweifelsfall – für den Ageklagten« zitiert habe. Denn er selbst sei ja bloß der Adlatus des Gerichts, und das Urteil fälle der Landrichter.

Damit lag die ganze Verantwortung auf Herrn Ekberts Schultern, und der Hofrichter konnte seine Hassgefühle gegen ihn frei spielen lassen.

Der Tuchsenhauser ging, der Kirnsteiner betrat die Kanzlei und setzte sich auf Einladung des Herzogs. Nun führte der Oberrichter lang und breit aus, dass sich seit der Zeit der Raubritter das Rechtsbewusstsein der adligen Stände in Bayern erschreckend verwässert habe. Das Gesetzbuch, einst oberste Norm in allen strittigen Fragen, werde aus fadenscheinigen Gründen verworfen. Dafür huldige man uralten Sprüchen, die in ihrer Zeit Bedeutung besessen haben mochten, die aber mit Beginn des christlichen Kulturdenkens in den Hintergrund gedrängt worden seien. Wer dergleichen Sprüche heutigentags noch aufwärme, gebe zu erkennen, dass er vom Gedankengut seiner raubritterlichen Ahnen noch nicht losgekommen und darum geradezu eine Gefahr für die so herrlich sich anbahnende Geistesströmung der Renaissance sei.

Da erhob sich Herr Ekbert vom Kirnstein aus seinem Spannsessel, trat vor den Oberrichter und schlug ihn mit den Worten »Im Sinne meines gottseligen Herzogs Christoph!« hart ins Gesicht. Dann wandte er sich Herrn Albrecht zu, verneigte sich und sagte: »Verzeiht mir, durchläuchtigster Herr, das war ich meinen raubritterlichen Ahnen schuldig!«

Die Wende

So indiskutabel die Handlungsweise Ekberts war, so verständlich war sie. Doch der Herzog von Bayern tat, was er tun musste: Dem Kirnsteiner wurde das Amt des Landrichters in Hohenpähl entzogen; fortan nahm es der Tuchsenhauser wahr.

Der Herzog war aber nicht unmenschlich: Er wies dem Gestraften und seiner Ehefrau Klara einen Wohnsitz auf der herzoglichen Vohburg bei Ingolstadt an. Damit kamen die beiden Vertriebenen in die Obhut des Ministerialen Jörg vom Wackerstein, sodass sich dessen früheres Angebot nunmehr erfüllte.

Der Einzug des abgehalfterten Landrichters auf der mächtigen Vohburg unterschied sich nicht von dem seinerzeitigen auf Hohenpähl. Ein bettelarmer Ritter! Jörg vom Wackerstein war von seiner Burg herübergekommen, die beiden lieben Menschen zu begrüßen. Er konnte sich denken, was es heißt, im Land herumgereicht zu werden, von niemandem geliebt zu sein und jedem zur Last zu fallen.

»Ekbert«, sagte er, als er ihnen an der Auffahrt entgegenkam, »ich habe eine Aufgabe für Euch!«

Der Kirnsteiner unterbrach ihn: »Jörg, sollten wir uns nicht mit Du anreden? Zumal jetzt, wo ich auf deine Gutheit angewiesen bin?«

Da fiel ihm der andere freundlich um den Hals; vor Frau Klara aber tat er eine tiefe Verneigung und bot ihr den Arm. Dann betraten sie die herzogliche Burg, auf der

Herr Albrecht III. mit der lieblichen Agnes Bernauerin die glücklichsten Jahre seines Lebens verbracht hatte.

»Ich hatte dich vorhin unterbrochen, Jörg. Du erwähntest, du hättest für mich eine Aufgabe. Du kannst dir doch denken, dass ich um jede Tätigkeit froh bin. Denn es wäre demütigend für uns, auf der Vohburg nur das Gnadenbrot essen zu müssen.«

»Das habe ich gewusst«, erwiderte Jörg, »und darum bin ich gleich mit der Türe ins Haus gefallen, damit diese trüben Gedanken in dir gar nicht erst aufkommen. Hör also: Unsere herzoglichen Wälder an Donau, Kelsbach und Altmühl sind verwahrlost und strotzen von Wilderern. Du bist von deinem Kirnstein her ein erfahrener Forstmann und bewandert in der Pflege von Hoch- und Niederwild und sicherlich auch im Verfahren mit Wilddieben und Waldfrevlern. Wäre das eine Aufgabe, die dich reizen könnte?«

»Ich danke dir, Jörg!«, entgegnete Ekbert.

Der andere aber redete weiter: »Und damit eure Interessen nicht auseinanderklaffen, würde ich Frau Klara bitten, alles, was mit dem Holzabgang zu tun hat – Bestellung, Auftrag, Fuhrlöhne und Bezahlung – in ihre tatkräftige Hand zu nehmen; ich ließ mir nämlich sagen, sie habe auf Söllhuben ein erstaunliches Regiment geführt.«

Die Frau errötete und antwortete ein wenig verlegen: »Versuchen will ich's gern. Fehler bitte ich mir nachzusehen!«

Die ersten Wochen auf Vohburg waren für die Kirnsteiner nicht leicht. Wohl fanden sie in der alten Veste alles vor, was zum herrschaftlichen Leben gehörte; aber waren sie denn Herrschaften? All der Prunk, der sie umgab, brachte ihnen nur noch deutlicher zu Bewusstsein, dass sie nichts anderes als ritterliche Bauersleut waren, gezwungen, einem Mann zu dienen, dessen Vorfahren von den ihrigen vielleicht noch mit der Peitsche geschlagen worden wären. Dabei tat Herr Jörg alles, um ihnen die Eingewöhnung in die neue Lebenslage leichter zu machen.

Freilich hatte auch er seine Sorgen. Denn als er von der Büßerfahrt aus dem Heiligen Lande mit der festen Absicht zurückgekehrt war, die Ehe mit seiner betrogenen Frau wieder aufzunehmen, hatte er die Enttäuschung erleben müssen, dass sie ihm mit den Kindern davongelaufen war, heim zu ihren Verwandten nach Lothringen. Die andere Frau aber, die der Oberrichter hatte einmauern lassen wollen, war, kaum wieder in Freiheit, einem Ingolstädter Festungskommandanten über den Weg gelaufen und hatte sich alsbald mit ihm zusammengetan. Herr Jörg war also jetzt beide los.

Darum kam er häufig vom Wackerstein zu Besuch auf die Vohburg, besonders als es in den Herbst hineinging. Da hockten sie gern am Kamin und kramten in den Erinnerungen an die Meerfahrt, an den Überfall in den judäischen Bergen oder an den räuberischen Seemann Hermes herum.

An einem dieser Abende jedoch lenkte Herr Jörg die Aufmerksamkeit auf etwas ganz anderes. Er hatte nämlich Jahre seiner Jugend bei Verwandten in Eichstätt verbracht und war dort bei Mönchen in eine Lateinschule gegangen. Unter diesen gelehrten Männern war dortmals einer gewesen, der sich mit den Reimern und Minnesängern des frühen Mittelalters befasst hatte. Besonders hatten es ihm die Abenteuer der Burgunder angetan, die von Worms bis ins Land des Hunnenkönigs Etzel gezogen waren. »Und stellt euch vor, die haben hier an der Donau ihre Lagerzelte aufgeschlagen, weil sie wegen starken Hochwassers nicht übersetzen konnten. Auch hatten die Fährleute wegen des reißenden Stroms ihre Schiffe versteckt, um nicht überfahren zu müssen. Und wie's halt so ist, wenn man wochenlang unterwegs war: Die burgundischen Recken hatten die Nase voll – und Hunger hatten sie obendrein. Da standen sie jetzt am Ufer des Grenzflusses vor Bayern, dem Land, das nach ihrer Vorstellung von Milch und Honig floss, und konnten nicht hinüber. Zornig und die leeren Bäuche voller Wut, machten sie ihren Fürsten die heftigsten Vorwürfe wegen schlechter Führung – es sah nach Meuterei aus. In dieser kritischen Lage erhob sich unter ihnen der gewaltige einäugige Recke Hagen von Tronje und erklärte, sich persönlich um die Überfuhr kümmern zu wollen. – Und seht, liebe Freunde, jetzt sind wir an der Stelle, wo für uns drei der Zug dieser Burgunder aus dem Bereich der sagenhaften Erzählung heraustritt und handgreiflich wird! Ich lade euch ein, mit mir morgen den gleichen Weg zu reiten, den der wilde Hagen geritten ist, und euch vorzustellen, wie er die Furt fand, durch die das Burgundervolk über die Donau setzen konnte.«

Frau Klara hatte in ihren Jungmädchenjahren auf Hohenaschau das gereimte Buch von »Krimhildens Rache« einmal kurz in Händen gehabt. Weil sie aber die Mundart, in der es geschrieben war, nur schwer verstand, hatte sie rasch die Freude daran verloren. Das bedauerte sie jetzt. Umso dankbarer war sie Herrn Jörg, dass er ihr die Gelegenheit bieten wollte, das Versäumnis ihrer Jugend wiedergutzumachen.

Sie ritten also auf den Wackerstein und dann auf der Mitternachtsseite der Donau landeinwärts. Sie sahen die Breite des Stromes. »Und jetzt stellt euch vor, dieser Fluss führt Hochwasser! Woher soll da ein Fährmann den Mut nehmen, einen Heerhaufen auf einem besseren Fischerboot überzusetzen? – Der kleine Ort vor uns mit der doppeltürmigen Kirche heißt Pförring; der Reimer unserer Burgundergeschichte nennt ihn Verden. Dieses uralte romanische Gotteshaus verrät uns, dass er selber auch diesen Weg geritten sein muss, denn er beschreibt das Tor, beschreibt den Marktplatz, beschreibt die Kirche und beschreibt den Weg aus Pförring hinaus, eben den Weg, auf dem wir uns jetzt befinden – und den er seinen einäugigen Helden Hagen von Tronje reiten lässt.«

Als sie dann den Ort Pförring auf der anderen Seite verlassen hatten, erblickten sie in einiger Entfernung eine Burg im Tal, auf einem Inselchen gelegen, von fließendem Wasser umgeben. Und Herr Jörg erzählte weiter. »Wie wird er sich geärgert haben, der wilde Sagenheld, nachdem er in Pförring weder einen Fährmann noch ein Fährboot gefunden hatte! Dann sah er aber dieses feste Weiherhaus – jetzt Rabenburg genannt – und sah diesen Kelsbach, der von der Burg ausging und sich durch die Wiesen schlängelte. Wo Wasser ist, sind auch Boote!, dachte er und ritt hin. – Wir reiten ihm nach. – Er ritt den kleinen Steilhang, den wir vor uns haben, hinab und stand vor dem Wasser. Es war – und ist – ein springendes Wasser, eine sprudelnde Quelle. Und hinter dem dichten Gebüsch dort – so glaubte er zu hören – planschten und sangen Wasserweiblein. Er rief sie an, sie verstummten und lurten neugierig hinter den grünen Blättern hervor. Und weil er wusste, dass es an Quellen weissagende Frauen gibt, fragte er sie nach dem weiteren Schicksal seiner Burgunder. Da lachten sie bloß. Das tat ihm weh, und er nahm ihnen die Kleider weg, die da lagen. Darauf schrien und zeterten sie und weissagten ihm endlich, dass sein Volk heil ins Hunnenland kommen werde. Kaum aber hatte er ihnen die Kleider zurückgegeben, verkündete eine die bitterböse Wahrheit: ›Kommst du erst zu der Hunnen Land, so bist du übel betrogen; wer dahin reitet, den hat der Tod in der Hand!‹ – Dann waren sie untergetaucht, die Weiblein, und er verfluchte sie.«

Frau Klara starrte in das glasklare Wasser, als schaute sie den verschwundenen Wassernixen nach. Aus dem Wasser aber leuchtete es in allen Farben von Grasbüscheln, Tauchpflanzen, Blättern und Quasten. Nach einer Weile fragte sie benommen: »Was haltet Ihr, Herr Jörg, von Orakelstätten an Quellwassern? Es soll sie ja heute noch geben!«

»Es gibt sie noch, edle Frau, und es gibt sie auch hier! Denn da drüben in der Rabenburg sitzen zwei uralte Fräulein aus dem Hause derer von Ettlingen. Niemand kennt sie, niemand hat sie gesehen, aber alle, denen sie geweissagt haben, haben sie gehört. Wenn Ihr Eure Zukunft erfahren wollt, braucht Ihr nur laut zu rufen ›Hol über!‹; dann schicken sie einen alten, krummen Mann in einem moosbewachsenen Nachen daher, der bringt Euch in die Vorburg und nimmt Euch den Groschen ab, den Ihr zu zahlen bereit seid. Gebt ihm nicht zu wenig, denn mir scheint, dass die Güte der Weissagung auch von der Güte des Groschens abhängt. Ist dies geschehen, fliegt eine Schar von Raben herbei und setzt sich über Euch ins Gebälk der Vorburg. Eine Stimme von irgendwoher fragt euch nach Eurem Begehr. Habt Ihr Eure Frage vorgebracht, beginnen die Raben ein fürchterliches Krächzen und fliegen weg. Bald darauf verkündet Euch die Stimme die Weissagung.«

Herr Ekbert, der diese Rede mit angehört hatte, schüttelte den Kopf: »Ein bisschen viel Zeremonie! Ich gebe nichts auf dergleichen Orakel!«

Jörg machte eine fragende Handbewegung: »Man kann geteilter Meinung sein. Ich kenne hohe Leute – sogar aus den Reihen der Geistlichkeit –, die sich in steter Regelmäßigkeit auf der Rabenburg einfinden. Auch weiß ich von armen Bäuerinnen, dass ihnen die alten Fräulein zu gesunder Niederkunft verholfen haben. Doch ich bin kein Rabenburger Herold!«

Die Sonne ging unter hinter Ingolstadt. Kälte kroch aus den Wiesen. Ein leiser Nieselregen strich von der Donau herüber. Sagte Herr Ekbert: »Der Übergang vom Herbst in den Winter ist gewiss nirgends schön, doch hier, im flachen Land, ist er trostlos. Manchmal erfasst mich die Sehnsucht nach den Bergen derart, dass ich heulen könnte.«

»An eine Rückkehr ist wohl nicht zu denken?«, fragte Jörg.

»Wir müssten einen Bauernhof übernehmen; dann dürfte ich Mist fahren, und meine Klara Kühe melken.«

»Und das Amt des Kirchenvogts auf dem Nagelfluhfelsen?«

»Jörg, das ist vorbei! Der Bischof von Freising hat's zurückgenommen und einem anderen übergeben. Ich würde mich lächerlich machen und dem, der's jetzt hat, nur schaden.«

»Darauf wär kein Segen!«, ergänzte Frau Klara.

Sie ritten in den Abend hinein. Und fröstelten.

Da meinte Herr Jörg: »Bleibt heut Nacht auf dem Wackerstein! Hätt sowieso einiges mit euch zu bereden.«

Dann saßen sie im Gewölbe, und der Burgherr berichtete, er habe aus der Umgebung der Hofkammer erfahren, dass der Herzog im September des kommenden Jahres im Kelsgau eine Jagd zu Ehren des Eichstätter Fürstbischofs abhalten wolle. Er werde seine Zelte in der Vohburg aufschlagen. Dabei gehe es natürlich nicht so sehr um die zu erlegende Jagdbeute als vielmehr um die Jagdlust.

»Jagdlust?«, fragte Ekbert. »Was ist das, Jagdlust? Ich habe noch nie ein hochherrschaftliches Jagen erlebt.«

Jörg lächelte spitzbübisch: »Ihr werdet's beide erleben!«

Darauf besprachen sie die Vorbereitungen auf diese herrschaftliche Jagd.

Meinte der Herr vom Wackerstein: »Den Löwenanteil aller uns ins Haus stehenden Mühen und Plagen hat natürlich das arme Bauernvolk zu tragen. Sie müssen Wege bauen oder ausbessern, Zäune zimmern, Wildfänge errichten, Schneisen hauen und die Holzerhütten fürs herzoglich-fürstbischöfliche Leibgeleit auf den besten Stand bringen. Und das alles quer durch den Köschinger Forst von Dolling bis Zandt, von Bettbrunn bis zum Eichelberg bei Stammham – von den späteren Treiberdiensten gar nicht zu reden. Wir zwei Mannsbilder aber werden hinter den Bauern drein sein müssen wie der Müllersknecht hinterm Esel. Hassen sie uns schon wegen der Scharwerkspflichten, so werden sie uns in den tiefsten Abgrund der Hölle hinab verfluchen, wenn wir ihnen mit diesen neuen Lasten kommen.«

»Jörg«, entgegnete der Kirnsteiner, »wir sind eben alle miteinander nur Knechte – und der Großknecht schlägt die Hüterbuben ...«

»Dabei müssen wir vorsichtig zu Werke gehen, denn wir haben hier Bauern, denen man in der Nacht nicht begegnen sollte.«

»Meinst du damit Wilddiebe?«, fragte Herr Ekbert.

»Auch die! 's sind zwar zumeist Schlingenleger und Fallensteller, doch sind einige unter ihnen, die mit der Armbrust einen Zaunkönig vom Ast schießen könnten. Und käme ihnen unsereiner in die Quere, schmunzelnd täten sie uns ins Himmelreich befördern!«

Frau Klara meinte: »Herr, Ihr eröffnet uns zweifelhafte Aussichten!«

»Seid unbesorgt, edle Frau!«, erwiderte der Wackersteiner. »Die meiste Zeit werden wir gemeinsam den Forst begehen. Wir werden uns von scharfen Windspielen begleiten lassen; außerdem besitze ich etliche Hakenbüchsen welscher Herkunft: Die treffen schier ohne den Schützen.«

Der Weihnachtsabend 1496 war gekommen. Herr Ekbert und Frau Klara hatten sich auf der Vohburg zum Kamin gesetzt. Sie warteten auf den Beginn der Mitternachtsmette, die der steinalte Kapellan in der Burgkapelle zelebrieren wollte. Ihre Gemüter waren traurig.

Wie schön war Weihnachten in ihren Kindheitstagen gewesen! Die Heilige Nacht, in der sie mit den Eltern auf die Ankunft des Christkindes gewartet hatten! Begierig darauf, die frohe Botschaft des Engels zu hören: »Heute ist euch in Betlehem der Heiland geboren worden. Geht hin! Ihr werdet ein Kind finden, eingewickelt in Windeln und in einer Krippe liegend.«

Ein Kind! Sie würden kein Kind haben! Jetzt standen sie in den besten Jahren ihres Lebens; doch diese Jahre waren Dürrejahre – Jahre der Sehnsucht, einer Sehnsucht ohne Hoffnung auf Erfüllung! Und so würden ihnen auch die anderen Jahre vergehen. Am Ende würde es dann heißen: Wer hätte das gedacht! Der Kirnsteiner und die Freybergerin – taubes Korn! Der Chronist aber würde die Seite umdrehen und ein neues Blatt beginnen mit anderen Namen aus anderen Geschlechtern ...

Als der Kapellan in der Mette das Wort des Evangelisten verkündet hatte, wandte er sich an die kleine gläubige Gemeinde: »Stellt euch vor, ihr stündet an Josephs und Mariens Stelle bei der Krippe und sähet das armselige, frierende Kindlein auf dem Stroh! Und dabei fiele euch das Wort des Engels ein: Er wird sein Volk aus der Knechtschaft befreien! Er wird alle heimholen zum Vater, der in den Himmeln wohnt! – Müsste euch da nicht der Verstand zusammenfallen wie ein Kartenhaus? Ja, das müsste er! Denn angesichts der Krippe hält kein menschlicher Geist stand, und so ist es in allen unfassbaren Lagen unseres Lebens: Der Verstand bricht zusammen, der Geist hält nicht stand! So muss es aber sein, es sei denn, wir wollten uns in diesem jetzigen Leben so einigeln, als dauerte es ewig. Einigeln ist schon recht! Doch nicht einigeln in die Enge unseres menschlichen Geistes, sondern einigeln in den befreienden Hauch des Glaubens, in den Odem des Heiligen Geistes, der vom Vatergott ausgeht und uns durch Gottes Sohn wieder heimbringt!«

In dieser Heiligen Nacht empfingen die beiden vom Kirnstein aus diesen schlichten Worten eines braven alten Dorfpfarrers eine nachhaltige Kraft. Der Herrgott wird gewusst haben, warum er ihnen diese Kraft verlieh, denn das neue Jahr, in das sie bald hineinschreiten würden, hielt für sie ein gerüttelt Maß von Unfassbarkeiten bereit …

Im Köschinger Forst

Als der Fasching noch in vollem Gange war, setzten an Donau und Altmühl die ersten Tauwetter ein: Es wollte Frühjahr werden. Sogar der Kelsbach trat über seine Ufer und überflutete alle Wiesen. Auf der Rabenburg war der Tod eingekehrt und hatte eines der alten weissagenden Fräulein mitgenommen – wohin, wusste niemand. In Pförring jedenfalls war sie nicht begraben worden; möglicherweise hatte der düstere Hausknecht sie eingesackt und der angeschwollenen Kels mitgegeben. In den Dörfern fragte man sich wieder einmal – wie schon oft! –, wer denn die Leut auf der kleinen Burg überhaupt versorge, denn dort ging niemand aus und ein, jedenfalls sah man's nicht. Waren es vielleicht die Raben, wie manche meinten? Denn die hatten sich ja schon in biblischer Zeit der hungernden Propheten und Erzväter angenommen. Oder war es gar der alte Kunigl, der Waldmensch – der »Fichtlscheißer«, wie sie ihn nannten –, der mit seinem Sohn im Köschinger Forste hauste, gemeinsam mit Füchsen, Wölfen und anderem Raubzeug? Spuren hatte man ja immer wieder gesehen während der Wintermonate, Spuren zwischen der Rabenburg und Tolbath auf der alten Römerstraße. Aber waren's die seinen, waren's die seines Sohnes? Und die Fallen und Schlingen, auf welche die Jäger immer wieder stießen – hatten diese beiden Wilderer sie gelegt und mit der Beute die Ettlinger Nornen versorgt?

Auch die Herren Jörg vom Wackerstein und Ekbert vom Kirnstein stellten sich diese Fragen, als sie über

Pförring und Hüttenhausen auf Bettbrunn zu ritten. Sie hatten sich gute Pläne auf gutem Pergament beschafft, auf denen sie den Köschinger Forst mit einem Blick überschauen konnten. Alle Wege, alle Schneisen, alle Wildwechsel, alle Durchhaue, alle Zäune und Wildfänge waren da verzeichnet. Die mussten bis zur herzoglichen Jagd im Herbst überprüft, ausgebessert oder ganz erneuert werden – und für diese Arbeiten waren die Bauern aufzubieten. Wer denn sonst?

»Das gibt wieder böses Blut!«, sagte Herr Jörg zu Ekbert. »Die armen Gesellen sind sowieso schon übel dran und müssen die paar Hufen ihres eigenen Ackers bei Nacht bestellen, weil sie tagsüber im Frondienst der Herrschaft stehen. Und jetzt auch noch das!«

Erwiderte der Kirnsteiner: »Weiß Gott! 's sind geplagte Hunde; aber kannst du dir eine andere Lösung denken?«

»Denken schon!«, erwiderte der Wackersteiner. »Aber wie durchführen! Die Städter, die Bürgerschaft müsste mit herangezogen werden, aber wie? Und überhaupt! Wir alle müssten bescheidener leben und auch an die anderen denken, eben an die Bauern zum Beispiel!«

»Das sind zwar fromme, aber unerfüllbare Wünsche. Solange wir unsere Bauern nach altrömischem Vorbild wie Sklaven behandeln und in die Hörigkeit zwingen, sind und bleiben sie rechtlich unfrei. Das bestätigen sogar die Bischöfe und Klostermänner.«

»Dass die's bestätigen, Ekbert, untermauert keinen Rechtsgrundsatz. Ich bin weiß der Himmel kein Heiliger; bevor ich mich jedoch an einem Bauern vergreife, überleg ich mir's zweimal ...«

Da blieben plötzlich die Hunde ganz steif und wie angewachsen stehen: Sie hatten eine Witterung aufgenommen. Die beiden Reiter stiegen aus dem Sattel und folgten den nun langsam vorausschreitenden Windspielen.

Mit einem Mal zischte ein Bolzen nahe an Ekberts Kopf vorbei. Der Ritter warf sich nieder, schaute sich um und erkannte in einer seitlichen Lichtung zwei Männer, die sich mit einem guten Rehbock befassten, der vor ihnen lag. Und weil der eine die Armbrust erneut spannte, legte der Kirnsteiner die Hakenbüchse an, drückte ab – und der Schütze brach zusammen. Da waren auch schon die Hunde auf der Lichtung und stellten den anderen. Die beiden Herren folgten.

»Der alte Kunigl!«, sagte der Wackersteiner.

Der wüst aussehende Mann stand da wie ein keltischer Priester und schrie: »Da liegt mei' Bua! Des vergess i euch nie!«

»Kann's verstehen!«, erwiderte Jörg und fuhr fort: »Du solltest aber auch uns verstehen; denn wär's dein Bua net gewesen, wären's wir!«

Da nahm der alte Mann seinen toten Sohn auf die Schulter und stakste weinend mit ihm davon.

»Ich glaube, ich habe eine Todsünde begangen!«, sagte Ekbert.

Und wie konnte das alles geschehen?

Die Lichtung war ein Wildwechsel. Vater und Sohn Kunigl hatten das ausgekundschaftet und über dem Wechsel eine Schlagfalle errichtet. Schlagfallen waren die niederträchtigste Art der Wilderer, Beute zu machen. Man zog einen kräftigen Jungbaumstamm über die Wechselspur und hängte einen schweren Stein daran auf. Das durchwechselnde Wild löste über eine am Boden gespannte Schnur ein Stellholz aus – und der niederwuchtende Stein erschlug das Tier.

Jörg und Ekbert kehrten zu ihren Rössern zurück und ritten zum Pfarrer nach Bettbrunn. Der wurde traurig und verbittert, als sie ihm alles berichteten. »Als ob die Güter dieser Welt, vor allem die Lebewesen in Gottes freier Natur, nicht für alle Menschen da wären! Doch das ist der Fluch, der auf unserer Zeit lastet: Die einen können nicht genug kriegen und wollen alles haben; die anderen können ruhig verrecken!«

Das war eine bittere Anklage, bitter für die jungen Herren, denn die harten Worte galten ihnen und ihresgleichen. Und sie waren nicht imstande, eine sachliche Antwort zu finden, eine verletzende aber wäre ihnen würdelos erschienen. Da erklärte der Kirnsteiner, er werde für eine »schöne Leich« aufkommen und eine Seelenmesse stiften.

Darauf setzten sie ihren Untersuchungsritt durch den Köschinger Forst fort und waren nach fünf Tagen wieder daheim.

Herr Ekbert erzählte seiner Frau Klara, was geschehen war. Auch sie bekam ein schweres Herz und meinte, dass man als Christenmensch das Verhalten gegenüber den Untertanen immer wieder überdenken müsse – vor allem in dem, was deren Leib und Leben betreffe. Und sie fuhr fort: »Auch sie haben eine Seele, die sich durch nichts von der unseren unterscheidet. Darum sollen wir uns brüderlich begegnen. Das ist auch der Grund, warum ich um unser gemeinsames Glück bange.«

Er entgegnete ihr: »Wäre es dir denn lieber gewesen, der Wilddieb hätte mich oder den Jörg zur Strecke gebracht?«

Frau Klara verneinte und wandte sich betrübt ab.

Im Lauf der drei folgenden Monate wurden die Bauern zu den anstehenden zusätzlichen Forstarbeiten gezwungen. Da floss viel Schweiß, und man hörte viel Fluchen in allen Dörfern und Weilern des Kelsgaues. Manch einer schwor sich im Herzen, die beiden Antreiber von der Vohburg und vom Wackerstein bei günstigem Wind auszublasen.

Frau Klara, die jetzt meist allein auf der Vohburg saß, grübelte viel nach. Vor allem beschäftigte sie der junge Mann, den ihr Eheherr erschossen hatte und den der Vater rächen würde.

Eines Morgens aber litt es sie nicht mehr daheim. Sie zog ihr Ross aus dem Marstall und ritt zur Rabenburg. Dort stellte sie sich an den Ringweiher und rief nach dem Fährmann.

Der kam mit seinem Nachen daher, half der Frau hinein und stieß wortlos wieder ab. Sie betrat das offene Torhaus und setzte sich auf eine steinerne Bank vor dem Fallgitter.

Da rauschte es in den Lüften. Unter ohrenbetäubendem Krächzen flog vom Burghof her eine große Rabenschar in das Torhaus ein, hockte sich ins Gebälk und verstummte. Darauf vollzog sich alles so, wie der Wackersteiner es damals erklärt hatte, als sie zu dritt vor der Rabenburg gestanden waren. Frau Klara gab dem alten Mann ein gutes Geld und fragte laut, sodass es durchs ganze Torhaus hallte, nach dem Schicksal ihres Eheherrn.

Die Raben flogen schreiend davon. Dann erschollen wie ein Steinschlag, der in die Schlucht hinabdonnert, die Worte:

»Kommt er aus dem Wasser, ist dir bange, doch nicht lange!«

Der krumme Fährmann erschien wieder, geleitete die Frau hinaus zum Nachen und setzte sie über. Das Ross wieherte freudig, als es die Herrin erblickte …

Zu Pförring kehrte sie im dreischiffigen Gotteshaus zum heiligen Leonhard ein und dachte an den Stufen des Hochaltars über die Worte der Weissagung nach. Doch sie konnte keinen Sinn erkennen, und der Heilige wollte ihr, wie es schien, auch nicht helfen. Da bereute sie, dass sie überhaupt so kindisch gewesen war, das Schicksal ihres

Mannes aus dem Mund einer Norne erfahren zu wollen, anstatt es aus den Händen eines allwissenden und allgütigen Herrgotts entgegenzunehmen. Und sie schämte sich.

Der Herbst nahte: die hohe Zeit der herzoglichen Prunkjagd zu Ehren des Herrn Eichstätter Bischofs Wilhelm von Reichenau. Der Hochwürdigste war ein wahrer Nimrod und jeglichem jagdlichen Treiben von Herzen zugetan. Er schätzte es auch sehr, dass Frauen sich daran beteiligten; sie mussten nicht unbedingt edel, aber schön sein. Denn schöne Frauen, so urteilte er oft, seien der leuchtende Splitter im strahlenden Auge eines Mannes. Herzog Albrecht gab sich große Mühe, den Wünschen des hohen Gastes zu entsprechen. Er geriet dabei freilich nicht selten in Verlegenheit; konnte man doch von manchen Nobeldamen nur mit geschlossenen Augen behaupten, dass sie schön seien – und dennoch konnte ihnen die Teilnahme an der Jagd nach dem ungeschriebenen Gesetz nicht verwehrt werden.

Als jedoch der September kam, waren die Schwierigkeiten überwunden, die Ärgernisse beigelegt, die Eifersüchteleien so ziemlich abgetan. Im Köschinger Forst standen die Wildfänge, die gehauenen Schneisen und Wege im jagdgerechten Zustand. Die Jagd konnte beginnen.

Da reiste der Herr Bischof an. Er kam von seinem Sommerschloss Hirschberg über Dietfurt, Riedenburg, Hexenagger und Altmannstein. Bei Bettbrunn an der Wallfahrts- und Gnadenstätte begrüßte der bayerische Herzog mit seinem ganzen Jagdgefolge – darunter auch die schönen Frauen – den Hochwürdigsten.

Doch da erwies es sich, dass Bischof Wilhelm – auch wenn er den Schönen noch so gewogen war – ein frommer Mann war. Er zelebrierte im Gotteshaus eine Messe und trug nach dem Evangelium der erlauchten Schar seiner

Zuhörer anstatt einer Predigt die Entstehungsgeschichte von Bettbrunn in einer »Reim-Histori« vor, die einer seiner Vorgänger aufgeschrieben hatte:

Als man gezählt Eylffhundert Jar
Vnd fünffvnzweyntzig, das ist war,
Geschach ein Wunderzeychen bald
Mit einem Hirten in dem Walt.
Der beycht zu Oesterlicher Zeit
Wie andre fromme Christen Leit,
Nam Christum vnder Brodts Gestalt
Nach Brauch der Christlich Kirchen alt.
Als er solchs in sein Mundt empfing,
Von stund an er vom Priester gieng:
Ein wenig nur von dannen kam,
Die Hosti aus dem Mundt er nam,
Legts in ein saubres Schächtelein:
Diß Himmel Brodt sein Schatz solt seyn.
Dasselb er täglich mit jhm nam,
Weyl selten er gen Kirchen kam.
Grub aus alßbald ein Hirtenstab,
Wie ichs zuvor beschrieben hab.
Wann dann kam der klar Sonnen Schein,
Steckt er den Stab ins Erdtrich nein,
Setzt drauff das heilig Sacrament,
Kniet nider vnd hub auff sein Händ,
Bett solches an mit Andacht fein,
Dass jhm Gott wöll genädig seyn.
Einsmals er ohn gefährd er sieht,
Dass sich sein Viech zum Schaden rieht.
Alßbald er aufsteht von der Erdt,
Vergißt also der Hosti werd,
Vnd wirfft sampt dieser seinen Stecken
Nach seinem Viech nein in ein Hecken.

Dahin fiel auch das Himmels Brodt,
Leib vnd Blut Christi, Mensch vnd Gott.
Deßhalben er groß Schrecken nam
Vnd inn sehr grosses Trawren kam.
Griff gleichwohl nach dem Sacrament,
Auffheben wolts mit seiner Händt,
Möchts aber nicht zuwegen bringn.
Darumb laufft er vor allen Dingn
Zu seinem Pfarrher eylendts dar,
Ihm das Geschieht macht offenbar.
Der Pfarrher sich nicht säumet lang,
Von stund an mit dem Hirten gang,
Das Sacrament er heben wolt.
Doch solches nicht geschehen solt,
Dieweyl, soofft er griff darnach,
Es weytter von ihm wich gemach.
Sein Bischoff er berichtet das,
So eben da zu Regnspurg was.
Der Bischoff vnd die Clerisey,
So diese Zeit jhm wohnten bey,
Mit Wunder zogen in der Eyl
Dahin biß inn die sieben Meyl,
Bald kamen an das Ort vnd End:
Da lag das heilig Sacrament.
Ein herrlich Bittfart richten an,
Darzu kam Jung, Alt, Fraw vnd Mann.
All fielen nider auff die Erdt
Vnd betten an die Hosti werd
Vnd rufften Gott von Himmel an,
Dass er jhm wolt sein Beystandt than,
Verlobten Christo auch darnebn,
Wann solch der Bischoff köndt erheben,
Sie wolten an das Ort daher
Ein Kirchl in Sanct Salvators Ehr

Erbawen; welchs geschechen ist.
Verbrunnen doch in kurtzer Frist.
Drum haben fromme Mann vnd Frawn
Auß Andacht wider lassen bawn
Diß herrlich schön Gotthauß allhie
Mit viel Vnkost vnd großer Müh.
Allda durch Gottes Macht vnd Sterck
Geschehn viel Tausent Wunderwerck.
O Mensch bedencks mit gantzem Fleyß
Vnd sag Gott Danck, Lob, Ehr vnd Preyß.
Amen.

Diese heilige Zeremonie behagte wohl manchem aus der Jagdgesellschaft nicht sonderlich, vor allem jenen Mannsbildern nicht, die sich schon jetzt verstohlen am Anblick der Jägerinnen weideten, die im Gefolge des Bischofs und des Herzogs mitgekommen waren.

Unter ihnen stach besonders das Fräulein von Pförring hervor, das vordem mit Herrn Jörg vom Wackerstein Wesens gehabt hatte und nach dem Rechtsspruch des Hofoberrichters hätte lebendig eingemauert werden sollen. Dieser Kelch war an dem Fräulein vorübergegangen, und sie war mit dem Festungskommandanten von Ingolstadt zusammengekommen, dem sie in aller Öffentlichkeit süße Augenaufschläge und liebliches Lächeln schenkte. Sie tat es wohl auch des Herrn Jörg wegen, der jedoch ihre Verführungskünste nicht mehr quittierte. Umso empfänglicher schien der Herzog zu sein – was freilich von der ganzen Gesellschaft ehrfürchtig übersehen wurde.

Nun hielten alle Einzug auf der Vohburg; der Kirnsteiner hatte sich mit Frau Klara auf den Wackerstein begeben, denn die beiden Männer mussten während der Jagd stets Hand in Hand arbeiten.

Anderentags begann die Rotwildhatz. Über Theissing und Kasing rückten sie Richtung Köschinger Forst vor.

Bei Sankt Lorenzi standen die Treiber mit den Stöberhunden, und als in der Ferne die Hifthörner erklangen, fing das Regemachen der Hirsche an. Da ging es dahin wie im Sturm; es krachte und knallte und schrie und bellte an allen Ecken und Enden des herzoglichen Forstes. Der Bischof legte sechs gute Hirsche auf die Decke, und als man sich am Abend bei der neuen Übernachtungshütte im Kirchenholz traf, war die Beute kaum überschaubar.

Die Nacht – wie auch alle folgenden Nächte – verlief ruhig und im Allgemeinen auch unter Beachtung des Anstandes; denn die ungewohnten Mühen und Strapazen des Tages ermüdeten Körper und Geist. Nur zwei Männer durften in diesen Tagen keine Müdigkeit kennen: der Wackersteiner und der Kirnsteiner …

Das letzte Kapitel

Der Kirnsteiner und der Wackersteiner, diese beiden Herren, die überall sein sollten, zu denen man auch »mit jedem Dreck« kam, wurden während der herzoglichen Jagd von Frau Klara betreut – freilich im Rahmen des Möglichen. Tagsüber hielt sie sich meist bei den Hofdamen auf, die ja am Tag nichts zu tun hatten, als fröhliche Geselligkeit zu pflegen. Dabei war es schon gleich nach Beginn der Jagd aufgefallen, dass sich der Hofoberrichter – fern von den Jägern, fern auch von seiner Ehefrau – bei ihren Sänften und Reittieren herumschlich und die eine oder andere in ein Gespräch zu verwickeln versuchte.

»Was der bloß will, der alte Kracher?«, fragte die Freiin von Preysing, als sich alle Damen auf einer Waldlichtung zu einem Imbiss niedergelassen hatten.

»Das ist leicht zu erraten«, entgegnete eine andere.

»Das hat aber schon eine gewisse Pikanterie«, warf Demoiselle de la Motte dazwischen, »dass er's besonders auf die vom Kirnstein abgesehen hat!«

»Was soll da pikant sein? Frau Klara hat ihre Reize!«

»Doch nicht so! Aber er hat es dahin gebracht, dass die Kirnsteiner aus dem Landrichteramt von Pähl verjagt wurden …«

»Da kommt sie ja! – Mir kommt es fast so vor, dass er sie gar nicht dem Namen nach kennt; denn für so unverfroren halt ich ihn nicht.«

»Unverfroren nicht, aber dumm und geil! – Fragen wir sie! – Frau Klara, was haltet Ihr vom Herrn Oberrichter?«

Kurz bedacht, erwiderte die Gefragte lächelnd: »Ich hab heut Früh das Vaterunser gebetet; dort heißt es: ›Und führe uns nicht in Versuchung!‹ ...«

»Schade, dass Ihr der Frage ausweicht!«

»Ist es denn klug, in einen Spieß zu rennen, wenn man ihm ausweichen kann?«

Sie schwiegen eine Weile, bis Demoiselle de la Motte erklärte: »*Quelle intelligence charmante!*«

Die Tage der Jagd vergingen in Freude und Fröhlichkeit, ohne dass es dem Herrn Oberrichter gelungen wäre, die Kirnsteinerin in ein Gespräch zu verwickeln – obwohl er sie immer wieder von fern anredete, wenn sie mit einer anderen plaudernd dahinging oder durch den Forst ritt.

Die Weidmänner und ihre Helfer gingen daran, die Nachthütten aufzuräumen. Man kehrte in die Vohburg zurück, um den hohen Gast noch gebührend zu verabschieden. Das geschah in einem rauschenden Festakt, bei dem viel Wein floss.

Und da kam es zu einer bedeutsamen Stiftung: Der hochwürdigste Herr Wilhelm von Reichenau versprach seinem fürstlichen Gastgeber, in den nächsten Wochen etliche Weinbauern in den Kelsgau zu entsenden, um an den Hängen bei Irnsing und Wackerstein einige Bergweingärten anzulegen; denn die Bodenverhältnisse dort erschienen ihm nicht ungünstig. Dies betrachtete er als Dankgeschenk für die herzogliche Einladung. Herr Albrecht würdigte das Angebot mit gebührender Verehrung.

Darauf wurde Herr Ekbert vom Kirnstein auf Anraten des Hofoberrichters vom Herzog mit der würdevollen Aufgabe betraut, dem heimwärts ziehenden Kirchenfürsten das gastliche Geleit bis Altmannstein zu geben. An Sankt Wenzeslaus, dem Fest des ruhmreichen Böhmenherzogs, am Mittag, brachen die Eichstätter auf. An der Spitze des prächtigen Zuges ritt der Kirnsteiner in der glanzvollen Rüstung seiner Väter. Auf der blanken Brünne blitzten die Strahlen der Herbstsonne wie Silber.

»Weiß Gott, ein schöner Mann!«, sagte der Bischof zu seinen Leuten. »Der hätte einst in der Tafelrunde des Königs Artus sitzen und den Heiligen Gral bewachen können!«

Gegen Abend kamen sie vor Altmannstein an und wurden vom Grafen zu Abensberg, einem Sohn des von Herzog Christoph bei Freising getöteten Grafen Niclas, freundlich aufgenommen. Damit hatte Ekbert seine Aufgabe erfüllt. Er verabschiedete sich vom Bischof, kniete nieder und empfing seinen Segen. Die untergehende Sonne überzog dieses fromme Bild mit rötlichem Glanz.

Dann ritt Ekbert davon und schonte sein Ross nicht. Es trieb ihn auf den Wackerstein, wo seine Ehefrau sicherlich schon in die aufziehende Nacht hinaushorchte, ob er nicht bald komme.

Als er ins Tal des Kelsbaches einbog, empfand er Mitleid mit dem Ross, und auch ihn selbst dürstete sehr. Er ritt noch bis zur Rabensburg, wo der Bach in klarer Frische aus der Tiefe quoll und den Ringweiher speiste. Dann saß er ab und führte das Ross den Hang zum Wasser hinab. Er beugte sich vor, um mit der hohlen Hand zu schöpfen …

Frau Klara wartete die ganze Nacht.

Als der Morgen graute, ritt sie den Weg entlang, auf dem der Eheherr wahrscheinlich kommen würde.

Er kam nicht.

Nachdem sie das Pförringer Osttor passiert hatte, verdichtete sich in ihr die Gewissheit, dass sie vor einem Unheil stand. – Dann sah sie sein Ross; es graste am Wegrand, den Blick immer wieder hinabgerichtet zum Ringweiher der Burg.

Sie ritt hin: Herr Ekbert lag am Ufer, das Gesicht im Wasser.

Sie ergriff die Zügel beider Rösser und ging zwischen ihnen langsam zurück. In Pförring berichtete sie kurz am Schergenamt, was geschehen war, und begab sich dann zum Propst. Bei ihm erleichterte sie ihr Herz in einem Schwall von Tränen.

Als er sie dann fragte, wie sie es mit dem Begräbnis des lieben Toten zu halten gedenke, sagte sie: »Bahrt ihn in Eurer Kirche auf und begrabt ihn an der Mauer, denn den Kirnstein und einen Kirnsteiner gibt es nicht mehr!«

So geschah es.

Danach verließ Frau Klara die Vohburg und zog zu Herrn Jörg auf den Wackerstein.

Kein Chronist meldet, ob Herr Ekbert seinen Tod durch einen Herzschlag, durch den alten Wilderer Kunigl oder durch den Hofoberrichter gefunden hatte.

Glossar

actum et perfectum	– (lat.) verhandelt und abgeschlossen
Adlatus	– Amtsgehilfe
ad studia profunda	– (lat.) für gründliche Studien
aetas, quae vindice nullo, sponte sua, sine lege fidem rectumque colebat	– (lat.) die Zeit, die ohne eine strafende Hand, ohne ein Gesetz Verlässlichkeit und Recht pflegte
Agnes Bernauerin	– die große tragische Liebe des späteren Herzogs Albrecht III. in seinen jungen Jahren; er heiratete die Tochter eines Augsburger Baders heimlich; sein Vater, Herzog Ernst, der um die Erbfolge fürchtete, ließ die junge Frau 1435 in der Donau ertränken.
Albrecht III.	– regierte im damals geteilten Bayern 1438–1460 das Münchner Teilherzogtum
Alma Mater	– Hochschule
Anna, die Braunschweigerin	– Anna, die Albrecht III. auf Druck seines Vaters Ernst heiraten musste, stammte aus dem Haus Braunschweig.

außigrasen	– einen Seitensprung machen, (dem Partner) untreu sein
Bams	– abfällig für Kind
Baumeister	– auch Gutsverwalter
Bayern-München	– Durch Erbteilung existierten in Bayern im Spätmittelalter zeitweise drei Herzogtümer, im Jahr 1460 Bayern-München und Bayern-Landshut, die aber nicht mit den heutigen Regierungsbezirken Oberbayern und Niederbayern identisch waren.
Brünne	– Nackenschutz der mittelalterlichen Ritterrüstung
Bukoleon	– Hafen und Palast in Istanbul
circa pudenda	– (lat.) um die Scham herum
»Dies irae, dies illa«	– (lat.) »Jener Tag des Zorns« – Vom Spätmittelalter bis in die jüngste Zeit war dieser Hymnus fester Bestandteil der katholischen Totenmesse.
Dill	– Planke des Turnierfeldes
divertimento	– (ital.) Vergnügen, Unterhaltung, Zerstreuung, »Party«
domicilium	– (lat.) Wohnstätte
Dominica tertia post Epiphaniam anni MCCCCXCIV p. Chr. n.	– am 3. Sonntag nach dem Dreikönigstag 1494
dux	– (lat.) Herzog
Elevatio Sanctae Crucis	– das kirchliche Fest Kreuzerhöhung, 14. September

Elle – Längenmaß; die bayerische Elle entsprach etwa 83 cm.

Frideswida – Frideswida von Oxford war eine Heilige des 8. Jh. Sie lehnte eine Heirat ab und gründete ein Nonnenkloster; ihr Gedenktag ist der 19. Oktober.

Friedrich III. – regierte im ➛ Heiligen Römischen Reich 1440–1493 (seit 1452 als Kaiser)

Gedächtnistag des heiligen Erzmärtyrers Stephanus – 26. Dezember

Georgi – 23. April

Gerstl – bairisch für »Geld«

Gezähe – Werkzeug des Bergmannes

Gleve – kleinste Einheit einer mittelalterlichen Ritterstreitmacht

gschamig – verschämt, schüchtern

Gült – Grundstückszins

Heftstecken – Pfahl, an dem ein gelandetes Schiff festgemacht wird

Heiliges Römisches Reich – seit der Kaiserkrönung Ottos I. (962) offizieller Titel des alten deutschen Reiches (bis 1806), das als Nachfolger des Römischen Reiches angesehen wurde

Hessenwagen – Frachtwagen – die Fuhrleute der damaligen Zeit stammten oft aus Hessen

Hohenau – das Hauptschiff eines Schiffzuges; auch Flussaufwärts-Fahrt mit dem Schiffzug

Hoher Madron	– Berg im bayerischen Inntal
Infirmarius	– (lat.) Krankenwärter
Katzbalger	– Kurzschwert
Knecht des Hohenpriesters	– Bei der Gefangennahme Jesu am Ölberg hieb Petrus dem Malchus, einem Knecht des Hohenpriesters, das Ohr ab – Jesus soll Malchus wieder geheilt haben.
Kondottiere	– Heute würde man dazu »Warlord« sagen.
Küfer	– Kellermeister
Kunigundis	– Kunigunde von Luxemburg war die Gattin Kaiser Heinrichs II.; nach der Legende wurde sie des Ehebruchs beschuldigt und bewies ihre Unschuld, indem sie sich einem Gottesurteil unterwarf: Sie ging barfuß über glühende Pflugscharen und blieb unversehrt.
Lex Baiuvariorum	– das erste Gesetzbuch Bayerns aus dem Frühmittelalter
Ludwig der Bayer	– Der Spross aus dem bayerischen Herrscherhaus der Wittelsbacher regierte im ➛ Heiligen Römischen Reich 1314–1347
luren	– spähen
Malleus maleficarum	– »Hexenhammer«: eine 1486 erschienene Schrift, die zur theoretischen Grundlage der Hexenverfolgung wurde
meretricula	– (lat.) Hure

Ministeriale	– urspr. Bediensteter; später niederer Adel
Mittag	– auch für Süden
Mitternachtsseite	– Nordseite
Monasterium	– (lat.) Kloster
Naufahrt	– Fahrt flussabwärts
Neue Veste, Neuveste	– Fluchtburg der herzoglichen Familie in der Stadt München, an der Stelle der heutigen Residenz
palazzo	– (ital.) Palast; Rathaus
Pfeffersäcke	– abwertender Ausdruck für »Händler«
Physikus (Pl. Physici)	– veraltetes Wort für »Arzt«
Pius II.	– geboren als Enea Silvio Piccolomini, Papst 1458–1464, war ein humanistisch gebildeter Jurist, Schriftsteller und Dichter.
pressieren	– eilig sein
Reisige	– berittene Söldner
Sankt Wenzeslaus	– 28. September
Scharwerk	– Fronarbeit, zu der unfreie Bauern ihren Grundherren gegenüber verpflichtet waren
Schopperstatt	– So hieß bei den bayerischen Flussschiffern die »Werft«.
Schranne	– Markt
Schuh	– auch ein Längenmaß. Der bayerische Schuh entsprach knapp 30 cm.
Seldschuken und Mameluken	– Seldschuken: türkische Fürstendynastie des Mittelalters;

Mameluken: Militärsklaven oft türkischer Herkunft; die Begriffe wurden früher synonym für die Muslims gebraucht.

Spalato – italienischer Name der dalmatischen Stadt Split, die damals zum Herrschaftsbereich Venedigs gehörte

Spiritual – »geistiger Führer« der Nonnen

Strauß – auch Kampf, Streit

Tafern – Gaststätte; mit der Konzession zu ihrem Betrieb waren verschiedene Rechte und Pflichten verbunden

tratzen – ärgern

Ulrich von Liechtenstein – Dichter des 13. Jh.

Urfehde – ein feierliches Friedensversprechen; die Zusicherung, sich nicht an Kläger und Richter zu rächen

Vizedom – eigentl. »Statthalter«; in den italienischen Städten der oberste Beamte der Stadtverwaltung

welsch – alte Bezeichnung für romanisch, italienisch

Welschland - alte Bezeichnung für die romanischsprachigen Länder, insb. Italien

Widum – Pfarrhof

Von Carl Oskar Renner bereits erschienen

Der Müllner-Peter von Sachrang
528 Seiten
978-3-475-54213-8

Der Müllner-Peter von Sachrang ist eine Legende. Er war Arzt, Apotheker und ein ausgezeichneter Musiker. Als junger Mann bricht er 1785 die Ausbildung zum Geistlichen ab und enttäuscht damit seine Heimatgemeinde. Durch sein besonderes Wesen, sein umfangreiches Wissen und seine einnehmende Art erwirbt er sich dennoch in Sachrang Ansehen und wird weit über den Ort hinaus bekannt. Sein Leben in dieser aufgewühlten Zeit sowie seine Beziehung zur selbstbewussten Maria Hell wurden in dem ARD-Dreiteiler »Sachrang« mit Gerhart Lippert in der Hauptrolle verfilmt.

Die Aschauer
336 Seiten
978-3-475-54259-6

Aschau, Ende des 18. Jahrhunderts: Marei und Resei arbeiten schon seit Jahren in der Schmiede ihres Vaters. Sie wünschen sich nichts sehnlicher, als den Gesellenbrief für ihre guten Leistungen zu erhalten. Doch einige Bürger aus Aschau wollen nicht, dass die beiden Mädchen einen Beruf ergreifen, der bis dahin den Männern vorbehalten war.
Der Bannrichter Florian Grießbeck soll vermitteln und verliebt sich in Resei. Marei lässt sich auf den Forstgehilfen Georg Pilgrim ein. Als sie schwanger wird, heiraten sie zwar, doch damit fangen die Schwierigkeiten erst an …

Informationen zu unserem Verlagsprogramm finden Sie unter www.rosenheimer.com